심규식 대하역사소설

④ 정변

도서출판
청어

대하역사소설

망이와 망소이
제4권

정변

심규식

제4권 정변 | 차례

제1장

보현원(普賢院)

1. 전야(前夜)

의종(毅宗) 24년(1170년) 8월 29일 병자일(丙子日)이었다.

개경에서 남서쪽으로 30여 리 밖 덕물산(德物山) 골짜기에 있는 흥왕사는 밤이 깊도록 불야성을 이루고 있었다. 2천8백여 칸이나 되는 대가람(大伽藍)의 크고 작은 건물마다 불이 밝혀져 있고, 지붕 밑 추녀에는 갖가지 모양의 연등이 오색 불빛을 뿜어냈으며, 마당과 뜰에는 몇 걸음 간격으로 횃불이 타오르고 있었다. 대웅전에는 5백 나한을 상징하는 5백 개의 촛불들이 타오르고, 그 불빛을 받아 금물을 입힌 석가여래상이 찬란하게 빛나고 있었다.

그러나 대웅전보다 더 휘황한 빛에 싸여 있는 곳은 절의 동쪽에 있는 임어전(臨御殿)이었다. 임어전은 임금이 흥왕사에 거둥할 때에 머무르는 행궁인데, 그곳에 천여 개나 되는 형형색색의 촛불이 켜져 있고, 그 불빛의 한가운데에 임금인 의종이 있었다. 의종은 초저녁부터 호종하는 신하들을 좌우에 거느리고 흐드러진 잔치를 즐기고 있었다. 그가 입은 자황포(赭黃袍)는 불빛을 받아 화사하게 빛났고, 그의 앞에 놓인 금은과 청자, 백자로 만들어진 화려한 기명(器皿)들과 유기(鍮器)들, 산호(珊瑚)와 대모(玳瑁)로 장식된 와준(瓦樽)들 또한 눈부셨다. 불빛만이 아니었다. 임어전 한쪽에선 금종(金鐘)과 옥경(玉磬), 축(柷)과 어(敔), 박부(搏拊), 일현금, 삼현금, 오현금, 칠현금, 구현금, 비파, 피리, 퉁소, 소생(巢笙), 화생(和笙), 북 등이 요란하게 울리고, 이에 질세라 가공(歌工)과 기생들이 쉴 새 없이 임금의 덕을 예찬하는 노래를 불렀다. 또한 진귀한 음식에서 나는 갖가지 냄새가 임어전 안을 가득 채웠다.

일찍이 천축국의 왕자였었던 석가여래가 왕궁을 버리고 출가한 것은 부귀영화와 향락이 넘치는 왕궁에서는 결코 깨달음에 도달할 수 없다는 것을 느꼈기 때문이고, 득도한 다음 그가 중생에게 불법을 베풀면서 가장 경계한 것 또한 그것이었다. 사바세계의 온갖 번뇌와 죄악이 모두 그 부귀와 향락을 탐하는 마음에서 비롯된다는 것을 깨달았기 때문이었다. 그 때문에 부처님이 열반한 지 천오백여 년이 지난 지금까지도 그의 가르침을 법으로 삼는 모든 도량들은 당연히 청빈과 금욕, 무소유를 가장 큰 계행으로 삼고 있다. 그런데 지금 의종은 그 부처님의 도량에서 요란한 잔치를 즐기고 있는 것이다. 그의 혀를 즐겁게 하기 위해 기름진 고기와 진귀한 산채, 향기로운 술 들이 상 위에 가득 오르고, 그의 귀를 즐겁게 하기 위해 갖가지 악기가 연주되고 가공(歌工)과 기생들이 노래를 불렀으며, 그의 눈을 즐겁게 하기 위해 노릇바치들이 교묘한 재주를 다투었다. 또한 농염하고도 풍만한 몸매를 지닌 시기(侍妓)들이 그의 관능을 즐겁게 하고, 아첨에 능한 환관과 문신들이 그의 보비위를 맞춰서 마음을 즐겁게 했다.

흥왕사는 문종(文宗)이 발원(發願)하여 짓기 시작한 후 12년 동안이나 대대적인 공역을 계속해서 완성한 대가람으로서, 문종은 자신의 원찰(願刹)이 준공되자 대각국사 의천(義天)에게 주지를 맡겼다. 의천은 문종의 제4왕자로서 속명(俗名)은 후(煦)였다. 11세에 출가하여 승려가 된 의천은 매우 명민하고 호학(好學)하여 불법뿐만 아니라 유학(儒學)에도 깊은 조예를 지녔다. 불법을 구하는 데 남다른 열망을 가졌던 의천은 30세 되던 해에 미복(微服)으로 송나라로 건너가 3년여를 머물면서 유성(有誠) 법사와 자변(慈辨) 대사, 정원(淨源) 법사에게 화엄종과 천태종의 오의(奧義)를 배우고, 돌아올 때 3천여 권의 경론을 가져왔다. 귀국한 후 흥왕사에 주석(駐錫)한 의천은 흥왕사 안에 교장도감(教藏都監)을 설치한 다음, 송나라에서 가져온 경전과 유서(儒書), 요(遼)나라와 일본에서 구입한 서적들을 교정하여 출판했으며, 4천여 권의 속장경(續

藏經)을 간행하여, 불법과 학문의 중흥을 이루었다. 그리하여 한때 흥왕사에는 계행이 뛰어난 승려가 1천여 명이 넘게 상주했고, 사찰의 기풍 또한 삼엄하고 정숙하여, 천태종의 본산으로 부족함이 없었다.

그러나 이제 흥왕사에서 예전의 그러한 풍모는 그 흔적도 찾아볼 수 없게 되었다. 청아하고 그윽한 목탁과 범패 소리 대신에 사람들의 마음을 달뜨게 하는 요란한 악기 소리가 울려 퍼지고, 맑고 투명한 독경 소리 대신에 기생들의 간드러진 노랫소리가 절 안에 가득했다. 살생과 주색을 엄하게 금하는 성전(聖殿)에 고기와 술이 낭자할 뿐더러, 흐트러진 옷차림으로 가슴과 사타구니를 드러낸 계집들의 교태가 어지럽기 짝이 없었다.

"이상 없나?!"

산원(散員) 이의방과 이고가 수직을 서고 있는 위졸들에게 다가가, 물었다.

"예, 아무 이상 없습니다!"

위졸 두 명이 부동자세를 취하며 말했다.

"좀 춥더라도 이곳을 이탈하지 마라! 적발되면 엄벌에 처해진다!"

"이 산원님, 이렇게 찬이슬이 내리는 한데서 계속 번을 서야 합니까? 벌써 옷이 다 젖었습니다. 추워서 죽을 지경입니다."

"뜨거운 국물이라도 한 그릇 얻어먹을 수 없겠습니까? 뼛속까지 시려서 견디기 어렵습니다."

두 위졸이 추위에 몸을 덜덜 떨면서 말했다.

"춥기는 우리도 마찬가지다! 상장군님께 말씀드려 보겠다."

이의방과 이고는 절 주위를 한 바퀴 돌아보았다. 위사들이 모두 허기와 추위, 그리고 과로 때문에 기진맥진한 모습들이었다. 병이 나서 쓰러진 위졸들도 벌써 여럿이었다.

"오늘이 벌써 며칠째인가? 동강서재(東江書齋)에서 사흘, 연복정에서 닷새를 계속 잔치를 벌이지 않았나? 그러고도 성이 차지 않아서 또 이곳으로 옮겨와서 잔치를 열다니, 폐하께선 과연 대단한 분일세!"

이고가 불퉁스러운 어조로 말하자

"산삼이야 녹용이야 온갖 좋은 것은 혼자 다 드실 테니, 그 남아도는 힘을 어디에 쓰겠나? 먹고 마시고 계집질하는 것밖에 더 할 일이 무엇이겠나?!"

하고, 이의방이 맞장구를 쳤다.

"임금도 대단한 임금이지만, 임금을 끼고 도는 저놈들은 도대체 어떻게 생겨먹은 종자들인가? 제놈들은 배가 터지게 부어라 마셔라 하며 온갖 산해진미를 다 처먹으면서 밤을 새워 수직을 서는 우리들한텐 먹다 남은 뼈다귀 하나 던져줄 줄 모르니, 저놈들이 정말 사람인가? 저놈들 눈에는 우리 같은 것들은 사람으로 보이지도 않나? 개 같은 놈들!"

"개보다 못한 놈들이지! 개가 어찌 저놈들처럼 인정머리가 없겠나?!"

"저런 놈들은 지금이라도 당장 목을 날려 버려야 하는 건데! 도대체 상장군께선 무슨 생각을 하고 있는지, 알다가도 모르겠다니까!"

"글쎄 말이야! 이제 늙어서 이빨 빠진 호랑이가 되어 버렸나, 원!"

이의방과 이고는 끝내 상장군 정중부에게까지 울화를 터뜨렸다. 그간 이의방과 이고 등 젊은 장교들은 빨리 거사를 일으켜서 임금의 총신들을 휩쓸어 버리자고 계속 주장해 왔었는데, 정중부는 때로는 그들을 달래기도 하고 때로는 위엄으로 누르기도 하면서 거사를 뒤로 미뤄 왔다.

"우리, 상장군께 가세! 가서 당장 들고 일어나자고 하세!"

"그러세! 잘못하다간 거사 전에 들통이 나서 모조리 목이 날아갈 수가 있어!"

"이번엔 어떻게든 끝장을 보자구!"

두 사람은 상장군 정중부가 사령부로 쓰고 있는 요사채로 향했다.

정중부의 방 앞 댓돌에는 그의 군화 한 켤레가 오두마니 놓여 있고, 창호지를 통해 흐릿한 불빛이 배어나오고 있었다.

　"상장군님, 산원 이고와 이의방입니다!"

　두 사람은 기척을 내고 방으로 들어갔다. 썰렁한 냉기가 감도는 방 안에는 조그마한 촛불 하나가 호젓하게 켜져 있을 뿐, 아무 것도 없었다. 조촐한 다담상이나 간단한 주안상 하나 보이지 않았다. 응양군을 통솔하고 임금의 호종을 총괄하는 상장군의 거처가 수직을 서는 위졸들의 거처와 별반 다를 게 없었다.

　"허어! 상장군님, 대체 이게 뭡니까?"

　이의방이 방 안을 둘러보며 대뜸 목소리를 높였다.

　"무얼 그러나?"

　"상장군님, 정말 몰라서 이러십니까? 제놈들은 배가 터지게 처먹고, 소화를 시키지 못해 토악질을 하고 나서 또 처먹고 또 처먹고 하면서, 상장군님에 대한 대접이 이렇다니, 이게 말이 됩니까? 정말 개만도 못한 종자들입니다!"

　이고가 분통을 터뜨렸다.

　"목소리 높이지 말게. 나는 괜찮네."

　"괜찮다니요? 이런 대접을 받고도 괜찮다는 게 말이 됩니까?!"

　이고가 대들 듯 말하자 이의방이 이고를 거들었다.

　"이 산원의 말이 맞습니다! 이건 상장군님에 대한 모욕일 뿐만 아니라 상장군님으로 대표되는 응양군, 나아가 우리 무반 전체에 대한 모욕입니다! 지금 밖에서 수직을 서는 위졸들은 춥고 배가 고파서 뼛속이 시리고, 이미 병으로 쓰러진 자들도 여럿인데, 저들은 벌써 며칠째 저 지랄들입니까? 저러고도 저놈들이 사람입니까? 그런데도 우리는 추위와 굶주림에 떨면서 저놈들을 호위해야 하다니, 우리는 저놈들에게 개만도 못한 존재들입니다! 집에서 키우는 개도 우리 같은 대접을 받지는 않습니다!"

"흥분을 가라앉히고 소리를 낮추게!"

"무서울 게 무엇입니까? 무엇 때문에 소리를 낮춥니까? 상장군님, 지금 당장 들고일어나, 저놈들을 무 베듯 베어 버립시다! 상장군님의 명령 한마디면 한 식경이면 끝납니다!"

"그렇습니다! 상장군님, 결단을 내려 주십시오!"

"…그 말을 하러 왔나?"

정중부가 두 사람의 얼굴을 뚫어지게 바라보며 침중한 어조로 말했다.

"그렇습니다! 상장군님, 그간 우리는 오래 참아왔습니다. 그러나 이제 더 참을 수는 없습니다. 너무 오래 기다려왔습니다. 이제 명령을 내려 주십시오!"

"결단을 내려 주십시오! 이제 더 이상 거사를 미뤄서는 안 됩니다! 만약 상장군님께서 이번에도 결단을 내리지 않으신다면, …이제 어쩔 수 없습니다! 당장 저희들끼리 거사를 감행하겠습니다!"

"뭐라구?! 그게 무슨 말인가?"

정중부가 눈을 부릅뜨고 두 사람을 노려보았다.

"물 들어올 때 배 띄워야 하고, 쇠도 달아올랐을 때 두들겨야 합니다. 우리가 거사를 도모한 지가 벌써 얼마나 되었습니까? 이렇게 미적미적거리다가는 거사를 하기도 전에 동지 중에 배반자가 생겨서, 밀고를 할지도 모릅니다! 뜻을 펴 보지도 못하고 일망타진 당하기보다는, 우리들 젊은 장교들끼리라도 거사를 단행할 생각입니다."

"…당장 거사를 하겠다니, 지금 그 말이 정말인가?"

"그렇습니다!"

두 사람이 함께 대답했다.

정중부는 한 동안 말이 없다가 이윽고 입을 열었다.

"…그러고 보니 그대들이 최후통첩을 하러 왔구먼!"

"저희들의 충정을 받아 주십시오!"

"그대들의 뜻은 알겠네. 그만 일어나 보게! 내 지금 성상을 배알하러 가서 상황을 살펴보고 결정하겠네."

딱딱하게 굳어진 얼굴로 정중부가 자리에서 일어났다. 그는 임금 의종을 배알하기 위해 낭자하게 풍류 소리가 흘러나오고 있는 임어전으로 향했다.

"성상 폐하를 알현하러 왔소이다!"

정중부가 임어전 문 앞에 서 있는 내시에게 말하자, 내시가

"잠깐만 기다려 주십시오. 들어가서 아뢰겠습니다."

하고, 안으로 들어갔다. 잠시 후에 그가 나왔는데, 부승선 임종식이 그를 뒤따라 나와, 말했다.

"상장군이 여긴 웬일이오?"

"성상 폐하께 아뢸 말씀이 있어서 왔소이다!"

"아뢸 말씀이라니? 그게 무엇이오? 나한테 말하시오!"

임종식이 술이 취해서 시뻘개진 얼굴로 거만스럽게 말했다.

"성상 폐하께 직접 말씀드려야 하오!"

"뭐라구? 지금 제 정신으로 하는 소리요? 이 야심한 시각에 폐하를 배알한다는 게요? 폐하께서는 지금 상장군을 만나실 상태가 아니니, 나에게 말씀하시오! 도대체 할 말이란 게 무엇이오?"

"성상 폐하께 직접 말씀드리겠소이다!"

정중부는 임종식을 슬쩍 옆으로 밀치고 임어전 안으로 들어갔다.

"어?! 이 작자가 지금 누굴 밀치고 안으로 들어가는 거야?!"

임종식이 벌컥 역정을 내어 목소리를 높였다. 그러나 정중부는 못 들은 체하고 안으로 들어갔다. 임어전 안으로 들어간 정중부는 너무 뜻밖의 광경에 잠시 우두망찰했다. 술로 고주망태가 된 의종과 내시, 문관들이 한 자리에 앉아서 각자 옆에 기생들을 끼고서 난잡하게 희롱을 하고 있었다. 아무리 흥겨운 잔치 자리라 하더라도 군신의 관계

란 엄연한 법이었다. 임금이 술이 취해서 신하들과 파탈(攞脫)을 하자고 해도 신하들은 한사코 사양하고, 몸가짐을 근신하여 마땅히 지켜야 할 규범을 준수해야 하는 것이 궁중의 예법이었다. 그런데 지금 이복기나 한뢰, 이당주, 김돈중 등은 방자하게도 성상의 어상(御床)에 의종과 함께 앉아 있을 뿐만 아니라, 기생을 옆에 끼고 가슴과 허리에 손을 넣고서 희롱을 하고 있는 게 아닌가!

정중부가 어쩔 줄 모르고 서 있는데, 의종이 그를 알아보고서 말했다.

"어? 상장군 정중부가 아니냐? 이 밤중에 무슨 일이냐?"

"폐하, 황송하옵니다!"

정중부가 부복하며 말했다.

"우선 그대도 한 잔 하도록 해라! 얘야, 상장군에게 이 잔을 내리도록 해라!"

의종이 옆에서 심부름을 하는 시기(侍妓)에게 말하자 시기가 의종이 내려 준 잔에 술을 따라서, 정중부에게 가져왔다.

"성은이 망극하옵니다!"

정중부는 술잔을 받아 몸을 돌리고 술을 마셨다.

"그래, 무슨 일이냐?"

정중부가 술을 마시기를 기다려, 의종이 물었다.

"폐하, 지금 바깥 기온이 매우 차갑고, 찬이슬이 내려서 수직을 서는 위사들이 매우 고통스러워하고 있사옵니다. 성은을 베푸시어 선온(宣醞)을 하사하신다면, 그 은혜 백골난망일 것이옵니다."

"그래? 내가 위사들의 노고를 잊고 있었구나! 내 술과 고기를 두텁게 내려서 위사들을 호궤하리라."

그러자 기생의 가슴에 손을 넣고 있던 기거주(起居注) 한뢰가 의종 앞에 부복하며 말했다.

"폐하, 아니되옵니다! 외람되오나 그 분부를 거두어 주시옵소서! 견룡군 위사들은 본래 그 소임이 밤을 새워 수직을 서면서 폐하를 호위하는 것이온데, 저들에게 술과 고기를 배불리 먹인다면 어찌 되겠사옵니까? 우선 위사들이 수직 중에 술을 마신다는 게 있을 수 없는 일이며, 또한 술에 취하게 되면 자연 기강이 해이해지기 마련이고, 그리되면 서로 싸움질을 하거나, 아무 데나 드러누워 곯아떨어지기 십상인데, 술을 마시고서 어떻게 폐하를 호위하는 막중한 소임을 수행할 수 있겠사옵니까?"

한뢰가 그렇게 말하자, 그의 패거리 중의 한 명인 이당주가 나서더니,

"그렇사옵니다! 폐하, 위사들을 호궤하는 일은 환궁한 뒤로 미루심이 옳은 줄로 아옵니다!"

하고 한뢰를 거들고 나섰다.

"그간 여러 날 계속된 수직 때문에 여러 명의 위사들이 병으로 쓰러졌고, 지금 수직을 서고 있는 위사들도 곤비하기 이를 데 없소! 이렇게 찬이슬이 내리는 날씨에 밤잠을 안 자며 번을 서고 있는 위사들의 노고를 위무하시고자 폐하께옵서 선온을 내리시려는데, 이를 가로막고 나서는 두 분의 뜻이 어디 있는지, 해량하기 어렵소."

정중부가 한뢰와 이당주를 바라보며 말했다.

"도대체 상장군의 책무가 무엇인가? 응양군 상장군이라면 지존이신 폐하를 호위하는 막중한 책무를 맡고 있는 자리가 아닌가? 상장군이 그 책무가 얼마나 중차대하다는 걸 깊이 인식하고 있다면 설령 폐하께옵서 하해와 같이 너그러우신 마음으로 견룡군 위사들을 호궤하려 하실지라도 마땅히 극구 사양하는 것이 도리가 아니겠는가? 그런데 지금 상장군은 그러한 스스로의 책무를 망각하고 주제넘게 천둥에 개 뛰어들 듯 폐하의 연회에 불쑥 뛰어들어, 한창 무르익는 분위기에 찬물을 끼얹으니, 실로 해괴하기 짝이 없는 일이 아닌가? 이는 조정을 모독하고 천위(天威)를 손상시키는 일이라는 걸 알아야지!"

한뢰가 갑자기 반말로 손아랫사람을 꾸짖듯 정중부를 질책했다.

"조정을 모독하고 천위를 손상시키다니? 조정을 모독하고 천위를 손상시킨 것은 내가 아니라 바로 당신이오!"

정중부도 불쑥 목소리를 높였다.

"뭐라구?! 이 자가 눈에 보이는 게 없나?! 지금 그걸 말이라고 지껄이는가?"

한뢰가 삿대질을 하면서 벌컥 성을 냈다. 그러자 승선(承宣) 김돈중이 너털웃음을 터뜨리면서 한뢰에게 말했다.

"허허허! 한공(韓公), 참으시구료! 상장군이 생전 처음으로 폐하가 하사하신 어주를 마시더니, 제 정신이 아닌 모양이구려! 그렇지 않고서야 어찌 감히 그런 말을 지껄일 수 있겠소? 정신이 멀쩡한 한공이 참으셔야지, 어찌 하겠소? 허허허!"

"허허허! 김공(金公)의 말씀이 옳소이다! 제 정신 있는 사람이 참으셔야지, 어찌하겠소이까?! 한공이 참으시구려!"

이당주가 재미있다는 듯 손뼉을 치며 말하자, 승선 이세통과 지휘 유익겸, 태사령 허자단, 사천감 김자기 등이 일제히 폭소를 터뜨렸다. 정중부는 치솟는 분노 때문에 얼굴이 허옇게 변했다. 그는 불 같은 눈으로 한뢰와 김돈중을 노려보았다. 두 사람 다 정중부로서는 결코 잊을 수 없는 숙원을 지닌 자들이 아니던가! 당장 검을 빼서 모조리 도륙을 해 버리고 싶은 마음을 억누르기 위해 정중부는 이를 악물었다.

"상장군과 견룡군 위사들의 노고는 짐작이 가지만, 한뢰와 이당주의 말 또한 일리가 있도다! 내 환궁한 뒤에 견룡군을 크게 호궤할 테니, 상장군은 그리 알고 물러가라!"

의종이 정중부에게 말했다.

정중부는 어쩔 수 없이 임어전을 나왔다. 밖으로 나오면서도 그는 걷잡기 어려운 울분 때문에 발걸음이 후들후들 떨렸다.

이의방과 이고가 임어전 밖에서 그를 기다리고 있었으나, 그는 아무 말도 하지 않고 그의 거처인 요사채로 향했다. 그의 심상찮은 기색을 눈치챈 두 사람이 말없이 그를 뒤따라왔다.

요사채에 이르러서야 정중부가

"동지들을 은밀하게 내 방으로 집합시키게!"

하고 말했다.

"예, 알겠습니다!"

이의방과 이고가 번개같이 밖으로 달려나갔다.

두어 식경 후에 정중부가 거처로 쓰는 요사채에 장군과 군관들이 모여들었다. 장군 기탁성과 양숙, 중랑장 진준과 낭장 김광미, 산원 이의방과 이고, 채원 등이었다.

이윽고 정중부가 결연한 얼굴로 입을 열었다.

"이제 드디어 때가 되었소! 내일 폐하께서는 연복정으로 돌아갔다가 다시 보현원으로 거둥할 계획이오. 보현원 앞의 공터가 사방이 막혀서 거사하기에 안성맞춤이니, 그곳에서 저들을 일망타진합시다. 그간 준비한 계획대로 각자 맡은 바 역할을 차질 없이 수행해 주시오. 그러나 만약 폐하께서 보현원으로 가지 않고 궁으로 돌아간다면 우리의 거사는 다음으로 연기해야 하오. 채원 산원은 지금 즉시 도성 안으로 들어가서, 그곳에 있는 동지들에게 만반의 준비를 갖추고 거사에 임하도록 전하시오."

정중부의 말은 낮고 작았으나 그의 눈에서는 뜨거운 불길이 넌출넌출 쏟아져 나왔고, 그 불길은 순식간에 다른 사람들의 눈으로 옮아붙어, 그들의 동공 안에서 이글이글 타올랐다.

2. 폐신(嬖臣)과 무부(武夫)

　다음날 의종은 예정대로 흥왕사를 떠나 연복정을 거쳐 보현원으로 향했다. 임금의 노부를 알리는 의장기(儀仗旗)인 강인번(絳引幡)이 앞장을 서고, 그 뒤에 말을 탄 경위대가 위엄을 뽐내며 뒤따랐으며, 대열의 한가운데에 의종이 탄 난여(鸞輿)가 자리 잡았다. 봉도(奉導)하는 별감이 난여의 머리채를 잡고서 목청을 높였고, 난여의 뒤에는 임금을 호종하는 신하와 내시들이 탄 말과 가마가 뒤따랐으며, 주위를 견룡군의 위사들이 호위하고 있었다. 그리고 그 뒤에는 어선(御膳)을 책임지고 있는 상식국(尙食局)과 시좌궁을 마련할 상사국(尙舍局), 가교마를 돌보는 상승국(尙乘局)의 대소 관원들과, 악공, 창우, 기생과 숙수 들, 그리고 각종 기물을 실은 수레들이 긴 대열을 이루며 따라갔다.

　의종이 잠에서 깨어난 것은 한나절이 지나 해가 중천에 있을 때였다. 그는 간밤의 숙취 때문에 아까 난여에 오르자마자 깊은 잠에 떨어졌었다. 난여가 흔들리는 것을 느끼고서야 그는 비로소 지금 자기가 흥왕사를 나와 보현원으로 가고 있다는 것을 깨달았다. 의종은 난여의 휘장을 들치고 밖으로 눈을 주었다. 밝고 따스한 햇빛이 산과 들에 폭포처럼 쏟아지고 있었고, 울긋불긋 단풍이 들기 시작하는 산과 누렇게 황금빛으로 변해가는 들판이 그림같이 아름다웠다.

　"진정 아름다운 산야로고!"

　의종의 입에서 탄성이 흘러나왔다. 그는 본래 감성이 풍부하고 풍류를 좋아했다. 그 때문에 정사(政事)를 소홀히 하고서, 풍광이 아름다운 곳을 찾아다니면서 연회를 열고, 시를 짓고, 노래 부르기를 즐겨하였다.

　의종은 1146년 인종이 승하하자 왕위에 올랐다. 의종은 인종의 제3황후 공예황후 임씨의 첫아들로서 이름은 현(晛)이었고, 나이 20에 즉위하였다. 의종은 그 천성이 예민하고 경박하고 놀기를 좋아해서 등극 전부터 왕재(王才)로서 논란이 많았다. 태자로 책봉된 후에도 공부는 뒷전이고 무장들과 어울려 격구와 놀이에 몰두하였다. 인종은 이러한 아들에 실망하여 그의 태자 지위를 박탈하려 하였고, 의종의 친모인 공예황후마저 둘째 아들 대령후를 후계자로 내세우려 했다. 그러나 인종의 신임이 두터웠던 예부시랑 정습명이 책임지고 태자를 보필하겠다고 나서는 바람에 현은 가까스로 태자 지위를 보존했다. 인종은 임종하면서 태자 현에게 "나라를 다스리는 데는 항상 정습명의 말을 따르라."는 고명을 남겼다.

의종은 아버지의 고명대로 즉위 초엔 정습명의 말을 잘 따랐으나, 날이 갈수록 정습명을 귀찮게 여겨 멀리 하였으며, 자기의 근위 세력인 김부식의 아들 김돈중과 환관(宦官) 정함 등을 동원하여, 고명대신 정습명을 탄핵하여 삭탈관직하였다. 배은망덕한 임금의 처사에 격분한 정습명은 극약을 먹고 스스로 목숨을 끊었다. 정습명이 사망하자 마음 내키는 대로 놀게 된 의종은 어느 때인가 혼자 귀법사에서 달령 다원까지 말을 타고 달리고서는,

"정습명이 죽었기에 망정이지 그가 살아 있다면 내가 어떻게 여기 오겠는가!"

하며 흐뭇해했다.

의종은 놀기 좋은 곳이면 때와 장소를 가리지 않았고, 마음 내키면 즉석에서 별궁이나 정자를 지었으며, 백성들이 사는 집도 마음대로 허물었다. 그의 관북별궁은 영은관 북쪽의 민가들을 허물고 지은 것이고, 태평정을 지을 때는 인가 50여 채를 강제로 철거시켰다. 의종이 손수 지은 정자와 건물은 태평정, 중미정, 만춘정 등 32채나 되었으며, 모든 건물이 호사하고 사치스럽기가 극에 달했으니, 공사에 동원된 백성과 군졸들의 노고는 이루 말할 수가 없었다. 그만큼 임금과 조정에 대한 원성(怨聲)도 높아갔으나 의종과 그의 폐신(嬖臣)들은 아랑곳하지 않았다.

양광낙조여폭포(陽光落照如瀑布)
산야심유약정토(山野深幽若淨土)

의종이 경치를 바라보면서 시구를 생각하고 있는데, 마침 말을 타고 급히 앞으로 나아가는 기탁성의 모습이 그의 눈에 들어왔다. 기탁성은 수벽치기와 격구에 뛰어나서 의종이 특별히 파격적으로 계급을 승차시키고, 응양군에 발탁한 인물이었다. 기탁성은 정중부에게 달려가 뭔가를 얘기했는데, 두 사람을 본 순간 의종은 문득 어젯밤 정중부의 청을 거절했던 일이 생각났다. 그렇게 보아서 그런지 정중부와 기탁성은 물론 다른 장교들의 얼굴이 한결같이 굳어져 있는 것 같았다.

"이곳에서 쉬어가자!"

행렬이 오문(五門) 앞에 이르렀을 때 의종이 말했다.

오문 앞은 넓은 공터가 있고, 공터 한쪽에 아름드리 느티나무 두 그루가 서 있었다. 그리고 그 나무 아래에 넓고 평평한 바위가 있어서 많은 사람들이 쉴 만한 곳이었다. 느티나무 밑에 난여가 멈추자 상사국 관원들이 부산스럽게 차일을 치고 사방에 휘장을 둘러 장전(帳殿)을 꾸몄다. 바닥에는 화문석과 보료를 깔고, 그 위에 어탑(御榻)을 올려놓았다. 상식국 사람들은 서둘러 주안상을 마련했다.

의종은 시신들과 함께 술을 마시다가, 술자리가 한창일 때 좌우를 돌아보며,

"장하구나! 이곳이 바로 군사를 조련할 만한 곳이다! 내 견룡군의 수벽치기하는 모습을 구경할 테니, 준비를 갖추도록 해라!"

하고 말했다.

"…폐하, 수벽치기 시합이라니, 갑자기 어인 분부시옵니까? 벌써 한나절이 기울었사옵니다."

한뢰가 조심스럽게 말했다.

"연일 위사들의 고생이 큰데, 어제 상장군의 청을 거절한 게 마음에

걸린다. 위사와 장교들의 노고를 위로하기 위한 자리를 마련하려는 것이니라."

의종은 견룡군에게 수벽치기 시합을 시킨 다음, 두루 후한 상과 음식을 내려서, 그들의 사기를 북돋워 줄 생각이었다. 그는 격구(擊毬)와 수벽치기를 좋아해서, 때를 가리지 않고 견룡들에게 시합을 시키고, 남다른 솜씨를 지닌 위사에겐 터무니없이 자급(資級)을 올려주기도 하고, 분에 넘치는 큰 상을 내리기도 했다.

"폐하, 폐하를 호위하는 일은 견룡들의 당연한 책무이거늘, 그들을 위무하기 위해 바쁜 일정에 수벽치기 시합을 시키신다 함은 부당하옵니다. 또 저들을 위무하신다 하더라도 지금은 때가 아니옵니다! 분부 거두어 주시옵소서!"

한뢰가 다시 말했다.

그는 견룡들을 위무하려 한다는 의종의 말을 듣는 순간 울컥 심사가 꼬였다. 4년 전 달령원에서 정중부와 다툰 뒤 그를 모략하여 감문위로 좌천시켰던 한뢰는, 정중부가 권토중래하여 다시 응양군으로 되돌아오자 기회 있을 때마다 정중부를 음해해 왔고, 임금이 정중부나 견룡들에게 상이나 음식을 내리려 할 때마다 나서서 훼방을 놓곤 했다.

"분부를 거두라니, 그게 무슨 말인가?"

임금이 의아한 얼굴로 물었다.

"지금 출발하셔도 해동갑해서야 겨우 보현원에 들어가실 수 있사옵니다."

"잠깐 수벽치기 시합을 보고 간다고 별 일이야 있겠는가?"

"날씨도 수상하온데, 서두르심이 좋지 않겠사옵니까? 보현원에 가셔서 위사들에게 호로(犒勞)를 베푸셔도 늦지 않으실 것이옵니다."

"…그대가 그처럼 완강하게 과인의 뜻을 반대하는 까닭이 무엇인가? 위사들을 위무하려는 과인의 뜻이 잘못이란 말인가?"

"그럴 리가 있겠사옵니까? 혹 일정이 늦어져서 폐하의 거둥에 추호라도 차질이 생길까 저어되어서 드리는 말씀일 뿐 다른 뜻은 조금도 없사옵니다."

"다른 뜻이 없다?! 그렇다면 아뭇소리 말고, 과인의 말대로 행하라!"

의종이 여느 때와는 다르게 고압적인 자세로 한뢰의 뜻을 꺾었다. 한뢰는 어쩔 수 없이 뒤로 물러났으나 자기도 모르게 얼굴이 우거지상이 되었다. 그는 의종의 처사가 못마땅해서 마음이 뒤틀릴 대로 뒤틀렸다.

"대장군 이소응과 장군 양숙은 앞으로 나와서 솜씨를 겨뤄 보아라! 이긴 사람에겐 후한 상을 내릴 것이다!"

의종의 명이 떨어지자 이소응과 양숙이 임금 앞으로 나아가서 군례를 올렸다. 그리고 공터 가운데로 가서 마주 보고서 대련(對鍊)의 예를 갖춘 다음 수벽치기를 겨루기 시작했다.

이소응과 양숙은 두 팔을 들었다가 서로 한쪽 팔을 세우고 다른 쪽 팔을 옆으로 내려비끼면서, 세웠던 팔로 반대편 어깨를 치는 탐마세를 취했다. 수벽치기 대련을 할 때 으레껏 첫 번째로 취하는 자세였다. 양숙은 기고세와 중사평세, 도삽세, 도기룡세, 순란주세, 칠성권세, 고사평세를 연속적으로 펼쳐서 이소응을 공격했다. 현란하고 멋진 공격이었다. 그러나 양숙은 제 기량을 모두 발휘하지는 않았다. 그는 10여 세나 나이가 많은 이소응이 자기의 상대가 될 수 없다는 것을 잘 알고 있었다. 양숙의 공격은 더할 수 없이 거센 것 같았으나, 그는 다른 사람들이 눈치채지 못하게 매번 공격의 마지막 순간에 팔과 다리에서 힘을 거두어들이곤 했다. 이소응에게 큰 타격을 주지 않기 위함이었다. 그런데도 이소응은 그의 공격을 막아내지 못하고 계속 뒤로 물러나다가, 양숙의 현각허이세에 옆구리를 채여 땅바닥에 사정없이 나가떨어졌다.

와아!

잘한다!

구경하던 사람들이 일제히 탄성을 울렸다.

이소응은 몸을 일으키려 했으나, 한참이 지나도록 꼼짝도 할 수가 없었다. 이소응이 일어나질 못하자 양숙이 그를 부축해 일으켰다. 양숙이 미안한 얼굴로

"대장군, 다치지 않았소이까? 송구스럽습니다."

하고 말하자, 이소응이

"당치 않소. 장군이 나를 봐 주었는데도 내가 추태를 보였으니, 오히려 내가 미안하오."

하고 말했다. 이소응은 양숙의 부축을 받아 겨우 몸을 일으켰는데, 수치심과 낭패감으로 얼굴이 검붉게 변해 있었다. 이소응도 젊었을 때는 남 못지않은 완력과 솜씨가 있었다. 그러나 이제 늙어서 심신이 많이 쇠약해졌고, 연일 계속된 호종 업무 때문에 지칠 대로 지쳤을 뿐만 아니라, 이틀 전부터 감기까지 들어서 몸이 매우 좋지 않았다.

양숙과 이소응이 다시 장전 앞으로 나아가, 의종에게 머리를 조아려 군례를 올릴 때였다.

별안간 한뢰가 앞으로 썩 나서더니,

"대장군이라는 작자가 꼬락서니가 그게 뭐냐? 어디 내 주먹도 한번 받아 봐라!"

하며 이소응의 뺨을 사정없이 후려갈겼다. 느닷없이 뺨을 맞은 이소응은 몸을 가누지 못하고 섬돌 밑으로 굴러떨어졌다.

어?!

아니?!

장전 안팎에 있던 사람들은 모두 한뢰의 돌연한 행동에 크게 놀랐다. 한뢰가 대장군 이소응의 뺨을 쳐서 섬돌 밑으로 굴러떨어지게 하다니! 아무리 임금의 총애를 한몸에 받고 있는 한뢰라 할지라도 그는 종5품의 환관직(宦官職)인 기거주(起居注)에 불과한 자였다. 아직 30대

의 새파란 환관이 뭇사람들이 보고 있는 데서, 그것도 임금 앞에서 나이 많은 종3품 응양군 대장군의 따귀를 올려붙인다는 건 있을 수 없는 일이었다. 너무나 뜻밖의 일에 모두들 어안이 벙벙해서 말을 못 하고 있는데,

"하하하! 한뢰의 솜씨도 양숙 못지않구나! 하하하!"

하고, 의종이 손뼉을 치면서 크게 웃었다. 그러자 좌우에 있던 신하들도 의종을 따라 손뼉을 치며 웃음을 터뜨렸다.

"저렇게 허약한 자가 대장군이라니! 참으로 한심하옵니다! 차라리 여기 있는 이 기생을 이소응 대신 대장군으로 임명하는 게 나을 것 같사옵니다! 하하하!"

"폐하, 저렇게 망측스러운 꼬락서니를 보인 자가 어떻게 대장군의 책무를 맡을 수 있겠사옵니까? 당장 파직시켜야 마땅할 줄 아옵니다!"

"허허, 정말 꼬락서니가 말이 아니군!"

"클클클! 가관이군! 늙은이가 정말 가관이야!"

내시와 문신 들은 손뼉을 치고 가가대소하면서 이소응을 마음껏 조롱했다.

이소응이 치욕을 당하자 그것을 지켜보고 있던 무반들이 얼굴빛이 변해서 정중부에게로 몰려들었다.

"저런 놈들은 단칼에 요절을 내 버려야 합니다! 지금 당장 일어납시다!"

이고가 칼자루를 거머잡고서 정중부에게 말하자,

"그렇습니다! 보현원까지 갈 것 없이 지금 당장 베어 버립시다!"

이의방도 눈에 핏발을 띠고 나섰다.

"그대들은 나서지 말게! 이곳은 적합한 장소가 아닐세!"

정중부가 두 사람을 말리고 나서, 장전 앞으로 나아가며 큰 소리로 외쳤다.

"이게 대체 무슨 짓들이오? 명색이 폐하를 보필하는 자들이 지금 제정신들이 있소이까?"

노기를 띤 정중부의 목소리에 의종과 시신(侍臣)들이 머쓱한 표정으로 그를 바라보았다.

"대장군 이소응은 그 자급이 종3품으로서 한낱 기거주 한뢰 따위의 미관말직에게 치욕을 당할 사람이 아니오! 그가 나이가 많아 기력이 예전 같지 않고, 또한 연일 계속된 노고로 심신이 곤비하여 젊은 양숙 장군에게 패하였다 하나, 이는 부끄러운 일이 아니오! 모든 대련에는 승패가 있기 마련이고, 나이 많은 노장군이 연부역강(年富力强)한 젊은 장군을 어찌 이길 수 있겠소? 이소응 대장군은 그간 수십 년 동안이나 폐하를 호위해 온 공로가 결코 적지 않은데, 한뢰 따위가 그런 대장군의 따귀를 올려붙인 것은 결코 용납될 수 없는 일이오!"

정중부의 목소리가 쩌렁쩌렁 장전을 울렸다. 그의 말에 시신(侍臣)들은 모두들 할 말이 없어서, 낯을 붉혔다. 무반이 아무리 천대를 받고 있다 할지라도 한뢰의 행패는 너무 지나친 일이었기 때문이었다.

"폐하를 즐겁게 해 드리기 위해 잠깐 장난을 친 것을 가지고 뭘 그렇게 목소리를 높이고 그러시오? 폐하 앞에서 외람되게 눈을 부릅뜨고 핏대를 세우다니, 이거, 너무 무엄하지 않소이까?"

졸지에 정중부에게 성토를 당한 한뢰가 발끈해서 앞으로 나섰다.

"한뢰, 네 이놈! 네놈이 무슨 할 말이 있다고 낯짝을 쳐들고 앞으로 나서느냐? 폐하를 즐겁게 해 드리기 위해서 장난을 쳤다고?! 네 이놈, 나라의 간성인 대장군을 폐하의 눈앞에서 욕보이는 것이 폐하를 즐겁게 해 드리는 것이냐? 네놈의 망녕된 짓이 폐하의 위엄과 덕에 돌이킬 수 없는 누(累)를 끼쳤다는 것을 정녕 모르겠느냐? 할복을 해서 사죄를 해도 시원치 않을 놈이 무슨 낯짝으로 나선단 말이냐? 네놈이 그렇게 주먹질을 잘한다면 내가 네놈을 상대해 주겠다!"

정중부가 그렇게 말하고 한뢰 앞으로 성큼 다가가자

"아니, 어전에서 이렇게 무례해도 되는 것이오?"

한뢰가 깜짝 놀란 얼굴로 뒤로 물러났다.

"무례한 것은 내가 아니라 네놈이다! 한낱 환관놈이 간사한 언행으로 폐하의 은총을 도둑질하여, 권력을 농탕질치며 성총을 어지럽히고, 오만방자가 극에 달해서, 드디어 대장군의 뺨따귀를 올려붙이는 지경에 이르렀으니, 이는 전에도 없었고, 앞으로도 없을 크나큰 망발이다! 네놈이 이처럼 안하무인으로 날뛰는 것은 모두 폐하를 등에 업고서 호가호위(狐假虎威)함이니, 어찌 폐하께 누를 끼치는 간신배가 아니겠느냐?"

정중부는 그간 가슴 속에 품고 있었던 포한(抱恨)을 거침없이 내뱉었다. 그러자 환관 이당주가 나섰다.

"상장군은 말씀을 삼가시오! 한공의 장난이 약간 지나쳤다 할지라도 폐하 앞에서 그렇게 함부로 말할 수 있소이까?"

"초록은 동색이라고, 너도 같은 환관이라고 한뢰를 편역들려 하느냐? 예로부터 너희 같은 환관들이 당여(黨與)를 지어 권세를 휘두르게 되면 반드시 조정이 어지러워졌고, 마침내는 사직에 큰 우환이 되어, 나라의 주인이 바뀌기까지 했었다! 사직의 안보를 담당하는 무반의 대장군이 오늘날 이처럼 수모를 당하게 된 것은 모두 너희 같은 놈들이 폐하를 등에 업고서 날뛰기 때문이다!"

정중부의 말에 의종과 신하들의 얼굴색이 창백하게 변했다. 정중부가 환관들을 꾸짖으면서 동시에 임금을 나무라고 있었기 때문이었다. 그러자 승선 김돈중이 발을 구르면서 정중부를 꾸짖었다.

"무엄한지고! 여기가 어디라고 감히 그런 망녕된 말을 함부로 내뱉는가?"

"당신도 저 한뢰놈과 한 편이 되어서 나서는가? 대대로 조정의 녹을 먹으면서 폐하를 바르게 보필하지 못하고 저런 보잘 것 없는 환관놈들과 한통속이 되어서, 우리 무반을 발샅의 때만큼도 여기지 않으니,

당신이 어찌 생각이 있는 자라 하겠는가? 나를 꾸짖기 전에 어찌 저 한뢰놈의 방자함을 꾸짖지 않는가?!"

"…뭐? 뭐라고? 상장군! …당신 지금 제 정신인가?"

김돈중은 정중부의 기세에 질려서 말문이 막혔다.

그때 의종이

"상장군은 노기를 가라앉히고 내 말을 들어라!"

하고 말했다.

"성려를 끼쳐드려서 황송하옵니다!"

정중부는 어쩔 수 없이 머리를 조아렸다.

"오늘 한뢰의 장난이 지나쳤다! 과인 또한 그대들 무반의 마음을 살피지 못하고 한뢰의 장난에 함께 웃었으니, 과인의 잘못이 크다!"

"황공하옵니다!"

"아니다! 과인이 상장군의 마음을 위로하는 뜻에서 친히 술을 한 잔 따르겠다."

의종은 자리에서 일어나 정중부에게로 가서, 친히 술을 따랐다. 그는 자기 앞에서 좌우의 시신들을 거침없이 질타하는 정중부의 모습에 문득 심한 두려움을 느꼈다. 평소 그를 하늘처럼 우러러 받들던 정중부가 아니던가. 그런 정중부가 노골적으로 노기를 드러내면서 시신(侍臣)들을 꾸짖고, 임금인 자기의 허물까지 나무랐던 것이다. 정중부만이 아니라 다른 무장들의 얼굴에서도 심상치 않은 낌새가 묻어났다. 의종은 흠칫 몸을 떨며 정중부에게 말했다.

"과인에게 한 잔 따라 주겠는가?"

"황공하오이다."

정중부는 단숨에 술을 비우고, 그 잔에 술을 따라 의종에게 올렸다. 술잔을 받는 의종의 손이 미세하게 떨렸다. 정중부는 눈을 들어서 임금의 얼굴을 바라보았다. 오랜 동안 유흥과 여색, 음주에 곯아서 수척해진 임금의 얼굴에 짙은 두려움과 불안이 어려 있었다.

"상장군은 한 잔 더하고, 마음을 풀어라!"

의종이 다시 정중부에게 잔을 권하고 술을 따랐다.

"성려를 끼쳐 드려서 황공하옵니다."

정중부는 술을 마시고 나서 장전에서 물러났다.

"상장군님! 지금 베어 버립시다!"

정중부가 장전에서 나오자 산원 이고가 칼을 뽑아들며 말했다. 그러나 정중부는

"선부른 행동은 마라! 원래의 계획대로 보현원에서 거사한다!"

하고, 이고를 제지했다.

3. 전복과 살육

의종의 노부가 보현원에 도착한 것은 해름녘이었다.

원문(院門) 앞 넓은 공터에 난여가 멈추자 봉도별감이

"폐하! 보현원에 당도하셨사옵니다. 이제 작은 어가로 갈아타시고 안으로 드시옵소서."

하고 말했다.

의종은 난여에서 내려 가마를 갈아타려다가 하늘을 쳐다보았다. 그날따라 섬뜩하리만큼 시뻘건 노을이 온 하늘을 뒤덮고 있었다. 너무나 짙은 노을 때문에 산과 들이 모두 붉게 보이고, 사람들 얼굴까지 붉게 보였다.

"오늘은 노을이 유난하구나!"

의종은 혼잣말처럼 뇌까리고, 가마에 올라 보현원으로 들어갔다.

"이제 문을 닫고, 한 놈도 안으로 들이지 마라!"

의종이 보현원으로 들어가자마자 이의방이 위졸들에게 말했다. 이의방은 미리 와서 보현원 앞 공터 주위에 자기 부하들을 매복시켜 두고, 원문에서 의종이 오기를 기다리고 있었다. 이의방의 말이 떨어지기가 무섭게 위졸들이 원문을 닫고서, 칼을 뽑아들었다.

"모두 바른 팔 소매를 걷고, 복두(幞頭)를 벗어라!"

다시 이의방이 위졸들에게 큰 소리로 외치자 위졸들은 곧바로 바른 팔의 소매를 걷고 복두를 벗었다. 거사를 주동한 무반들이 적과 동지를 구별하기 위해 미리 정해 둔 표지였다.

"이게 무슨 짓이냐?"

부승선 임종식이 원문 안으로 들어가려다가 위사들이 가로막자 목소리를 높여 꾸짖었다.

"아무도 들이지 말라는 어명이시다!"

이고가 임종식에게 말했다.

"어명이라니?! 내가 바로 왕명을 출납하는 소임을 맡은 부승선이다! 성상께서 언제 그런 어명을 내리셨단 말이냐?"

"정중부 상장군에게 밀명을 내리셨다!"

"…밀명이라니?"

임종식의 얼굴에 짙은 불안이 스쳐 지나갔다.

그때 지어사대사 이복기가 원문으로 다가오며 물었다.

"임공, 왜 그러시오?"

"성상께서 아무도 들이지 말라는 어명을 내리셨다는 게요!"

"그게 무슨 말이오?"

"상장군 정중부에게 그런 어명을 내렸다는 게요!"

"…그럴 리가 없소! 이놈들이 뭔가 음모를 꾸미고 있는 게 틀림없소!"

"이놈들이라니?! 그놈, 아무 때나 아가리를 벌렸다 하면 그저 이놈 저놈이구나!"

이의방이 이죽거리듯 말하자 이복기가 눈을 부라리면서

"뭐라구?! 이놈, 일개 산원 주제에 감히 그런 더러운 욕설을 씨부리다니, 그러고도 네놈이 무사하길 바라느냐?"

하고, 호통을 쳤다. 그러자 이고가 눈을 부라리며 말했다.

"어, 이놈 보게?! 이놈이 아직도 날 샌 줄 모르고 잠꼬대를 하고 있나 보이?! 제놈 잡아갈 저승사자를 몰라보고 큰 소리를 치다니! 어디 네놈의 목에는 칼이 안 들어가나 보자!"

말을 마친 이고가 칼을 휘둘러 이복기의 목을 사정없이 내려찍자 이복기가 피를 내뿜으며 털썩 땅바닥에 거꾸러졌다.

"…어?! …이게, 이게 무슨 일이오? …대체 왜 이러는 게요?"

이복기의 모습을 본 임종식이 혼비백산해서 주춤주춤 두어 걸음 뒤로 물러나자,

"왜 이러느냐구?! 이런 아둔한 놈, 아직도 눈치를 못 채다니! 네놈들이 왜 죽게 되었는지 황천길을 가면서 곰곰이 생각해 봐라!"

이의방이 번개같이 칼을 휘둘렀다.

이복기와 임종식이 칼을 맞고 쓰러지자 그 광경을 목격한 사람들이 놀라서 소리를 질렀다.

살변이 났다!

사람이 죽었다!

원문 앞 공터가 삽시간에 경악과 공포로 아수라장이 되었을 때 말을 타고 달려온 정중부가 큰 소리로 말했다.

"살고 싶은 놈은 즉시 땅바닥에 엎드려라! 엎드리지 않는 놈은 모두 참하겠다! 위사들은 자주색과 진홍색 관복을 입은 놈들은 모조리 죽여라!"

정중부의 명령이 떨어지자 위사들이 대신과 환관들에게 마구 달려들어 칼을 휘둘렀다. 보현원 앞 공터는 순식간에 아비규환으로 변했다. 칼이 미친 듯이 난무하고, 처절한 비명과 신음이 어지럽게 뒤엉켰다. 피가 도랑물처럼 흐르고, 시체가 두엄처럼 쌓였다. 땅바닥에 머리

를 대고 엎드린 기생들과 노릇바치, 칼자와 막사(幕士), 궁녀, 하급 구실아치 들은 언제 칼날이 그들을 향해 날아올지 몰라서 온몸을 사시나무처럼 떨면서 울음을 터뜨리거나, 머리를 땅에 박고 비명을 질러댔다. 극심한 공포 때문에 기절을 한 사람도 여럿이었다. 승선 이세통과 어사잡단 김기신, 지휘 유익겸, 사천감 김자기, 태사령 허자단 등 40여 명이 순식간에 목숨을 잃었다.

한바탕의 살육이 끝나자 정중부가 말했다.

"이제 포덕전으로 가서 폐하와 환관놈들을 붙잡아야 한다! 이곳은 기탁성 장군과 진준 중랑장이 지키도록 하라! 이곳의 일이 도성에 알려져선 안 되니, 개미 새끼 한 마리도 빠져 나가게 해서는 안 된다!"

정중부는 이의방과 이고, 김광미, 그리고 30여 명의 위사들을 거느리고 보현원 안에 있는 포덕전으로 들어갔다. 보현원은 의종이 자주 들러서 묵어가는 곳이기 때문에 그 안에 행궁인 포덕전이 있었다.

"무엄하오! 성상 폐하께서 계신 어전에 상장군이 부하들과 함께 칼을 빼들고서 난입하다니, 이 무슨 해괴한 일이오?"

정중부의 무리가 포덕전의 계단을 뛰어오르는데, 이당주와 환관 두 명이 달려나와, 앞을 가로막으며 말했다.

"이놈, 죽고 싶지 않으면 썩 물러나지 못할까?"

이의방이 고함을 치자,

"이놈! 네놈은 한낱 보잘 것 없는 산원에 불과한 놈이 폐하께서 계시는 어전에서 칼을 빼들고 고함을 지르다니! 그러고도 네놈이 온전하길 바라느냐?!"

이당주가 제법 눈을 부라리며 이의방을 꾸짖었다.

"이놈이 아직도 세상이 뒤집어진 것을 모르고 큰소리를 치고 있구나! 네놈들이 그간 폐하를 등에 업고서 우리 무반들을 벌레처럼 하찮게 여기더니, 아직도 그 버릇이 남았구나!"

"뭐라구? 이놈이 환장을 했나? 내가 누구인 줄 알고 그 따위 구습을 함부로 놀리느냐?!"

"누구긴 누구냐? 뒈질 놈이지!"

말을 마친 이의방이 갑자기 칼로 이당주의 가슴을 힘껏 내지르자 이당주는 비명을 지르면서 계단 밑으로 굴러떨어졌다. 이당주의 뒤에 서 있던 두 환관은 크게 놀라 비명을 지르면서 몸을 돌려 도망쳤다.

"저놈들을 놓치지 마라!"

이의방의 말에 위사들이 환관들을 뒤쫓아갔다. 두 사람은 도망칠 곳이 없자 의종이 좌정한 전각 안으로 뛰어들었다. 그러나 위사들은 그곳까지 쫓아들어가서 의종의 눈앞에서 환관들에게 난도질을 했다.

"…이게, …이게 대체 무슨 짓인고?!"

그 모습을 본 의종이 벼락을 맞은 듯 놀란 얼굴로 물었다.

"폐하, 국적(國賊)을 처단하러 왔사옵니다."

정중부가 의종을 똑바로 응시하면서 말했다.

"…국적이라니?"

"폐하의 주변에서 권력을 농단하면서 폐하의 성총을 흐린 간신배들과 아첨배들이 국적이 아니고 무엇이겠사옵니까?"

"…뭐라고? …그게 대체 무슨 말이오?"

의종이 하얗게 질린 얼굴로 물었다.

"말씀드린 그대로이옵니다! 그간 폐하께서 국정을 소홀히 하고 풍류와 유락에 탐닉해서 조정이 어지러워진 것은 간신배와 아첨배 들이 폐하의 성총을 빙자해서 국사를 전단했기 때문이옵니다. 이러한 무리들을 주륙하기 위해서 우리 무반들이 일어섰사옵니다!"

"…상장군은 지금 시역(弑逆)을 하려 하오?"

의종은 정중부가 역모를 꾀하고 있다는 것을 깨닫고 가슴이 덜컥 내려앉았다. 두려움으로 인해 의종의 목소리가 덜덜 떨렸다.

"시역이 아니옵니다! 사직과 백성을 위해 간신배들을 토주하고자 검을 든 것이옵니다!"

"그렇다면 위사들을 물려 주시오. 여기엔 그런 자가 없소."

"폐하, 기거주 한뢰를 내어 주십시옵소서!"

"…한뢰를?!"

"그렇사옵니다! 한뢰에게 위사들의 원한이 사무쳤으니, 그를 내치시옵소서! 오늘 무반들이 들고 일어난 데에는 한뢰의 책임 또한 적지 않으니, 그를 죽이지 않고서는 성난 위사들을 달랠 수가 없사옵니다!"

"…이곳 보현원에 온 뒤론 그를 보지 못했소."

"한뢰가 아까 어가에 묻어 들어온 것을 위사들이 다 보았사옵니다! 폐하, 그를 보호하려 하지 마시옵소서. 자칫 잘못하다가는 화가 폐하께까지 미칠 수도 있사옵니다. 지금 원문 밖에는 호종하던 대신들이 모조리 죽음을 당했사옵니다. 한번 피맛을 본 위사들인지라 무슨 짓을 저지를지 알 수가 없사옵니다!"

정중부의 말은 노골적인 위협으로서, 신하가 임금에게 할 수 있는 말이 아니었다. 그러나 의종은 이미 그것을 나무랄 수 있는 처지가 아니었다. 또한 그것은 단순한 위협이 아니라 실제로 일어날 수 있는 일이었다. 방금 전에도 위사들이 의종의 눈앞에서 내시들을 마치 무 자르듯 베어 넘기는 만행을 태연히 저지르지 않았던가. 두려움에 질린 의종이 고개를 돌려 상탑 뒤로 시선을 주었다.

정중부가 눈치를 채고 다시 말했다.

"보아하니 폐하의 상탑 뒤에 한뢰가 몸을 숨긴 것 같은데, 정히 그러시면 위사들이 그를 끌어낼 수밖에 다른 방도가 없사옵니다."

그러자 내시 배윤재가 의종에게 나아가 부복하더니,

"폐하, 사세가 여기에 이르렀사오니, 이제 더 이상 기거주 한뢰를 보호할 수 없사옵니다! 한뢰를 내치시고 옥체를 보존하시옵소서!"

하고 말했다.

그때 상탑 뒤에 숨어 있던 한뢰가 기어나왔다. 그는 자기가 숨어 있는 것이 이미 들통나고, 배윤재까지 나서서 그를 내치도록 주청하자

더 이상 버티지 못하고 밖으로 나온 것이었다.

"폐하, 소신을 살려 주시옵소서! 그간 소신이 폐께 바친 충성을 생각하시어, 제발 소신을 내치지 말아 주시옵소서!"

한뢰는 의종의 옷자락을 붙잡고 애걸했다.

"…네 눈으로 보다시피 이제 과인은 너를 구해 줄 힘이 없다."

"폐하, 정중부 상장군에게 문하시중의 벼슬과 많은 재물을 내리시옵고, 큰 잔치를 베풀어 그의 마음을 위로하시어, 소신을 살려 주도록 청하여 주시옵소서!"

한뢰가 비통하게 울음을 터뜨리며 다급하게 말했다.

"……!"

"폐하, 소신을 살려 주시옵소서! 폐하!"

"……."

그러나 의종은 아무 말도 하지 않고 고개를 돌렸다.

그 순간 이고가 칼을 빼어들고 한뢰에게 달려들더니,

"이 잔나비 같은 놈, 폐하의 어의 자락을 붙잡고 매달리면 살 것 같더냐? 당장 그 어의 자락을 놓지 않으면 이 자리에서 베어 버리겠다!"

하고 을러댔다.

한뢰가 어쩔 수 없이 의종의 옷자락을 놓자 이고가 한뢰의 목덜미를 잡고 상탑 밑으로 끌어냈다.

"상장군, 제발 살려 주십시오! 살려 주십시오!"

한뢰가 공포에 질린 눈을 희번득이며 다시 정중부에게 매달려 목숨을 구걸했다.

"이놈, 아까 이소응 대장군의 뺨을 후려치던 기개는 어디에 두고, 이제 무릎까지 꿇고서 구차하게 목숨을 구걸하느냐? 그렇게 빈다고 네놈이 살 수 있겠느냐? 차라리 의연하게 칼을 받아라"

"장군, 아까는 제가 술에 취해서 망녕된 짓을 했소이다! 제발 살려 주십시오! 앞으로 다시는 그런 일이 없을 것이외다!"

한뢰는 무릎을 꿇고 두 손을 비비면서 애처로운 목소리로 애걸했다.

"그놈, 끝까지 더럽게 구는군!"

이의방이 내뱉듯이 말하고는, 단칼에 한뢰의 목을 베었다.

그때 전각으로 들어온 지유(指諭) 김석재가 아무 것도 모르고

"이게 무슨 짓들인가? 이고는 폐하의 상탑에까지 나아가 칼을 빼들고, 그대는 이제 어전에서 살변을 저지르다니! 이런 불충이 어디 있단 말인가?"

하고, 목소리를 높였다.

본래 무반으로서 지유가 된 김석재는 전부터 이의방과 이고 등 무반들과는 안면이 있었다.

"네가 감히 우리를 꾸짖다니?! 네놈도 그간 주상 밑에서 알랑대더니, 간덩이가 부어서 눈에 보이는 게 없구나! 이놈아, 너도 목숨을 부지하고 싶으면 정신 똑똑히 차리고 혓바닥을 조심해라! 너의 본색이 무반이고, 전부터 안면이 있는지라 이번 한 번은 봐 주겠으나, 다시 또 그 따위 소리를 지껄이면 그땐 단칼에 목을 날려 버리겠다!"

이의방이 눈을 부릅뜨고 꾸짖자 김석재는 얼굴이 하얗게 질린 채 아무 말도 못하고 물러났다.

김석재가 물러나자 정중부가 의종에게 말했다.

"폐하, 성려를 끼쳐드려서 황송하옵니다. 그러나 한뢰는 그간 임종식이나 이복기, 정함, 영의, 백선연 등 몇몇 문신, 환관들과 당여(黨與)를 만들어 한 패가 된 다음, 간교하고 달콤한 말로써 폐하의 은총을 도둑질하고, 그 당여들과 손잡고 조정과 국사를 좌지우지하여, 그 폐해가 폐하의 위엄을 손상케 하고, 나아가 종묘사직까지 위태롭게 했사옵니다. 일개 보잘 것 없는 환관 따위가 나라를 보위하기 위해 풍찬노숙으로 늙은 대장군의 뺨따귀를 서슴없이 올려붙이는 지경에 이르렀사오니, 미구(未久)에 그들이 용상까지 넘보지 않는다고 어찌 단언할 수 있겠사옵니까? 소신을 위시한 무반들은 이러한 무리들의 발호(跋

鳳)로 인해 사직이 더 큰 위태로움에 직면하기 전에 그 뿌리를 삼제(芟除)하기 위해 일어선 것이오니, 무반들의 이러한 충정을 가납하여 주시기 바라옵니다. 저희들은 이제 그간 쌓이고 쌓인 조정의 적폐(積弊)를 일신코자 하오니, 폐하께서는 모든 것을 소장들에게 맡겨 주시옵소서!"

"……."

의종은 아무 말도 하지 않았다. 이미 자기는 정중부의 임금이 아니고, 정중부 또한 그의 신하가 아니라는 걸 뼈저리게 느꼈다. 하루아침에 정중부는 그의 목숨을 좌우하는 생사여탈권을 지닌 절대자가 되었고, 그는 모든 것을 빼앗긴 채 허수아비나 꼭두각시 같은 존재로 전락해 버렸다는 걸 깨달았다. 의종은 어제 저녁 정중부의 청을 들어 주지 않았던 것을 통절하게 후회했다. 어젯밤 위사들에게 선온을 내려 주었던들 오늘 이런 일이 일어났겠는가? 그러나 이미 엎질러진 물이었다.

다시 정중부가 말했다.

"우선 지금부터는 내시들을 대신해서 소장의 휘하 위사들이 폐하를 모실 것이옵니다. 장군 기탁성과 별장 김광미가 위사들을 거느리고 폐하를 지켜드릴 것이오니, 불편함이 있으시더라도 당분간 참으시옵소서."

"……."

의종은 눈을 감았다. 그는 무반들이 그를 임금으로 모시고 호위하는 것이 아니라, 인질로 잡고 감시하려 한다는 것을 깨달았다.

정중부는 기탁성과 김광미에게 의종을 철저하게 감시하도록 하고, 포덕전을 나왔다.

"상장군님, 시체 가운데에 승선 김돈중이 보이지 않습니다!"

정중부와 이의방, 이고 등이 다시 원문 밖으로 나오자 진준이 달려와 말했다.

"뭐라구? 그게 무슨 말인가?"

"몇 번이나 시체들을 점검해 봤으나 김돈중의 얼굴이 보이지 않습니다!"

"그럴 리가…. 아까 연복정에서도 그놈의 얼굴을 분명히 봤는데…. 없는 게 확실한가?"

정중부의 얼굴에 당황한 빛이 떠올랐다.

"확실한 것 같습니다."

"그렇다면 그놈이 뭔가 낌새를 눈치채고 중로에서 샜다는 말이 아닌가?"

"…그런 것 같습니다."

"김돈중이 우리의 거사를 눈치채고 우리의 눈을 피해서 도성으로 돌아갔다면 이는 보통 일이 아니다! 그가 태자에게 변을 고하고, 태자를 받들고서 성문을 닫아건 다음, 우리를 역적으로 몰아 도성의 군사들을 동원해서 대항한다면, 일이 위태롭게 될 것이다."

정중부가 어두운 얼굴로 말했다.

"어허, 이런 낭패가 있나? 어쩌다가 일이 이 지경이 되었나? 만약 일이 실패하면 우리는 이 고려 땅에서 발붙일 곳이 없지 않은가!"

이고의 말에,

"앉아서 죽음을 기다릴 수야 있나? 목숨을 걸고 싸워 보다가, 정히 안 되면 멀리 남쪽으로 가서 무인도로 숨어들거나, 아니면 북방으로 달아나 국경 너머 거란(契丹) 땅으로라도 들어가야지!"

이의방이 말했다.

"지금은 그런 말을 할 때가 아니오. 지금 무엇보다 중요한 것은, 과연 김돈중이 어디서 무엇을 하고 있는지를 정확하게 아는 것이오. 세작(細作)을 도성으로 보내서 도성과 궁중의 상태를 파악한 다음 대책을 세우는 게 어떻겠소?"

진준이 그렇게 말하자 모두들 그의 말을 옳게 여겨, 누구를 세작으로 쓸 것인가를 의논했다. 곧 그 일을 감당할 만한 배짱이 있고 말 잘 타는 젊은이 두 명이 선발되었다. 이의방의 휘하에 있는 위졸 이광정과 조수돌이었다.

정중부가 두 위졸에게 말했다.

"너희 둘의 어깨에 우리 거사의 성패가 달려 있다. 너희는 지금 즉시 도성으로 달려가, 중부 성화방에 있는 김돈중의 집을 찾아가거라. 전 문하시중 김부식의 집이라고 하면 모를 사람이 없을 것이다. 그가 집에서 나오면 우리의 거사를 알고 있나를 확인하고, 우리의 거사를 모르고 있다면 어명이라고 속이고 그를 유인하여 데려 오도록 하라! 만약 그가 집에 없으면 응양군 본영으로 가서 이의민 산원을 만나, 그간 궁중에 별다른 움직임이 없나를 확인하고, 곧바로 돌아오너라. 지금 즉시 행하라! 임무를 무사히 완수하면 너희들을 장교로 승차시키고 큰 상을 내릴 것이니, 어김없이 행하라!"

이광정과 조수돌은 장교 복색을 갖춘 다음 말을 타고 도성을 향해 달려갔다. 보현원에서 도성까지는 40여 리의 거리였으나, 두 사람은 성문이 닫히기 전에 도성으로 들어가기 위해 잠시도 쉬지 않고 말을 달렸다.

두 사람이 성화방에 있는 김돈중의 저택에 도착한 것은 술시(戌時)가 막 지났을 어름이었다. 김돈중의 저택은 그의 부친 김부식이 문하시중이 된 다음 대대적으로 증축을 한 집으로서, 한 시대를 호령했던 권세가의 저택답게 성벽처럼 높다란 담장 안에 웅장한 건물들이 첩첩이 들어서 있었다.

"문을 여시오! 어명을 받고 왔소이다!"

이광정과 조수돌이 대문을 두드리며, 큰 소리로 외치자 곧 대문이 열리고 늙수그레한 중늙은이와 스물댓쯤 먹어 보이는 젊은이가 얼굴을 내밀었다. 차림새로 보아 노복들이 분명했다.

"승선 대감을 뵈러 왔소이다!"

이광정이 제법 위엄있는 목소리로 점잖게 말했다.

"어디서 오셨습니까?"

"어명을 받고 보현원에서 왔소이다!"

"대감마님께선 폐하를 호종(扈從)해 가셔서 돌아오지 않으셨는데…, 집에 와서 대감마님을 찾다니…, 연유를 모르겠습니다."

늙은 노복이 의아하다는 듯 말했다.

"대감께서 집으로 돌아온 것을 다 알고 왔소이다! 빨리 나오시라고 여쭈시오! 폐하께서 크게 진노하셨소이다!"

"…그게 무슨 말씀입니까?"

"승선 대감께서 폐하의 윤허도 없이 보현원에서 돌아왔소이다! 즉시 다시 모시고 오라는 어명이시오!"

"대감께서는 집에 돌아오지 않으셨습니다. 뭐가 잘못된 것이 아닙니까?"

"혹시 돌아왔다가 다시 나간 것이 아니오?"

"그렇지 않습니다! 그렇다면 늘 대문을 지키고 있는 제가 모를 리가 없지요!"

"정말이오? 나중에 거짓임이 드러나면 폐하를 속인 죄로 능지처참을 당할 게요!"

이광정이 으름장을 놓자

"폐하의 분부에 어찌 거짓을 아뢰겠습니까? 정말 돌아오지 않으셨습니다!"

늙은 노복이 두려움에 질린 목소리로 말했다. 그의 어조를 보건대 김돈중이 돌아오지 않은 것은 사실인 듯했다.

"폐하의 진노가 크시니, 대감이 오시면 즉시 보현원으로 돌아오시라고 전해 주시오!"

이광정과 조수돌은 곧바로 응양군 본영으로 가서 이의민을 만났다.

두 사람의 말을 전해들은 이의민이 말했다.

"승선 김돈중이 우리의 거사를 알고 도망쳐 돌아왔다면 즉시 2군과 6위에 비상 사태가 선포되고, 성문이 닫혀서 너희들이 들어오지도 못했을 것이다! 그가 우리의 거사를 미리 알고 피한 것은 아닌 것 같다! 도성은 아무 이상이 없다고 상장군께 전해라!"

두 사람은 다시 득달같이 보현원으로 말을 달렸다.

그들은 밤이 깊어서 보현원에 당도했는데, 보현원에서는 위사들이 화톳불을 밝혀 놓고서, 요란하게 떠들어대면서 술을 마시고 고기를 뜯고 있었다. 두 사람이 정중부에게 나아가 도성의 사정을 보고하자, 정중부가 크게 기뻐하면서,

"이제 우리의 거사는 성공했다!"

하고 말했다.

이의방도 기쁨을 감추지 못하고,

"수고가 많았다! 이제 너희들의 상이 클 것이다! 우선 이 술로 목을 축여라!"

하고서, 술을 따라서 이광정과 조수돌에게 권했다.

그날 밤 축시 경에 정중부는 보현원을 떠나 도성으로 향했다.

그는 기탁성과 김광미에게 위사 20여 명을 주어서 의종의 행궁을 지키게 한 다음, 대장군 이소응과 장군 양숙, 중랑장 진준, 산원 이의방, 이고, 채원 등과 함께 200여 명의 응양군을 거느리고 도성으로 나아갔다.

그들이 구정현(口井峴)을 넘고, 분지천(分之川)과 청교역(青郊驛)을 지나 도성에 닿았을 때는 동쪽 하늘에 희읍스름하게 동살이 잡히고 있었다. 그들은 아무런 저항도 받지 않고 도성으로 들어가, 인적이 드문 거리를 마구 달려서 곧바로 응양군 본영으로 향했다. 아직 성문들을 열 시간은 아니었으나, 응양군 상장군이며 반주(班主)인 정중부가 어명

을 받고 급히 궁궐로 간다고 하자 수직 군사들은 별 의심을 하지 않고 문을 열어 주었다.

그들이 가구소(街衢所) 앞을 지나칠 때였다.

관복을 입은 벼슬아치 2명이 그들의 앞길을 가로막으며 말했다.

"멈추시오! 이른 아침부터 어디를 이렇게 급히 가는 게요?"

"비켜라! 정중부 상장군께서 어명을 받고 궁궐로 가는 중이다!"

이의방이 큰 소리로 외쳤다.

"성상께서 보현원에 계신데, 성상 폐하를 호종해야 할 정중부 상장군이 이른 아침부터 여기엔 웬일이시오?"

"너는 도대체 누군데, 바쁜 사람의 앞길을 가로막느냐?"

"가구소의 별감(別監) 김수장과 이한징이오!"

"건방진 놈! 상장군이 여기 행차하신 건, 바로 너 같은 놈들을 저승으로 보내주기 위함이다!"

이고가 갑자기 불쑥 고함을 지르면서 앞으로 뛰쳐나와, 김수장에게 달려들어 칼질을 했다. 김수장이 쓰러지는 것을 본 이한징은 몸을 돌려 도망치려 했으나, 채원의 칼이 그의 목덜미를 사정없이 파고들었다.

그들은 김수장과 이한징의 시체를 길 가운데에 그대로 놓아둔 채 응양군 본영으로 달려갔다.

응양군 본영에는 사전에 계획된 대로 산원 이의민과 김홍강 등이 동지들과 함께 왕명을 빙자하여 위졸들을 모아놓고서, 정중부를 기다리고 있었다.

"우리의 거사는 이미 성공했다! 보현원에서 임금을 호종한 간신배들과 내시놈들을 모조리 도륙하고, 임금을 붙잡아 엄중하게 감시하고 있다! 이제 대궐로 가서 지푸라기 같은 대신놈들을 죽이고, 태자와 비빈들, 그리고 태후만 붙잡으면 세상은 완전히 우리 것이다! 가자!"

정중부는 위사들을 독려해서 궁성으로 쳐들어갔다. 그들은 궁성의 정남문인 승평문(昇平門)을 거쳐서 신봉문(神鳳門)을 지나 창합문(閶闔門)으로 질풍처럼 달려갔다. 정중부 휘하의 장교들이 어젯밤 미리 승평문과 신봉문, 창합문에 나가서 금직하는 감문위 위사들을 구워삶아 놓았기 때문에 정중부의 위사들이 들이닥치자 저절로 문들이 열리곤 했다.

창합문을 들어선 다음 정전(正殿)인 회경전(會慶殿) 앞에서 정중부가 큰 소리로 외쳤다.

"여기서 모두 흩어진다! 모든 장군과 장교들은 휘하의 위졸들을 거느리고 맡은 바 임무를 수행한다! 우리의 앞길을 막는 자는 모두 베어라!"

정중부의 말이 떨어지자 장군과 장교들은 10여 명 내지 20여 명씩의 부하 위졸들을 거느리고 사방으로 흩어졌다. 정중부와 그의 동지들은 미리 해야 할 일들을 면밀하게 검토하고, 누가 어떤 임무를 맡을 것인가를 사전에 정해 두었었다.

정중부는 위졸들을 거느리고 정전을 들이쳤고, 이의방은 태자를 잡으려고 태자궁(太子宮)을 향해 달려갔다. 이고는 임금의 어머니인 태후를 볼모로 잡기 위해 태후궁으로 뛰었으며, 양숙은 왕의 비빈들이 있는 있는 중궁과 후궁으로, 진준은 중추원으로 달려갔다.

대궐은 순식간에 걷잡을 수 없는 혼란에 빠져들었다.

숙직을 하다가 위졸들의 함성에 놀라 밖으로 뛰쳐나왔던 관원이나 내시 들은 영문도 모른 채 칼을 맞고 쓰러졌다. 한번 피맛을 본 위사들은 제 정신이 아닌 듯 벼슬아치라면 닥치는 대로 베고 찌르면서 야차같이 날뛰었다. 얼굴이 해사한 젊은 궁녀를 보면 다짜고짜 끌고 가서 겁탈을 했고, 반항하는 여자에겐 사정없이 칼질을 했다. 문을 마구 때려부수고, 기둥과 문설주에도 사정없이 칼질을 했으며, 기물을 닥치는 대로 박살냈다. 좌고(左庫)와 우고(右庫), 내탕고(內帑庫)의 문을 부수고, 재물을 훔쳤으며, 비빈들의 처소에까지 들어가서 여자들을 능욕하고, 값진 노리개와 보화 들을 약탈했다. 위사들이 대궐로 난입한

지 두어 식경도 지나지 않아서 사방에 시체가 즐비했고, 시체에서 흘러나온 피가 도랑을 이루었다. 쫓고 쫓기는 자들의 고함과 비명, 살려 달라는 애원과, 죽어가는 자들의 처절한 신음으로 궁궐은 아비규환으로 화해 버렸다.

이때 대궐 안에 있다가 죽은 벼슬아치들이 수십 명이었는데, 그 가운데 이름있는 현관(顯官)은 추밀원부사 양순정(梁純精)과 사천감 음중인(陰仲寅), 대부소경 박보균(朴甫均), 감찰어사 최동식(崔東軾), 지후 김광(金光) 등이었고, 태자궁에서 행군별감 김거실(金居實)과 원외랑 이인보(李仁甫) 등이 변을 당했다. 하급 벼슬아치와 내관 들 중 죽은 자는 그 수를 헤아릴 수가 없었다.

대궐을 점령하고, 태자와 태후, 왕의 비빈들을 모두 회경전으로 잡아오자 임금의 어머니인 공예태후가 두려움으로 하얗게 질려서 정중부에게 물었다.

"…상장군, 이게 어찌 된 일이오?"

"송구하옵니다. 위사들이 무례하게 굴었더라도 너그럽게 용서하여 주시옵소서. 폐하의 주변에 간신배들과 환관들이 발호하여 조정을 어지럽히고, 무반들을 지나치게 멸시하여, 참다못한 무반들이 거사를 일으킨 것이옵니다."

"…무반들이 거사를…? 내 이런 일이 있지 않을까 노심초사했는데…. 지금 폐하는 어디 계시오?"

"보현원에 저희들이 모시고 있사옵니다."

"폐하의 옥체에 별 일은 없소?"

"아무 탈 없이 잘 계시옵니다."

"그럼 앞으로 폐하는 어떻게 되는 것이오?"

"폐하의 안위는 너무 걱정 마시옵소서."

"…폐하의 유흥과 풍류가 절제를 잃고 지나쳤음은 사실이나, …그러나 상장군에 대한 성상의 은혜는 각별한 바가 있었음을 상장군도 아실 것이오. 또한 돌아가신 상왕께서도 상장군에 대한 은총이 남달랐음을 상기하여, 부디 옥체만은 보존하게 해 주시오."

공예태후가 간절한 목소리로 애원하듯 말했다.

"폐하를 곧 이곳으로 모셔올 터이니 심려 마시옵고, 당분간 소장의 지시에 따라 주시옵소서! 지금 밖으로 나갔다가는 성난 위사들에게 무슨 변을 당하실지 모르오니, 갑갑하시더라도 잠시 이곳에 계시는 것이 안전할 것이옵니다."

정중부는 태자와 태후, 임금의 비빈 들을 억류하고, 위졸들로 하여금 굳게 지키도록 했다.

정중부가 회경전에서 나오자 이고와 이의방이 그를 기다리고 있다가, 말했다.

"상장군님, 지금 성난 위사들이 닥치는 대로 살육과 약탈을 자행하고 있으니, 이러다가는 재주는 곰이 부리고 엽전은 중이 훑어가는 꼴 나는 것 아닐지 모르겠습니다."

"그게 무슨 말인가?"

"위사놈들이 있는 것 없는 것 다 훑어가 버리고 나면 남는 게 뭐가 있겠습니까?"

"…그러니까 늦기 전에 우리도 그 약탈에 가담해야 한다는 말인가?"

"몇 군데는 위사들이 침범 못 하게 막아야지요!"

"어딜 말하는가?"

"다른 데는 몰라도 우선 임금의 사제(私第)인 관북댁과 천동댁, 곽정동댁은 지켜야 합니다. 그곳에 온갖 보화와 거만(巨萬)의 재물이 축적되어 있다는 건 세상이 다 아는 일인데, 곧 위사들이 그곳으로 몰려갈 것 아닙니까?"

의종은 대궐 밖에 3개의 굉결한 별저(別邸)를 두고, 때때로 그 별저를 옮겨다니면서 잔치를 벌이며 그곳에서 며칠씩 머무르곤 했다. 그

별저의 이름이 관북댁과 천동댁, 곽정동댁이었는데, 그 규모가 궁궐에 버금갔고, 그곳에 궁궐에 못지않은 재물과 보화를 쌓아 놓았다는 소문이 있었다.

"그래서 어쩌자는 것인가?"

"미친 개 날뛰듯 하는 위사들에게 약탈당하기 전에 우리가 먼저 가서 지켜야 하지 않겠습니까? 아니 할 말로 죽 쑤어서 개 줄 수는 없는 일 아닙니까?"

"마땅히 그래야지! 우리가 조정을 장악하려면 앞으로 많은 재물이 필요할 것일세. 또한 내가 지금 살고 있는 집이 비좁고, 그대들도 이제 현달하게 되었으니 지금 같은 오두막에서는 살 수 없을 테지! 그렇다면 나는 관북댁을 차지할 테니, 그대들은 천동댁과 곽정동댁을 차지하게!"

세 사람은 곧바로 부하들 중에 믿을 만한 자들을 골라서 임금의 사저로 보냈다.

"이곳이 폐하의 별궁이라는 걸 모르시오? 아무나 들어갈 수 있는 곳이 아니오!"

정중부의 부하들이 관북댁에 이르러 안으로 들어가려 하자 그곳을 관리하고 있던 별상원(別常員)들이 앞을 가로막으면서 말했다.

"이놈들! 임금이 이미 허수아비가 된 걸 모르느냐? 이제 이 저택은 정중부 장군의 것이다."

"그게 무슨 말이오? 폐하가 허수아비가 되다니?"

"이놈들이 어디 아궁이 속에 들어갔다 나왔나? 이놈들아! 세상의 주인이 바뀌었단 말이다! 죽고 싶지 않으면 비켜서라!"

"이곳을 지키는 것이 우리 임무요!"

"뭐라?! 이놈들이?!"

정중부의 위사들은 다짜고짜 칼을 휘둘러서 5명의 별상원을 베었다. 눈앞에서 동료가 죽어 넘어지는 것을 본 나머지 별상원들은 발바닥에 불이 나게 도망을 쳤다. 이의방의 부하들은 천동댁으로 가서 별상원 5명을 쫓아내고 천동댁을 차지했고, 이고의 부하 또한 별상원 7명을 베고서 곽정동댁을 손에 넣었다.

"대궐이 이미 무반의 손에 들어갔다! 문관의 관모(官帽)를 쓴 놈은 비록 서리(胥吏) 같은 하찮은 자라 할지라도 모조리 죽이고, 씨도 남겨 두지 말라!"

대궐을 쑥대밭으로 만든 위사들은 궁 밖으로 달려 나갔다.

"다들 죽여라!"

한번 피를 본 그들은 미친개처럼 날뛰며 닥치는 대로 칼을 휘둘렀다. 그러자 다른 부대의 사졸들도 덩달아 따라 나서서 관복을 걸친 자를 만나면 무조건 칼질을 해 댔다. 길거리에서 만난 문관만 죽인 게 아니었다. 그들은 이름난 벼슬아치들의 집을 찾아다니며 무자비한 살육을 자행하고, 부녀자들을 겁간했다. 그리고 재물을 약탈했다. 거리 여기저기에 시체가 나뒹굴고 위사들이 떼를 지어 다니면서 살생과 약탈을 자행하자 사람들은 대낮인데도 대문과 사립문을 닫아걸고 밖으로 나오지 않았고, 도성은 무시무시한 공포 분위기에 휩싸였다.

소식을 들은 벼슬아치들은 미리 피신하여 목숨을 부지했으나 미처 피하지 못한 사람들은 죽음을 당했다. 판리부사로 치사(致仕)한 최포칭(崔褒偁), 판리부사 허홍재(許洪材), 동지추밀원사 서순(徐醇), 지추밀원사 최온(崔溫), 상서우승 김돈시(金敦時), 국자감 대사성 이지심(李知深), 비서감 김광중(金光中), 이부시랑 윤돈신(尹敦信), 위위소경 조문귀(趙文貴), 대부소경 최윤서(崔允諝), 시랑 조문진(趙文振), 내시소경 진현광(陳玄光), 시어사 박윤공(朴允恭), 병부랑중 강처약(康處約), 도성랑중 강처균(康處均), 봉어 전치유(田致儒), 지후 배진(裵縉)과 배연(裵衍) 등 50여 명이 이때 목숨을 잃었다. 목숨을 잃은 사람 중에는 의종의 총애를 입고서 부귀를 누리며 권세를 휘두른 권신들도 있었으나, 청백한 성품으로 바른 말을 서슴지 않던 직간신(直諫臣)도 여럿 끼어 있었다. 옥석구분(玉石俱焚)의 아수라장이 된 것이다.

보현원에서 기탁성의 감시를 받고 있던 의종은 정중부와 거사군들이 도성을 향해 떠나자 기탁성에게 말했다.

"기탁성 장군, 과인이 그간 장군에게 섭섭하게 대한 적이 있었소?"

"…폐하, 어인 말씀이시옵니까?"

"기 장군은 수벽치기와 격구에 능해서, 내 그간 남다르게 아껴 왔소. 그래서 다른 무부들을 젖혀두고 위계 질서를 어기면서까지 그대의 자급(資級)을 몇 번이나 올려주고, 상도 또한 여러 차례 후하게 내렸었소."

"폐하, 황공하오이다."

기탁성은 부복하여 머리를 조아렸다. 의종의 말은 모두 사실이었다. 대대로 무반 벼슬을 하는 군반씨족 집안에서 태어나지 않은 기탁성이 젊은 나이에 장군이 될 수 있었던 것은 오로지 의종의 눈에 든 덕택이었다.

"과인의 은덕을 조금이라도 입었다고 생각한다면 오늘날 과인에게 이럴 수 있단 말이오?"

"황송하옵니다. 제 한 몸은 폐하께 과분한 은총을 입었사오나, 근래에 폐하를 보필해온 무리들이 지나치게 방자하였고, 특히 무반들을 멸시하여 오늘의 사태가 발발한 줄 아옵니다."

"…과인의 잘못이란 말이구려."

"황송하옵니다."

의종이 한참 말이 없더니, 이윽고 말했다.

"어찌 하면 무반의 마음이 풀리겠소? 이번 거사를 주동한 무반들의 자급(資級)을 올려주면 되겠소?"

"그리 하시면 조금이라도 무반들의 마음을 달랠 수 있을 것이옵니다. 특히 정중부 상장군과 산원 이의방, 이고가 이번 거사의 주동자이니, 그들의 마음을 얻으시면 옥체를 보존하실 수 있으실 것이옵니다."

기탁성은 지난 날 의종이 그에게 내린 은총을 생각해서 그렇게 말했다.

"그럼 내 지금 바로 정중부를 위시한 여러 무반들의 자급을 올려 주겠소."

의종은 곧바로 정중부를 수사공복야(守司空僕射)로 임명하고, 이의방과 이고를 응양군과 용호군의 중랑장(中郎將)으로 승진시키라는 명을 내렸다. 그리고 거사에 참여한 모든 무관들을 한 계급씩 올려서, 대장군은 상장군으로, 장군은 대장군으로 승진시키도록 했다. 또한 이의방의 환심을 사기 위해 그의 형 이준의(李俊儀)를 승선으로 삼게 했다. 승선(承宣)은 왕명을 출납하는 정3품의 높은 벼슬로서 이준의와 같은 보잘 것 없는 인물로서는 꿈도 꾸기 어려운 높은 자리였다.

"정중부 상장군님! 폐하께서 상장군님을 수사공복야로 임명하셨다 합니다!"

기탁성의 밑엣 사람이 곧바로 정중부에게 달려와서 말했다.

정중부는 자기가 수사공복야로 임명되었다는 전갈을 받고서, 그날 오후에 보현원으로 달려가 급첩(給帖)을 받고, 의종을 모시고 도성으로 돌아왔다. 대궐과 조정이 완전히 무반들의 손아귀에 들어왔기 때문에 이제는 의종을 궁궐로 모셔와서, 모든 일을 왕명을 빙자하여 처리하는 것이 모양새가 좋겠다는 생각이었다.

4. 폐위(廢位)

환관 백선연은 거사를 일으킨 위사들이 대궐로 쳐들어왔을 때 의종의 총첩(寵妾)인 무비의 방에 있었다. 그는 본래 남경의 관노(官奴)였는데, 의종이 남경에 행차했을 때 그의 잘생긴 얼굴을 보고서 데려다가 궁중에 있게 했다. 백선연은 왕광취와 함께 의종의 총애를 받아 임금의 침전에까지 무상으로 출입하면서 권세를 휘둘렀다. 그뿐 아니라 관기(官妓)로서 임금의 사랑을 독차지해서 소생을 여럿 생산한 무비와 친압(親狎)해서 무시로 그녀의 거처를 드나들면서 간음을 했다. 천성이 대담하고 음탕하며 무도한 두 사람은 처음 만난 순간부터 상대방을 알아보고서 서로를 유혹했고, 사람들의 눈이 많은 대궐에서도 태연하게 사통을 하곤 했다.

의종의 이번 보현원 나들이에 백선연이 호종하지 않고 대궐에 남아 있었던 것도 무비의 부탁 때문이었다. 무비가 은밀하게 그에게 말하기를, 몸이 아프다고 핑계를 대고 궁중에 남아 있다가, 밤에 남모르게 그녀를 찾아오라고 했던 것이다. 그는 임금이 궁궐을 비운 동안 밤이 깊기를 기다려 매일 남모르게 무비의 거처를 찾아가 흐드러진 방사를 벌이고, 새벽에 살그머니 그녀의 방에서 빠져나오곤 했다.

그날도 그는 무비의 거처에서 밤을 새우고 새벽에 밖으로 나오다가 마침 정중부의 위졸들이 쳐들어와서 닥치는 대로 베고 찌르는 것을 보고서, 크게 놀라 다시 무비의 거처로 달려갔다.

"큰일났소! 반적들이 쳐들어와서 사람을 마구 죽이고 있소! 빨리 도망치지 않으면 죽임을 당할 게요!"

그와 무비는 후원의 뒷담을 뛰어넘어, 소란을 틈타 대궐을 빠져나갔다. 그리고 청교역의 한 민가에 몸을 숨겼다. 무비가 대궐을 나올 때 급하게 챙겨 가지고 나온 값진 패물 중 두어 개를 내놓고서 며칠간 몸을 숨겨 주길 청했던 것이다.

정중부는 김돈중과 무비, 정함, 백선연 등 도망친 의종의 폐신(嬖臣)들을 붙잡기 위해 도성에서 빠져 나가는 길목마다 휘하의 위사들을 풀어 놓았다. 마을마다 그들을 붙잡아 오거나 숨어 있는 곳을 신고한 사람에겐 큰 상금과 벼슬을 내린다는 방도 붙였다.

이의방의 휘하에 있는 대정(隊正) 조원정이 몇 명의 위졸들과 청교역을 지키고 있는데, 마을 사람 한 명이 다가와서 말했다.

"우리 집 골방에 중년 남녀 한 쌍이 숨어 있소! 둘 다 얼굴이 놀랍게 희고 잘생긴 게 우리같이 미천한 백성은 아닌 듯싶소."

조원정은 그의 집으로 달려가, 집주인이 가리키는 골방의 문을 벌컥 열어젖혔다. 젊은 남녀가 이불을 덮고 함께 누워 있다가 화들짝 놀라, 몸을 일으켰다. 두 사람 모두 옷매무새가 흐트러지고 옷고름이 풀려 있는 게 서로 희롱을 하고 있었던 게 분명했다. 조원정은 그들이 백선연과 무비라는 것을 한눈에 알아볼 수 있었다.

"이 연놈은 환관 백선연과 무비란 계집이다! 어젯밤 꿈이 예사롭지 않더니, 우리가 큰 공을 세웠다! 추악한 것들! 너희들의 몰골이 그게 무엇이냐? 진작부터 너희 두 연놈이 붙어먹었다는 더러운 소문이 나돌았어도 설마설마했더니, 모두 사실이었구나! 이놈, 임금을 모시는 환관놈이 임금의 계집을 훔쳐 사통을 하고, 함께 달아나다니! 네놈이 그러고도 임금의 총애를 받는 신하란 말이냐?"

"제발 한번만 눈감아 주십시오! 우리가 가진 패물을 모두 드리겠소이다! 하루아침에 팔자를 고칠 수 있는 진귀한 보물들이외다!"

백선연이 비굴한 웃음을 띠고서 말했다.

"이놈아, 네놈 저승 갈 때 노잣돈으로나 써라!"

조원정이 그렇게 말하고 칼로 백선연의 가슴을 힘껏 찔렀다. 백선연의 가슴에서 뿜어져 나온 피가 무비의 몸을 적시자 무비가 비명을 지르면서 의식을 잃고 자지러졌다.

"그년, 얼굴에 도화색이 가득하고 살이 박속같이 흰 게 과연 임금을 홀릴 만하구나!"

"그만한 미색이 있어서 천한 기생으로서 궁중의 숱한 여자들을 제치고 임금의 사랑을 독차지했을 것 아니겠나?"

"그년, 터질 것 같이 부풀어 오른 엉덩이와 가슴을 보니 사내깨나 밝히게 생겼군 그래! 이런 년이 어떻게 겨룹대 같은 임금에게 만족하겠나?"

위졸들은 골방에서 밖으로 무비를 끌어내면서 낄낄거렸다.

"간적과 화냥년을 잡았으니, 오늘 우리의 공이 크다! 이놈의 목을 베어서, 증거로 가져가고, 저년은 산 채로 잡아가자!"

조원정이 의기양양하게 말했다.

조원정은 신분이 천한 옥공(玉工)의 아들이었고, 그의 어미와 할미가 모두 관기(官妓)로서 미천하기 짝이 없는 집안 출신이었다. 그는 성품이 포악하고 욕심이 많았는데, 이의방 등이 거사를 모의하고 있는 것을 알고서 이의방에게 접근하여 자진하여 그 휘하가 되었다가, 큰 공을 세우게 된 것이다.

조원정이 무비를 잡아가자 중방에 있던 정중부가 명했다.

"백선연의 목을 정함 등의 머리와 함께 효수하고, 무비 저년도 날이 밝거든 저잣거리로 끌어내서 효수하시오."

임금의 모후인 공예태후가 중방으로 달려온 것은 무비를 붙잡아 온 지 두어 식경쯤 지났을 때였다. 태후는 왕실의 어른으로서의 체모도 돌보지 않은 채 정중부에게 매달렸다.

"상장군, 내 부탁을 좀 들어 주시오! 내 이렇게 간청하오!"

"태후마마, 지존하신 분께서 어찌 이러시옵니까?"

"무비를 참수한다는 말을 듣고, 내 이렇게 달려왔소. 제발 무비를 살려 주시오. 내 부탁하오."

"태후마마, 마마같이 존귀하신 분께서 그런 계집을 살리려는 까닭을 모르겠사옵니다. 무비로 말하면 비천하기 짝이 없는 관기로서 상감의 과분한 총애를 입었음에도 불구하고, 오히려 그 총애를 믿고 백선연이나 정함 등의 무리와 한통속이 되어 조정을 어지럽혀 왔사옵니다. 그간 폐하께서 환관과 내시 나부랭이들에게 정사(政事)를 맡긴 채 잔치와 유흥으로 지샌 데엔 무비의 탓이 크다는 건 태후마마께서도 잘 아실 것이옵니다. 게다가 무비는 환관 백선연과 사통까지 했음이 만천하에 드러나, 백선연은 그 현장에서 죽임을 당했사옵니다. 무비라는 음탕하고 미천한 계집으로 인해 황실과 조정에 이런 화가 들이 닥쳤습니다. 태후마마께서는 황실의 어른으로서 누구보다 앞장서서 무비를 참(斬)하라고 하셔야 할 분이신데, 마마께서 그런 더러운 계집을 두둔해서 살리시려는 까닭이 무엇이옵니까?"

"상장군의 말은 구구절절 옳소. 나 또한 무비를 당장 죽여도 시원치 않소이다. 그러나 무비는 폐하의 자녀를 열두 명이나 생산했소. 그 죄가 아무리 크고 밉더라도 아이들에게는 어미가 되는 사람이니, 할미로서 어린 것들의 애통해 하는 모습을 차마 어찌 보겠소? 사냥꾼도 어린 새끼를 거느린 암컷은 활로 쏘지 않는다 하지 않소? 제발 내 간청을 들어 주시오."

"인정에 좌우되어 마땅히 죽여야 할 계집을 살려 둔다면 영(令)이 서질 않사옵니다."

"상장군, 선왕 인종(仁宗)께서 상장군이 젊었을 적에 상장군에게 베푸신 은혜를 생각해 주시오. 그리고 지금 임금께서도 상장군에게 야박하진 않았지 않소? 부디 그간 두 분 임금께 입은 은혜를 생각해서 내 청을 들어 주시오. 상장군에게도 어린 손자들이 있지 않소이까? 그것들이 어미를 잃는다고 생각해 보시오."

공예태후가 정중부의 손을 붙들고 애절하게 말했다.

"태후마마께서 그렇게까지 말씀하시니…, 무비를 살려 드리겠사옵니다."

"정말 고맙소. 내 이 은혜는 잊지 않겠소."

"무비를 석방해서 그녀의 처소로 돌아가게 해라!"

정중부는 공예태후가 보는 앞에서 위졸들에게 명령을 내렸다.

"정중부 대감, 고맙소이다! 고맙소이다!"

태후는 몇 번이나 고맙다는 말을 되풀이하고 중방을 떠났다.

변란이 있던 날 환관 왕광취는 천행으로 죽음을 면했다. 그날 그는 궁궐에서 수직을 하고 있다가, 정중부와 위사들이 들이닥치자 재빨리 뒷문으로 빠져나가, 엉겁결에 아궁이 속으로 기어들어갔다. 대궐의 아궁이들은 모두 크고 깊어서 몸을 감추기에 알맞았다.

위사들이 대궐을 휩쓸고 지나간 뒤에 왕광취는 살그머니 아궁이에서 나와 살아남은 환관들 사이로 끼어들었다. 그는 얼굴을 감추기 위해 스스로 제 얼굴을 때려 멍이 들게 하고, 관모를 깊게 눌러 썼으며, 환관들의 거처에 숨어 있으면서 밖으로 나오지 않았다. 그의 얼굴을 알아보는 무반의 눈에 띌까 두려웠기 때문이었다.

그러나 언제까지나 그렇게 숨어 있을 수는 없었다. 무반들이 도망친 사람들을 붙잡기 위해 막대한 현상금까지 내걸고 혈안이 되어 있는 상황이 아닌가. 언제 그들의 눈에 띄어 죽임을 당할지 알 수 없었다. 그는 대궐을 떠나 도망칠 궁리를 했다. 그러나 정함이나 백선연 등이 도망쳤다가 현상금을 탐낸 백성들에게 붙잡혀서 목이 잘렸다는 소식을 듣고 도망칠 곳이 없다는 것을 알았다. 살길은 오직 하나, 먼저 칼을 뽑아서 정중부의 무리를 베어 죽이는 길밖에 없었다. 어차피 죽을 바엔 그냥 앉아서 죽임을 당하는 것보다는 먼저 공격을 하는 편이 낫다는 생각이 들었다. 정중부와 이의방, 이고 등 주동자 몇 명만 베어 버리면 그들 무리는 머리를 잘린 뱀처럼 저절로 무너질 것이고, 그들이 성공에 도취되어 방심하고 있을 때 갑자기 들이치면 의외로 손쉽게 뜻을 이룰 수 있을 것도 같았다. 만약 성공하면 변란을 평정하고 사직을 다시 일으켜 세운 일등공신이 되는 게 아니겠는가.

"우리가 이렇게 숨을 죽이고 있다가는 끝내 저 미쳐 날뛰는 무반들의 밥이 될 수밖에 없을 것이다. 정중부 등 주동자 몇 명만 죽이면 우리가 세상의 주인이 될 수 있다."

왕광취는 평소 그의 밑에 있던 환관과 내시 들을 규합해 갔다.

"사내 대장부가 한 번 죽지 두 번 죽나! 지금이 바로 그때이다! 폐하께도 우리 뜻을 미리 알려야겠다. 너는 폐하를 감시하는 위사들 몰래 폐하께 가서 우리들의 뜻을 알려라!"

그는 평소에 그가 신임하던 부하 정홍수를 의종에게 보냈다. 내시 정홍수는 기회를 엿보다가 의종을 감시하던 위졸들이 잠깐 자리를 비운 사이에 재빨리 탑전으로 다가갔다.

"폐하, 왕광취 대감이 보내서 왔사옵니다."

"…뭐라?! …왕광취 대감이 아직도 살아 있단 말이냐?"

"지금 정중부 등의 역적 무리를 소탕하려 준비 중이옵니다!"

"…누구와 함께 그 일을 도모한단 말이냐?"

"저희가 사람을 모으고 있습니다. 조금만 더 고초를 견디고 계시라는 말씀을 전하라 하셨습니다."

"…내 왕광취의 충정은 알겠다만…."

"그럼 소신은 이만 물러가겠사옵니다."

내시 정홍수가 물러간 후 의종은 깊은 생각에 잠겼다. 왕광취가 나의 복권(復權)을 획책하다니! 그러나 왠지 불길한 예감이 들었다. 일개 내시에 불과한 왕광취가 사납기가 늑대 같은 무반들을 일거에 제압한다는 게 가능하겠는가. 그 일 때문에 오히려 자기가 더 헤어나올 수 없는 막다른 궁지에 떨어지는 게 아닐까 하는 불길한 예감이 들었다.

그리고 그러한 의종의 생각은 적중하였다.

왕광취가 포섭하려는 환관 중에 한숙(韓淑)이란 자가 있었는데, 그는 왕광취의 이야기를 듣는 순간 자기가 백척간두의 기로에 섰다는 것을 느꼈다. 성공하면 정난공신(靖難功臣)이 될 수도 있으나, 자칫 잘못하면 무반들의 칼날에 그 자신은 물론이고 가족들까지 모조리 어육이 될 판이었다. 그는 왕광취의 말을 듣고 나서 생각에 생각을 거듭했다. 그런데 아무리 생각해 봐도 왕광취의 말대로 그렇게 쉽게 무반들을 제거할 수 있을 것 같지 않았다. 정중부와 이의방 등은 평소에 늘 무예를 연마한 무장들일 뿐더러 휘하에 거느린 위졸들이 있어서 거사를 성공적으로 이끌었지만, 환관들이야 무슨 힘이 있는가. 게다가 일을 주동하고 있는 왕광취가 도무지 미덥지가 않았다. 승산도 없는 왕광취에게 부화뇌동했다가 하나밖에 없는 목숨을 억울하게 희생하느니보다는 정중부에게 미리 발고를 해서 일신의 안전을 도모하고, 큰 상을 받는 게 백번 낫지 않겠는가. 군자는 대로행이라 하지 않았던가 흐흐흐!

한숙은 다른 환관이나 내시 들이 눈치채지 못하게 은밀히 중방(重房)을 찾아갔다. 중방은 본래 2군과 6위의 상장군과 대장군 16명이 군사에 관한 일을 협의하는 곳이었으나, 정중부는 거사에 성공하자마자 대궐 안에 중방을 설치하고, 그곳에서 모든 일을 처리하고 있었다.

"상장군을 해하려는 모의를 고하러 왔습니다."

"무엇이?! 그게 무슨 말이냐?"

한숙의 말에 정중부가 크게 놀라 얼굴색이 달라졌다.

"환관 왕광취가 이번 거사를 주동한 무반들을 도륙하기 위해 사람을 모으고 있습니다."

"왕광취가?! 그놈이 지금 어디 숨어 있느냐? 내 그대에게 큰 상을 내릴 테니, 세세하게 말해 보아라!"

정중부는 왕광취가 감히 그런 음모를 꾀하리라고는 꿈에도 생각하지 못했다가 한숙의 말을 듣고 가슴이 철렁했다.

한숙은 정중부에게 자초지종을 털어 놓았다.

"폐하께도 이미 허락을 받은 일입니다."

"…폐하께서도?! …으음! 더 이상은 안 되겠구나!"

9월 초하루 무인일(戊寅日) 해가 기울 무렵이었다.

내시 20여 명이 의종을 모시고 강안전(康安殿)으로 들어서는데, 갑자기 정중부와 이의방이 위졸들을 거느리고 와서 강안전을 에워쌌다. 그들은 강안전에서 내시들을 모두 끌어내고, 그들의 거처에 깊숙이 숨어 있던 왕광취도 붙잡아왔다.

"과인이 그대들의 공을 생각해서 섭섭지 않게 대접했거늘, 이게 무슨 짓이오?"

의종이 놀란 얼굴로 말하자

"폐하께서는 진정 모르셔서 그리 하문하시옵니까?"

이의방이 불퉁스럽게 대꾸했다.

"…무슨 뜻이오?"

"왕광취가 환관들과 내시들을 모아 우리 무반들을 죽이려는 모의를 폐하께 말씀드렸고, 폐하께서는 그걸 알고서도 시치미를 떼고 방조하셨사옵니다. 이 일에 대해 모든 것을 발고한 자가 있으니, 구차하게 발뺌할 생각은 마시옵소서."

이의방이 오금을 박듯 말했다.

"그, 그건…"

의종은 너무나 당황해서 말을 잇지 못했다.

"폐하께서 내시놈들에게 지나친 은총을 베풀고, 저희 무반들을 멀리 하시어 오늘과 같은 일이 생겼사오나, 그간 저희는 폐하께만은 위해를 끼치지 않으려고 애썼사옵니다! 그러나 폐하께서는 끝내 저희들의 충정(衷情)을 몰라 주시옵고, 또다시 왕광취와 같은 환관놈들과 한패가 되어 우리 무반을 제거하려 하셨사오니, 이제 폐하의 안위에 대해서도 장담할 수 없게 되었사옵니다. 폐하께선 수문전(修文殿)으로 납시어 계시옵소서."

정중부가 썰렁한 어조로 말했다.

정중부와 이의방은 의종을 수문전으로 옮기고, 왕광취를 비롯한 20

여 명의 내시와 환관을 즉시 도륙(屠戮)했다.

　정중부에게 끌려간 사람들이 모조리 죽임을 당했다는 말을 들은 의종은

　"여봐라! 주안상을 대령하고, 영관(伶官)을 불러라! 내 오랜만에 취토록 마셔 보리라!"

　하고, 큰 소리로 말했다.

　의종은 밤이 깊도록 술을 마시면서 악공들로 하여금 음악을 연주하게 하였다. 그는 술잔을 기울이면서 며칠 사이에 죽어 간 신하들의 얼굴을 하나하나 떠올렸다. 그리고 자기의 앞날을 생각했다. 정중부와 이의방의 딱딱하게 굳어진 얼굴을 보건대 이번엔 자기 또한 무사하지 못할 것 같은 느낌이 들었다. 폐위되어 멀리 원악도로 유배되거나, 아니면 죽임을 당할 테지. 그러나 이제 더 이상 무부들에게 자비를 구걸하지는 않으리라. 그는 계속 술잔을 기울이며 마음속으로 다짐을 했다.

　수문전에서 흘러나오는 음악 소리는 정중부를 비롯한 무반들이 모여 있는 중방에까지 선명하게 들려왔다.

　"채원, 자넨 저 소리가 안 들리나?"

　아까부터 얼굴을 으등거리고 있던 이고가 옆자리의 채원에게 불쑥 내뱉듯이 말했다.

　"왜 안 들리겠는가? 아무리 임금이라도 지금이 음률을 즐길 때인가? 심히 듣그럽구먼!"

　"저게 어디 즐기기 위함이겠는가?"

　"즐기는 게 아니면, 그럼 무엇이란 말인가?"

　"왕광취 무리를 조상(弔喪)하고, 그들을 죽인 우리들을 조롱하는 것이지!"

　"그렇구먼!"

"나는 속이 끓어올라서 더는 못 참겠네!"

이고가 자리를 박차고 일어나, 밖으로 나갔다.

채원이 이고를 뒤따라가서, 그의 옷소매를 붙잡고 물었다.

"자네 지금 어딜 가나?"

"그건 왜 묻나?"

"자네와 나는 단짝이 아닌가? 자네가 어딜 가는지 내가 알아야지!"

"수문전엘 가서 임금을 베어 버릴 작정이네!"

"…뭐라고?! …그게 정말인가?"

"…자네도 함께 가겠나?"

"…자네가 간다면야…."

"역시 자네와 난 단짝으로서 배짱이 착착 맞구먼!"

이고가 채원의 등을 치면서 말했다.

두 사람은 수문전으로 향했다.

양숙은 이고와 채원이 밖으로 나가자 문득 이상한 생각이 들었다. 그는 두 사람의 옆에 앉아 있다가 그들이 나누는 말을 엿들었는데, 아무래도 이고의 기미가 심상치 않게 느껴졌다. 혹시 성깔 사납고 잔혹한 이고가 임금을 시해하려고 나간 게 아닐까 하는 생각이 머릿속을 스쳤다. 이고와 채원이 한참 지나도 돌아오지 않자 양숙은 밖으로 나와서 두 사람을 찾아보았다. 그러나 이고와 채원의 모습은 보이지 않았다.

양숙은 수문전으로 갔다. 예상했던 대로 이고와 채원은 수문전 돌담의 그늘에 몸을 감추고 수문전을 바라보고 있었다.

"자네들, 여기서 무엇하고 있는가?"

"양 장군께서 여기는 웬일이시오? 폐하께서 즐기는 음률이 너무 좋아서 우리도 좀 듣고 있는 중입니다."

이고가 말했다.

"이런 데서 음률을 듣다가 위졸들의 눈에 띄기라도 하면 체통이 어찌 되겠나? 이제 자네들도 중랑장이 아닌가? 그만 가세!"

"장군이나 들어가십시오! 우리는 여기서 할 일이 있습니다!"

"내 자네들의 속셈을 다 알고 일부러 찾아왔네. 자네들, 지금 임금을 시해하려는 것 아닌가?"

"그렇소이다! 임금이 저렇게 우리를 비웃으며 조롱하고 있는데, 저걸 그냥 놔두고 보란 말입니까?"

이고가 살벌하게 눈을 번뜩이면서 말했다.

"자네들의 기분은 알겠네! 그러나 폐하께 칼을 대는 것은 그렇게 간단한 문제가 아닐세."

"간단한 문제가 아니라니? 폐하의 목에는 칼이 안 들어갑니까?"

"울분이 치밀더라도 좀 참게! 만약 자네 두 사람이 다른 장군들과 상의도 없이 임금을 시해했다가 일이 걷잡을 수 없게 되면, 그 책임을 어떻게 감당하려고 하나?"

"언제 우리가 뒷갈망이 무서워서 하고 싶은 일을 못 했습니까? 우리는 모가지를 걸어 놓고서 거사를 한 놈들입니다. 겁날 것이 무엇입니까?"

"어허, 이 사람 말하는 것 좀 보게? 지금이 그때와 같은가? 지금은 이미 거사가 성공해서, 우리가 조정과 나라를 우지좌지하고 있지 않은가? 이제 기분 내키는 대로 행동할 수는 없네! 더구나 다른 일도 아니고 임금에 관한 일은 경거망동할 수 없네! 지금 정중부 총재(總裁)와 다른 장군들이 모두 중방에 계시니, 그리 가서 이 문제를 논의한 다음 행동해도 늦지 않을 것이네!"

양숙은 이고와 채원을 달래서 중방으로 데려 왔다.

중방으로 돌아온 이고가 큰 소리로 말했다.

"여러분의 귀에는 수문전에서 들려오는 저 소리가 들리지 않습니까? 임금이 술을 마시고 주악을 즐기는 소리입니다. 아무리 술과 음률을 좋아하는 임금이라 하더라도 지금이 그걸 즐길 때이겠습니까?

참수를 당한 왕광취와 그 무리들의 시체가 채 식지도 않았는데, 임금이 저렇게 행동하는 것은, 왕광취 무리의 죽음을 애도하고, 그들을 죽인 우리 무반을 조롱하며, 비웃고 있음이 분명합니다. 이 같은 사람을 어떻게 임금으로 모시겠습니까? 지금 당장 임금을 참해 버려야 합니다!"

이고의 말에 중방은 찬물을 끼얹은 듯 조용해졌다. 다들 놀란 얼굴로 서로의 기색을 살폈다.

그러자 이의방이 나서서 말했다.

"우리의 거사에는 뚜렷한 명분이 있었습니다. 우리가 환관놈들과 문신놈들을 처단한 것은, 그들이 임금을 잘못 보필해서 조정을 어지럽히고, 사직을 위태롭게 했기 때문입니다. 그러나 만약 우리가 임금을 시해한다면 그 순간 우리의 명분은 빛을 잃게 됩니다. 지금은 우리가 정난공신이지만 임금을 시해하는 그 순간 우리는 역적으로 전락할 것입니다. 생각해 보십시오. 임금이 시해당했다는 소문이 나면 어찌 되겠습니까? 백성들이 우리를 역적이라고 손가락질하면서 용납하지 않을 것이고, 그리 되면 양계(兩界)에 나가 있는 무반들 가운데 야심 있는 자들이나 도성 안에 있는 무반들 중에서도 우리를 제거하려는 자들이 생겨날 것이고, 문관들 중에서도 기개 있는 자들이 손을 잡고서 우리의 목을 노리게 될 것입니다. 어차피 이제 임금은 아무 힘도 없이 우리가 시키는 대로 하는 꼭두각시인데, 그런 임금을 시해하여 경솔하게 위험을 자초할 필요가 있겠습니까?"

이의방의 말에 이고가 다시 목소리를 높였다.

"자네, 나와 채원이 경솔하다고 말했나? 생각해 보게! 임금이 살아 있는 한 왕광취와 같은 놈들은 꼬리를 물고 일어날 것이고, 결국 우리가 언젠가는 당하고 말 것일세!"

"아무리 그렇더라도 임금을 시해하는 일은 지나치지 않겠소? 온 세상의 지탄을 받고, 공분을 사게 될 게 뻔한데, 그리 되면 얻는 것보다 잃는 것이 많을 것 같소."

기탁성이 이고의 말에 완곡하게 반대하자 이의민이 나섰다.

"승선 김돈중이나 술사 영의 같은 놈들이 지금 무슨 생각을 하고 있
겠습니까? 어디선가 우리를 베기 위해 칼을 갈고 있을 게 분명합니다.
우리가 그놈들에게 당하지 않으려면, 당장 임금을 제거해서 그들의
구심점을 없앤 다음, 무슨 수를 써서라도 그들을 추포해서 죽여야 합
니다. 그 전에는 다리를 편하게 뻗고 자기가 어려울 것입니다."

"임금을 죽이게 되면 김돈중 같은 놈들에게 오히려 우리를 칠 좋은
명분을 주고, 힘을 실어 줄 수도 있습니다. 임금을 시해하는 문제만은
신중을 기해야 합니다. 임금을 퇴위시켜서 멀리 내쫓는 것이 어떻습
니까?"

이의방이 다시 그렇게 말하자 이고가 빈정거리는 말투로

"임금에게 은혜 입은 것이 많아서 그렇게 두둔하나? 자네가 내 의견
에 그렇게 반대하는 까닭이 뭔가?"

하고 말했다.

"뭐라고?! 그게 무슨 말인가?"

"몰라서 묻나? 정말 모르겠으면 자네 형 준의에게 물어 보게!"

무반들이 거사를 일으키자 의종은 보현원에서 이의방의 형 이준의
를 승선에 제수했었는데, 이의방은 이고가 그것을 못마땅하게 여기고
있다는 것을 깨달았다.

"자네, 지금 그걸 말이라고 하나?"

"왜 내 말이 틀렸나? 자네가 임금을 두둔하는 속셈이 뭔가?"

"속셈이라니? 나는 임금이 죽임을 당하게 되었을 때 우리가 처하게
될지도 모를 막다른 상황을 생각해서 말한 것일세. 자네는 너무 자기
생각만 내세우는 게 병통이야! 언제나 자네 의견만 옳으라는 법이 어
디 있나?"

"뭐라구? 자네, 지금 나와 시비를 하자는 것인가?!"

이고가 파르르 성을 내며 자리에서 불쑥 일어섰다.

"시비를 먼저 건 사람이 누군데?"

이의방도 눈을 부릅뜨고 벌떡 몸을 일으켰다.

그러자 진준이 재빠르게 일어나 두 사람 사이로 끼어들면서 말했다.

"두 사람의 의견은 모두 일리가 있소. 그러나 여기는 정중부 상장군을 모시고 국사를 논의하는 자리요. 게다가 우리는 목숨을 걸고 거사를 한 동지들이오. 다들 잘해 보자는 것이니, 서로 간에 의견의 차이가 있다 할지라도 지나치게 상대방의 감정을 건드리는 표현은 자제합시다. 이고와 이의방 두 중랑장은 잠깐 진정하도록 하고, …이제 다른 사람들의 의견을 들어 봅시다! 이소응 상장군은 어떻게 생각하십니까?"

진준의 말에 이소응이 조심스럽게 자기 의견을 말했다. 그 뒤를 이어 그때까지 다른 사람의 말을 듣고만 있던 사람들이 차례차례 의견을 개진했다. 이고의 주장에 동조하는 사람과 이의방의 의견이 좋겠다는 사람이 대략 반반이었다.

모든 무장들이 말을 마치자 그때까지 묵묵히 듣고만 있던 정중부가

"이제 여러분의 의견은 충분히 알았소."

하고, 입을 열었다.

"그간 임금의 실덕이 컸고, 더구나 왕광취가 우리를 해치려는 걸 알고서도 묵인했으니, 이제 더 이상 그를 보위에 있게 할 수는 없을 것이오. 당장 없애 버려야 후환이 없을 것이나, 자칫 잘못하다가는 우리가 역적으로 몰리기 쉬우니, 양위를 시킨 다음 멀리 내쫓는 게 좋겠소."

"그럼 태자에게 양위토록 한단 말입니까?"

"실덕한 임금을 폐하면서 그 아들에게 보위를 잇게 할 수는 없지 않겠소? 태자 또한 멀리 내쫓고, 두고두고 우환거리가 될 수 있는 태손(太孫)은 아예 없애 버립시다!"

"그럼 누구를 새 임금으로 모십니까?"

"상감의 동복 아우이면서도 그간 상감에게 많은 핍박을 당한 익양후(翼陽候)가 어떻겠소?"

정중부는 미리 생각을 정리해 둔 듯 거침없이 말했다.

"……."

"……."

"익양후를 추대하는 데 반대하는 사람은 없소?"

정중부가 드레있게 좌중을 둘러보며 말했다.

"……."

"……."

"그럼 익양후를 새 임금으로 추대하도록 하겠소. 이런 일은 신속할수록 좋은 법이니, 임금을 당장 군기감(軍器監)으로 옮겼다가 내일 새벽 남해의 거제도로 유배시키도록 하고, 태자 또한 영은관(迎恩館)으로 옮겼다가, 진도(珍島)로 내쫓으시오!"

정중부의 말이 떨어지자 이의방과 이고, 채원 등이 위졸들을 거느리고 수문전과 태자궁으로 달려갔다.

9월 초이튿날 기묘일 새벽, 채 날이 밝기도 전에 한 무리의 위사들이 의종이 억류되어 있는 군기감으로 들이닥쳤다. 의종은 어젯밤 수문전에서 술을 마시다가 불쑥 들이닥친 위사들에 의해 다짜고짜 군기감으로 옮겨져, 엄중한 감시를 받고 있었다. 그는 밤새 잠을 이루지 못하다가, 새벽녘에야 잠깐 눈을 붙였다.

새벽이 되자 의종을 거제도로 모셔 갈 군관과 10여 명의 위졸들이 허름하기 짝이 없는 소수레를 끌고 군기감에 나타났다. 그들은 다짜고짜 의종의 황룡포를 벗기고 백성들이 입는 삼베옷으로 갈아입힌 다음 수레에 태웠다.

의종의 수레가 승평문을 나가려 할 때였다. 웬 여자가 허겁지겁 뛰어나와, 수레 앞에 엎드렸다. 무비였다. 수레가 멈추고, 의종이 수레에서 내려왔다.

"폐하…."

무비가 채 말을 잇지 못했다.

"…폐하, 무비이옵니다. …이 천한 것을, …죽여 주시옵소서."

무비가 통곡을 터뜨렸다. 그녀 또한 백성들이 입는 삼베옷을 입고 있었다.

"무엄하다! 어디서 방자하게 울음을 터뜨리느냐?"

압송군관이 무비를 꾸짖자 의종이 말했다.

"놓아 두어라! 임금이 궁을 떠나는데, 곡성(哭聲) 한마디 없어서야 되겠느냐."

무비가 울음을 추스르기를 기다려 의종이 물었다.

"그래, 넌 어쩐 일이냐?"

"폐하, 소첩 무비가 폐하를 모시고 갈 것이옵니다."

"뜻밖이구나. …네 스스로 그런 생각을 했을 리는 없고, 누구의 생각이냐?"

"공예태후마마께서 정중부 상장군에게 부탁하셔서 소첩으로 하여금 폐하를 모시고 가도록 하였사옵니다."

"어머님께서?! …어머님께는 내가 큰 죄인이다!"

의종이 목이 메인 목소리로 말하고 나서, 군관에게 말했다.

"태후마마께서 얼마나 상심이 크시겠느냐? 마지막으로 태후마마께 하직 인사를 드리고 싶다! 그것만은 괜찮겠지?"

그러나 군관은 매몰차게 말했다.

"폐하, 아니 되옵니다. 누구도 만나게 해서는 안 된다는 엄명이 있었사옵니다. 빨리 수레에 오르시옵소서. 갈 길이 멀고, 곧 동이 트옵니다."

"알았다. 내 여기서 하직 인사를 올리겠다."

의종은 태후궁을 향해 큰절을 올렸다. 무비도 그를 따라 절을 올렸다.

"…어머님! …부디 만수무강하시옵소서!"

땅바닥에 무릎을 꿇고 엎드린 의종의 입에서 오열이 터져 나왔으나, 그는 이를 악물고 오열을 참았다. 참기 어려운 울음을 참느라 그의 온몸이 격렬하게 흔들렸다.

"폐하, 고정하시고, 이제 수레에 오르시옵소서. 그만 출발하셔야 하옵니다!"

또다시 군관이 재촉했다.

"오냐, 가자!"

의종이 몸을 일으켰다.

의종이 탄 수레는 예전의 위엄 있고 화려한 난여가 아니었다. 임금의 거둥을 알리는 강인번이 있는 것도 아니었고, 서슬 푸른 경위대도, 대인(隊引)과 내장(內仗)도, 봉도하는 별감도 없었다. 울긋불긋 화사하기 짝이 없던 비단휘장 대신 더럽고 남루한 삼베휘장이 둘러쳐져 있고, 바닥에는 채문석과 비단방석 대신 가난한 백성들이 사용하는 거친 부들자리 한 닢이 아무렇게나 깔려 있을 뿐이었다. 의종은 비로소 자기가 죄인이 되어 귀양을 간다는 사실을 뼈가 저리게 느꼈다.

"폐하, 어서 타시옵소서! 곧 날이 밝사옵니다."

또다시 군관이 재촉을 하자 의종은 무비를 데리고 수레에 올랐다.

"곧 날이 밝으니 서둘러야 한다!"

압송 군관은 계속해서 말에 채찍을 가하며 위졸들을 독려했고, 낡은 수레는 삐거덕거리고 덜커덩거리면서 대궐을 빠져 나갔다. 아직 대궐문을 열 시간이 아니었으나, 의종을 실은 수레는 여러 개의 크고 작은 문을 지체없이 지나, 동녘 하늘에 희붉게 동살이 잡힐 즈음 도성의 마지막 문인 장패문(長覇門)을 빠져나갔다. 배소(配所)인 거제도(巨濟島)까지 일천삼백 리의 머나먼 유배 길에 오른 것이다.

의종이 도성을 떠나는 같은 시간, 영은관에 갇혀 있던 효령태자 왕
기 또한 남쪽 외딴 섬 진도현으로 길을 떠났다.

수레에 탄 순간부터 의종은 깊고 깊은 회한에 사로잡혀 줄곧 눈물
을 흘렸다. 억지로 눈물을 참으려 애를 썼으나, 눈물은 끊임없이 흘러
나왔다.

뒷날 사관(史官) 김양경(金良鏡)은 의종의 사적을 찬(贊)하고, 다음과
같이 평했다.

《옛날 당(唐)나라 명종(明宗) 때에 대리소경(大理少卿) 강징(康澄)이 명
종에게 글을 올려 시국(時局)의 대책을 말하기를, "국가를 경영함에 있
어서 두려워할 필요가 없는 것이 다섯 가지이고, 깊게 두려워해야 할
것이 여섯 가지가 있습니다. 해와 달, 별이 제 궤도를 어기는 것은 두
려워할 것이 없고, 천상(天象)에 변괴가 보이더라도 두려워할 것이 없
습니다. 소인배들의 와언(訛言) 또한 두려워할 것이 없고, 산이 무너지
고 냇물이 마르는 것도 두려워할 것이 못 됩니다. 홍수와 가뭄, 병충
해 또한 두려워할 것이 없습니다. 그러나 어진 사람이 조정을 버리고
숨어 버리는 것을 깊이 두려워해야 하며, 사람들이 염치와 예의를 잃
어버리는 것 또한 깊이 두려워해야 합니다. 벼슬하는 윗사람과 아랫
사람이 서로 잘못을 감싸주는 것을 깊이 두려워해야 하며, 헐뜯어 꾸
짖음과 칭찬이 공정하지 못함을 깊이 두려워해야 하며, 바른 말이 들
리지 않음을 깊이 두려워해야 합니다."라고 했다. 이에 대해 구양공(歐
陽公)이 말하기를, "무릇 국가를 경영하는 자로서 어찌 경계하지 않을
수 있으랴." 라고 하였는데, 그 말이 참으로 옳다.

무릇 의종은 불법을 숭봉(崇奉)하고 귀신을 받들어 유별나게 경색(經
色)이니, 위의색(威儀色)이니, 기은색(祈恩色)이니, 대초색(大醮色)이니 하
는 것들을 만들어 놓고, 재(齋)를 올리고 기도를 올리는 데에 그 비용

을 무리하게 징수하여 부처와 신령들을 섬기기에 몰두하였다. 게다가 이복기, 임종식, 한뢰 등과 같이 간악하고 아첨 잘하는 자들을 좌우에 두었고, 정함, 왕광취, 백자단 등과 같이 간사한 자들을 환관으로 두었으며, 영의, 김자기 등과 같이 아유구용(阿諛苟容)하는 자들을 술사(術士)로 두었다. 임금의 총애하는 첩 무비가 궁 안에서의 모든 일을 제 마음대로 좌우하면서 요사스런 말로 임금의 비위를 맞추기에 갖은 아첨을 다했다. 조정에 감언이설이 어지럽고, 충직한 말이 사라져서, 마침내 변란이 임금의 눈앞에서 일어났건만, 그것을 알지 못했다. 이것이 바로 두려워하지 않아도 될 것을 두려워하고, 마땅히 두려워해야 할 것을 두려워하지 않아서 그렇게 된 것이 아니겠는가.

또한 화란(禍亂)이 발생한 초기에 임금을 위해 목숨을 바친 사람이 단 한 명도 없었으니, 더욱 탄식할 만한 일이다.》

의종을 태운 수레가 남쪽을 향해서 달리고 있을 무렵, 정중부를 위시한 무반들은 위졸들을 영솔하여 위풍당당하게 익양후의 저택을 찾아갔다.

"그대들은 이번에 정난을 주도한 무장들이 아니오? 내 집에는 무슨 일로 찾아왔소이까?"

익양후는 무반들이 떼를 지어 몰려온 것을 보고서 얼굴색이 변해서 물었다. 그는 이번 정변에 수많은 문관과 내시, 환관 들이 무차별로 죽임을 당하고, 그들의 집이 약탈되었을 뿐더러 여자들이 능욕을 당했으며, 심지어 그 집터가 파헤쳐져서 연못이 되었다는 것을 알고 있었다.

"익양후 마마, 지금 즉시 대궐로 납시어, 보위에 오르시옵소서!"

정중부가 말했다.

"보위라니?! 대체 그게 무슨 말이오?"

익양후의 눈동자가 경악으로 크게 열렸다.

"익양후 마마께서 보위에 오르시게 되었사옵니다. 서둘러 채비를 갖춰 주시옵소서!"

"…보위라니?! 그럼 폐하께서는 어찌 되셨소?"

"폐하께서는 오늘 새벽 보위를 내놓고 출궁하시어, 멀리 남해의 거제도로 비켜가셨사옵니다."

"폐하께서 양위하셨다면 태자마마께서 보위에 오르심이 당연한 일 아니겠소이까?"

"태자마마 또한 옥체 미령하셔서 태자의 자리를 양위하시고 진도(珍島)로 옮겨가셨사옵니다. 막중한 보위를 한시도 비워 둘 수 없사오니, 급히 서두르시옵소서!"

"……."

"지체 말고 납시옵소서!"

너무나 갑자기 당한 일이라 어찌 해야 할지를 몰라 익양후는 안절부절못했다.

"나같이 덕이 부족하고 수성(修省)이 모자란 사람이 어찌 막중한 보위를 감당할 수 있겠소이까?"

"이미 천명이 익양후 전하께 있사오니, 사양치 마시고 납시옵소서!"

"그렇사옵니다! 과공비례(過恭非禮)라는 말도 있사옵니다!"

"어서 납시옵소서!"

무반들의 성화같은 독촉에 익양후는 어쩔 수 없이 그들이 시키는 대로 집을 나와, 연(輦)에 올랐다. 그는 무반들이 비록 말은 공손하게 하지만, 그들의 뜻을 거슬렀다가는 목숨을 부지하기 어렵다는 것을 잘 알고 있었다. 폐위를 당해 쫓겨난 형님 의종이나, 형님 대신 이제 보위에 올라야 하는 자기나 무반들의 꼭두각시 같은 존재라는 데엔 별반 다를 것이 없다는 생각이 들었다.

대궐로 들어간 익양후는 곧바로 대관전(大觀殿)으로 나아가 보위에 올랐으니, 그가 바로 명종(明宗)이었다.

명종은 이름이 호(晧)요, 자(字)는 지단(之旦)이며, 인종(仁宗)의 셋째 아들이고, 의종의 동복 아우였다. 인종 9년 10월 경진일에 출생하여 의종 2년에 익양후가 되었고, 이제 고려 제 19대 임금으로 등극한 것이다.

　의종은 일찍부터 좌도(左道)인 영의의 교묘한 말에 혹하여 그를 가까이 두고서, 그의 말이라면 무조건 믿고, 그가 권하는 대로 행했다. 한때 영의가

　"소신이 풍수를 보니, 대궐의 동쪽에 익양후의 저택이 자리잡고 있는데, 이는 크게 불길하옵니다. 말씀드리기 심히 송구하오나 자칫 잘못하면 왕기(王氣)가 익양후에게 옮겨갈 수도 있사옵니다. 익양후를 다른 곳으로 옮겨가게 한 다음 담을 허물고 궁궐을 수축하면 임금의 수명과 조정의 기업(基業)이 크게 연장될 것이옵니다. 마마께서는 속히 그리 하소서."

　하고 말했다.

　"뭐라 했느냐? 왕기가 익양후에게 옮겨가다니, 그게 무슨 말이냐?"

　의종이 크게 놀라서 외쳤다.

　"일찍기 아(我) 태조께서도 송악산의 지기(地氣)에 힘입어 삼국을 통합하고 대업을 열었사옵니다. 소신의 말씀을 소홀히 듣지 마시옵소서!"

　왕기가 익양후에게 옮겨갈 수도 있다! 영의의 말에 크게 놀란 의종은 즉시 익양후를 불렀다.

　"지단(之旦) 아우! 아우의 집에 왕기(王氣)가 서려 있다는 말이 있던데, …혹 나 몰래 딴 생각을 하고 있는가?"

　"…폐하! 그 무슨! …."

　익양후는 기가 막혀 말을 잇지 못했다. 이 무슨 날벼락인가!

　"아니 땐 굴뚝에 연기 날까? 천기(天機)를 보는 영험한 술사가 나에

게 한 말이 있다!"

"성상 폐하, 억울하옵니다! 차라리 이 자리에서 이 아우를 죽여주시옵소서. 폐하와 소신은 한 어머님에서 난 동복형제이옵니다. 소신이 어찌 폐하 형님께 그런 불측한 마음을 품겠사옵니까? 그리 생각하신다면 소신 이 자리에서 목숨을 끊어 형님 폐하께 딴 마음이 없음을 증명해 보이겠사옵니다."

익양후가 눈물을 줄줄 흘리며 말했다. 그는 자칫 잘못하면 자기는 물론 가솔들이 구몰(俱沒)될 백척간두에 올랐음을 알고 온몸에 소름이 돋았다. 임금의 지친(至親)으로 태어나 부귀영화를 누리다가, 임금의 의심을 받아 하루아침에 죽임을 당한 사람이 어디 한둘인가!

"익양후와 내가 동복형제이기 때문에 오히려 그런 생각을 할 수 있는 것이지. 익양후의 집과 내 집이 담 하나를 사이에 두고 있으니, 어느 날 아우가 그 담을 넘어와 이 자리에 앉은들 어느 누가 뭐라 하겠는가? 아우에게도 이 자리에 앉을 자격이 충분하지 않나?"

"…폐하! 그러시다면 저에게서 익양후라는 칭호를 거두시고, 저를 멀리 떠나서 살게 해 주시옵소서. 어찌 추호라도 형님 폐하의 마음에 의혹을 드릴 수 있겠나이까?"

"익양후가 그리 말하니, 내 좀 생각해 보겠노라."

의종이 딱딱하게 굳어진 얼굴로 말했다.

자리에서 물러난 익양후는 곧바로 어머니인 공예태후를 찾아갔다.

"어마마마, 소자를 살려 주시옵소서! 형님 폐하가 소자를 죽이려 하옵니다!"

익양후는 울며불며 어머니의 치맛자락에 매달렸다.

"다 큰 아이가 이 무슨 추태인고? 무슨 일인지 자세히 말해 보아라!"

익양후는 어머니에게 자초지종을 말했다.

익양후의 얘기를 다 듣고 난 공예태후가 의종에게 가서 말했다.

"성상이 익양후를 죽이려 한다는데, 익양후가 역적모의를 했다는 증거가 있소?"

"태후마마, 익양후의 집에 왕기가 서렸다는 영의의 진언(進言)이 있었습니다."

"영의의 진언 한마디에 동복아우를 죽인단 말씀입니까?"

"어머님, 영의는 매우 신통한 술사입니다."

"아무리 그래도 피를 나눈 아우를 죽일 수는 없습니다. …정히 그렇다면 익양후를 다른 곳으로 옮기고, 그곳을 성상의 이궁(離宮)으로 삼으면 될 것이오."

의종은 익양후의 집을 빼앗아 허문 다음, 그곳에 이궁을 짓고 이름을 수덕궁(壽德宮)이라 일컬었다. 그리고 의종은 그 후로도 익양후를 꺼려하여 가까이 하지 않았다. 익양후는 형에게 살던 집을 빼앗겼으나, 아뭇소리도 하지 못했다.

명종이 잠저(潛邸)에 있을 때 평소 그와 친하게 지내던 전첨(典籤) 최여해(崔汝諧)가 어느 날 밤 이상한 꿈을 꾸었다. 익양후가 왕홀(王笏)을 가지고 용상으로 오르고, 자기가 백관들과 함께 익양후에게 하례를 드리는 게 아닌가. 꿈에서 깬 최여해가 그 꿈을 신기하게 여겨 익양후를 찾아가 이야기했더니, 익양후가 깜짝 놀라서

"다시는 그 말을 입 밖에 내지 마라! 만약 그런 말이 폐하의 귀에 들어가게 되면 내가 어찌 목숨을 유지할 수 있겠는가? 아무리 형제라 해도 임금은 반드시 나를 해치고야 말 것이다!"

라고 말하고는, 두려워했다.

명종의 즉위식이 끝나자마자 정중부가 임금에게 말했다.

"이제 수문전으로 납시어서, 그간 밀려 있던 국사를 처결해 주시옵소서."

"그렇게 합시다."

명종은 정중부가 시키는 대로 대관전을 나와 수문전으로 향했다.

정중부와 이의방, 이고, 이준의가 그를 뒤따르면서 모든 일을 일일이 지시했고, 명종은 매사를 그들이 시키는 대로 따라 했다.

수문전으로 나간 새 임금이 상탑에 좌정하자 정중부가 말했다.

"폐하, 폐하께서 오늘 보위에 오르신 것은 사직의 위태로움을 구하고 조정의 어지러움을 바로잡으려는 무반들의 목숨을 건 충성심과 용기가 있었기 때문이옵니다. 송구스러운 말씀이오나 무반들의 정난이 없었더라면 어찌 폐하의 오늘이 있겠사옵니까? 그간 난마처럼 얽히고 설킨 조정의 혼란을 바로잡기 위해 무반들이 봉기한 것이니, 폐하께서 그러한 무반들의 공로를 치하하고, 그 수고를 위로해 주시기 바라옵니다."

"공이 있는 무반들에게 벼슬을 내리려면 비목(批目)을 써야 할 텐데, …비목(批目)을 쓸 만한 문신이 있소?"

다들 잠깐 말을 못했다. 생각들이 거기엔 미치지 못했던 것이다.

"…전(前) 정언(正言) 문극겸(文克謙)이 옥에 갇혀 있는데, 그를 불러다 쓰게 함이 어떠하올는지요?"

이의방이 문득 전에 옥에 가두어 둔 문극겸이 생각나서 그렇게 말했다.

"문극겸이 옥에 갇혀 있단 말이오? 그는 선왕 때에 직간(直諫)을 잘하여 고초를 많이 겪은 사람이 아니오?"

"지난 무인일(戊寅日) 거사군이 대궐에 들어왔을 때 그를 옥사에 가둬 두었사온데, 그간 경황 중이라 그 일을 깜빡 잊고 있었사옵니다."

"문극겸이 비록 문관이라 하더라도 성품이 대쪽 같고 청렴한 사람이라고 들은 적이 있소."

명종이 무반들의 얼굴을 둘러보며 물었다.

"그의 소문을 여러 번 들었기 때문에 그를 죽이지 않았는데…. 소신이 그를 데려오겠사옵니다."

이의방은 곧 문극겸이 갇혀 있는 옥사로 갔다.

문극겸은 지문하성사집현전태학사(知門下省事集賢殿太學士)를 지낸 경정공(敬靖公) 문공유(文公裕)의 아들로서, 의종 때에 과거에 급제한 뒤 여러 번 승진하여 좌정언이 되었다. 그는 의종을 둘러싸고 있는 무리들이 폐행을 일삼는 것을 보고 의종의 침문 앞에 엎드려 상소문을 올렸는데,

《내시 백선연은 국권을 농락하여 관리들에 대한 상벌을 제 마음대로 하였으며, 남모르게 궁녀 무비와 추잡한 관계를 맺었사옵니다. 또한 점술사 영의는 좌도(左道)로서 임금을 미혹하여 백순, 관북 두 궁궐을 짓게 하고, 궁궐을 지으면서 사사로이 많은 재물을 횡령하여 굿하는 비용으로 쓰고 있사옵니다. 그는 백선연과 함께 무릇 양계(兩界) 병마사나 5도 안찰사가 대궐에 왔다가 떠날 때에는 반드시 연회를 베풀어 송별한 후에 각각 지방의 산물을 헌납하도록 강요했사옵니다. 그리고 그 공납하는 수량의 다소에 따라 지방관의 공적을 평가하였사옵니다. 심지어 지방에서 공납하는 비용을 집집마다 추렴하게 하여, 백성들의 원망이 자심하옵니다. 지추밀원사 최유칭은 중요한 관직을 맡아, 그 세도가 한 나라를 움직일 정도이며, 재물에 대한 탐욕이 끝이 없어서 그가 긁어모은 재산이 수만 량에 달한다 하옵니다. 또한 자기에게 아부하지 않는 자는 반드시 중상 모략하여 쫓아내니, 그 폐해가 정도를 넘었사옵니다.

청컨대 백선연과 무비는 참형에 처하시고, 영의는 조정에서 쫓아내서 소 키우는 노비로 삼으시고, 최유칭은 파직하여, 백성들에게 사죄케 하시기를 바라옵니다.》

라고 하였다.

임금은 문극겸의 상소를 보고 크게 노하였다. 백선연과 사통했다는 무비는 의종이 매우 총애하여 그녀와의 사이에 3남 9녀를 둔 궁녀이거니와, 문극겸이 탄핵한 사람들 모두 그가 신임하는 최측근 신하들이었기 때문이었다. 의종은 문극겸의 상소문을 불살라 버리고, 그를

황주 판관으로 좌천시켰다.

문극겸이 황주에 도임(到任)하여 청렴하고 공정하게 정사에 임하자 아전들과 백성들이 모두 그의 인품을 흠모하고, 칭찬하였다. 그러나 고관대작들 중에 그에게 묵은 감정을 지닌 자들이 대수롭지 않은 과오를 크게 부풀려 임금에게 파면할 것을 청하니, 임금도 전날의 노여움이 풀리지 않아 전주 판관으로 강직(降職)시켰다.

어사대 여러 간관들이 말하기를,

"문극겸은 충직한 말을 하는 신하인데, 거듭 외직(外職)으로 강직시킴으로써 바른 말 하는 신하들의 의기를 저상(沮喪)시키고 언로를 막는 것은 옳지 않사옵니다."

하였다. 의종은 하는 수 없이 문극겸을 합문지후로 임명하였고, 문극겸은 그 후에 전중내급사로 승진하였다.

정중부의 거사군이 궁궐에 난입하던 날 밤 문극겸은 상서성에서 수직을 서고 있었다. 변란이 난 것을 알고 도망치다가 이의방의 위졸에게 붙잡혔는데,

"나는 정언 문극겸이다! 임금이 만약 내 말을 들었던들 어찌 오늘 이 지경에 이르렀겠느냐? 잘 드는 칼로 단번에 죽여주기를 바란다!"

하고 외쳤다.

문극겸을 죽이려던 위졸이 그의 당당한 말과 거침없는 태도를 이상하게 여겨서 그를 이의방에게 데려가자,

"문극겸이란 이름은 전부터 여러 번 듣던 이름이다! 우선 옥사에 가두어 두어라!"

하고 말했다. 이의방이 문극겸을 옥사에 가두어 둔 것은, 옥석구분(玉石俱焚)의 난장판에 그를 놓아두었다가는 십중팔구 그가 죽임을 당할 것 같았기 때문이었다. 이의방의 생각에, 아무리 무장들이 권병(權柄)을 쥐었다 하더라도, 나라를 다스리고 외교를 하는 데에는 글을 잘

아는 문신이 필요하리라 여겼던 것이다.

이의방은 옥사로 가서 문극겸을 끌어냈다. 문극겸은 봉두난발에 때 묻고 찢어진 옷을 입은 채 피폐할 대로 피폐한 모습이었으나, 눈빛만은 여전히 형형하게 살아 있었다.

"문공(文公), 나는 이의방이라 하오. 지난번 경황 중에 문공을 옥사에 떨어뜨려 놓고서, 그간 정신없이 바빠서 잊고 있었소이다. 나의 불찰을 용서하시오."

"나 같은 사람을 어찌 알고…."

"전부터 여러 번 문공의 이름을 듣고서, 한번 뵙고 싶었소이다만, 제가 워낙 미천한 자리에 있다 보니, 그럴 기회가 없었소이다. 내가 문공을 옥사에 가둔 것은, 그 난장판에 문공도 함께 변을 당할까 염려했기 때문인데, 결과적으로 문공에게 큰 고초를 겪게 했소이다."

이의방의 말이 매우 정중했다.

"목숨이 붙어 있음만도 고마운 일이지요."

문극겸은 이의방의 말에 성의가 있음을 느끼고, 그렇게 말했다.

이의방은 문극겸을 중방으로 데려갔고, 무반들은 문극겸에게 비목단자를 작성하게 했다. 비목단자가 완성되자 무반들은 수문전으로 갔다.

"폐하, 이번 정난에 공을 세운 공신들에 대한 포훈이옵니다. 비목단자(批目單子)를 보시고 윤허해 주시옵소서."

명종이 비목단자를 펼쳐보니, 임극충(任克忠)이 중서시랑평장사에 올라 있고, 정중부와 양숙, 노영순(盧永淳)이 참지정사에, 한취(韓就)가 추밀원사에, 김성미(金成美)가 복야에, 김천(金闡)이 추밀원부사에, 이준의가 좌승선급사중에, 이소응이 좌산기상시에, 이고가 대장군위위경 겸 집주(執奏)에, 이의방이 대장군전중감 겸 집주에, 기탁성이 어사대사에, 채원이 장군에 올라 있었다. 정8품의 산원에 지나지 않았던 이고와 이의방 등이 종3품 대장군의 자리에 올랐을 뿐 아니라 전중감과

위위경까지 겸하였고, 산원 채원 또한 장군의 자리에 올라 있었다. 그밖에도 군인으로서 품계와 순차를 뛰어넘어 고관요직에 이름이 오른 자는 헤아릴 수 없이 많았다.

"수고들이 많았소. 이대로 하시오."

명종이 비목단자에 붓으로 서명을 하자,

"성은이 망극하옵니다."

하고, 정중부를 비롯한 무반들이 일제히 머리를 조아렸다.

이의방이 다시 말했다.

"폐하, 폐왕께 아첨을 일삼았던 못된 문신과 내시들이 사직을 위태롭게 함을 보고 우리 무반들이 거사를 일으켰으나, 나랏일을 해 나가는 데는 문관 또한 없어서는 아니 될 것이옵니다. 문극겸이 진작부터 바른 말로 임금께 간언을 서슴지 않았을 뿐 아니라 외직에 나가서도 정사를 바르게 했다는 소문이 자자하니, 그를 우승선 어사중승에 제수하심이 어떠하시온지요?"

"문극겸을 우승선에?"

"지금 우승선 자리가 비어 있는데, 폐하의 왕명을 출납하는 막중한 자리에 그만한 적임자가 많지 않을 것이옵니다."

"나도 문극겸이 어떤 인물인지는 잘 알고 있소만….

명종은 정중부의 뜻은 어떻느냐는 듯 정중부를 바라보았다.

"소신 또한 문극겸이 그 자리에 적당한 인물이라고 생각하옵니다."

정중부가 그렇게 말하자 명종은

"그대들 무반들이 괜찮다면 그렇게 하시오."

하고 말했다.

"성은이 망극하옵니다. 폐하, 한 가지 더 주청드리겠사옵니다. 폐왕 재위 때에 청렴하고 명망 있는 신하로서 억울하게 귀양을 간 신하들이 많사옵니다. 이들을 해배(解配)하여 조정에 불러다가 중하게 쓰시면, 세상이 바뀌고 새로 등극하신 폐하의 밝음이 사해에 비침을 널리 알리심이 되지 않겠사옵니까?"

이의방이 다시 주청하자,

"그 또한 중방에서 논의해서 하도록 하시오."

하고, 명종이 말했다.

그러자 이고가 이의방에게 지지 않겠다는 듯 앞으로 나아가, 말했다.

"그간 폐왕을 끼고서 온갖 권세를 휘두르며 조정을 어지럽히던 무리들을 많이 숙청했사옵니다만, 쥐새끼처럼 잽싸게 도망친 놈들이 또한 한둘이 아니옵니다. 이놈들은 지금도 빼앗긴 권세를 되찾기 위해 폐왕을 다시 옹립하려는 음모를 꾸미고 있을 게 분명하옵니다. 전국에 수배령을 내려서 이놈들을 색출하여 처단해야 후환이 없을 것이옵니다!"

이고는 이의방이 문극겸을 승선으로 천거하자 마음이 심히 편치 않았다. 두 사람은 오래 전부터 막역한 사이로서 정중부와 더불어 거사의 핵심적인 주역이었으나, 거사가 성공한 뒤부터 이고는 이의방이 자기보다 늘 몇 걸음 더 먼저 앞으로 나아가는 것 같아서 마음이 초조했다. 이의방의 형 이준의가 좌승선이 되었는데, 게다가 이제 이의방이 추천한 문극겸이 또 우승선이 되다니! 임금의 오른팔과 왼팔이 모두 이의방의 사람들로 채워진 것 아닌가. 이의방이 은연 중에 파당을 만들어 세력을 형성하고, 조정을 손아귀에 넣고 흔들려는 것 아닌가! 지기를 싫어하는 이고는 이의방에게 뒤진다는 게 참을 수 없었다. 지난 밤 의종을 어떻게 할 것인가를 두고서 이의방과 날카롭게 대립한 것도 그런 마음 때문이었다.

"…꼭 붙잡아야 할 자들이 누구요?"

명종이 묻자

"승선으로 있었던 김돈중과 술사 영의 등이옵니다."

이고가 말했다.

"…그 또한 중방에서 논의해서 하시오."

5. 김돈중

"아무도 모르게 도성으로 들어가서 그간 집안이 어떻게 되었는지 살펴보고 돌아오너라. 누구한테도 꼬리를 밟혀서는 안 된다!"

승선 김돈중이 노비 후백이에게 말하자

"알겠사옵니다, 대감마님! 아무 걱정 마십시오!"

후백이가 썩썩하게 대답하고, 암자를 나갔다.

후백이는 적성(積城)에 있는 김돈중 집안의 장원(莊園)에서 농사를 짓는 외거노비로서 눈치가 빠르고 영리한 젊은이였다.

보현원에서 의종을 호종하던 내시와 환관들이 떼죽음을 당하던 날 김돈중은 아슬아슬하게 목숨을 건졌다. 의종의 거동이 보현원에 닿자마자 그는 길 옆에 있는 숲 속으로 들어갔다. 점심 먹은 것이 잘못되었는지 뱃속이 편치 않더니, 보현원이 가까워질 무렵엔 더 이상 참기가 어려웠다. 배변을 하고 있는데, 갑자기 날카롭고 처참한 비명이 어지럽게 터지면서 심상찮은 기색이 느껴졌다. 그는 재빨리 숲에서 나와 나무 둥치에 몸을 숨기고 보현원 쪽을 살펴보았다. 놀랍게도 위사들이 내시와 문관들에게 닥치는 대로 칼질을 하고 있는 게 아닌가? 숨이 멎을 듯이 놀란 그는 자기도 모르게 숲 속으로 도망쳤다. 허겁지겁 숲을 달리던 그는 뒤쫓아오는 위사들이 없는 것을 확인한 뒤에야 걸음을 늦추고, 숲을 우회하여 도성 쪽으로 나아갔다. 그는 도성 안에 있는 그의 집으로 가려다가, 중도에 발길을 돌렸다. 임금을 호종하던 신하들이 모두 도륙되었다면 도성도 십중팔구 반적들의 손아귀에 떨어졌을 것이고, 그렇다면 도성으로 가는 것은 호랑이 밥이 되기 위해 그 굴 속으로 들어가는 격이라는 생각이 들었다.

김돈중은 적성(積城)으로 향했다. 적성은 개경에서 청교역과 동파역을 지나 5십 리쯤 떨어진 곳이었는데, 그곳에 그의 집안 외거노비들이 대대로 농사를 짓고 있는 드넓은 장원(莊園)이 있었다. 밤을 새워 적성의 장원에 도착한 그는 곧바로 젊고 눈치 빠른 씨종인 후백이를 도성으로 보냈다. 도성이 어떻게 되었으며, 그의 집안이 어떻게 되었는지 염탐하기 위함이었다. 후백이는 다음날 돌아왔는데, 김돈중은 대궐과 도성이 정중부의 손아귀에 떨어져 도처에 시체가 나뒹굴고 있으며, 그의 집에도 반적들이 쳐들어와서 분탕질을 쳤으며, 많은 문관들과 함께 그의 친아우인 상서우승 김돈시가 죽임을 당했다는 것을 알게 되었다. 아우가 죽임을 당하다니! 김돈중은 자기가 칼을 맞은 듯 놀랐다. 그리고 문득 그가 도피해 있는 장원 또한 안전한 곳이 아니라는 생각이 들었다. 그와 그의 부친 김부식에게 큰 숙원(宿怨)을 지닌 정중부가 정변을 일으킨 장본인이라면 어떻게든지 그를 잡으려 할 것이고, 그렇다면 곧 적성의 장원에도 그를 잡으려는 위사들이 나타날 것 같았다.

김돈중은 곧바로 장원을 떠나 그곳에서 시오리쯤 떨어져 있는 감악산(紺嶽山)에 있는 조그마한 암자로 몸을 숨겼다. 아나나 다를까, 그가 장원을 떠나고 한 나절도 못 되어서 정중부의 위사들이 장원으로 들이닥쳤다. 장원에서 암자를 오가면서 심부름을 하는 후백이에게 그 말을 듣는 순간 김돈중은 오싹 소름이 끼쳤다. 암자에 숨어 있으면서도 그는 곧 정중부의 졸개들이 덮칠 것 같아서 낮에는 산 속으로 들어가 있다가, 밤이 되면 암자로 돌아오곤 했다. 밤에도 불안 때문에 잠을 제대로 이루기가 어려웠다. 아무래도 여기 있다가는 붙잡히기 쉽다! 어딘가 먼 데로 달아나야 산다! 아무도 알지 못하는 먼 데로 가야 한다!

80

그는 암자를 떠나기 전에 다시 한번 개경의 사정을 상세하게 알고 싶었다. 그래서 그날 아침 장원에서 후백이가 오기를 기다려, 그를 개경으로 보냈다.

후백이가 도성에 있는 김돈중의 저택에 도착한 것은 해가 질 무렵이었다. 그는 길 가는 행인처럼 한길을 몇 번이나 오가면서 김돈중의 집 주변을 주의 깊게 살펴보았다. 누가 지켜보고 있는 듯한 낌새는 느껴지지 않았다. 그는 재빨리 대문으로 다가가, 문을 두드렸다. 몇 번을 두드려도 문이 열리지 않더니, 대문 저쪽에서

"뉘시오?"

하는 낮은 남자의 목소리가 넘어왔다. 대문을 지키는 노복인 것 같았다.

"대감마님의 심부름을 왔소. 문 좀 열어 주시오."

"대감마님이라니? 누구를 말씀하시오?"

"이 댁 어르신인 대감마님의 심부름을 왔소. 빨리 문을 열어 주시오."

"…그게 정말이오? 어디서 온 누구요?"

노복은 후백이의 말이 믿어지지 않는 듯 문을 열지 않고 자꾸 물었다.

"적성에 있는 장원에서 온 후백이요. 그곳에 대감이 숨어 계시오."

"그게 정말이오? 잠깐만 기다리시오."

잠시 후에 조심스럽게 문이 열렸다.

후백이는 안으로 들어가 김돈중의 부인에게 김돈중의 소식을 전하고, 한 식경도 지나지 않아서 밖으로 나왔다.

그런데 후백이가 대문을 나오자마자 문 밖에서 기다리고 있던 시커먼 그림자들이 와락 그를 덮쳤다. 김돈중을 잡기 위해 이고가 매복시켜 놓은 위사들이었다. 이고는 정중부와 큰 숙원(宿怨)이 있는 김돈중을 붙잡아 공을 세우기 위해 김돈중의 대문이 빤히 바라보이는 건너

편 집에 며칠 동안이나 위사들을 매복시켜 왔는데, 그들에게 후백이가 포착된 것이었다. 후백이는 곧바로 응양군 군영으로 끌려갔다.

"이놈, 나는 응양군 대장군 이고다! 이 칼에 수십 명의 모가지가 날아갔다! 만약 내게 한마디라도 거짓을 말하면 네놈의 대가리를 수박 쪼개듯 단칼에 쪼개 버릴 것이다! 네놈이 누구길래 역적 김돈중의 집을 찾아갔느냐?"

이고가 서슬이 시퍼런 환도를 뽑아서 후백이의 머리 위에 올려놓고서 얼음장 같은 목소리로 으름장을 놓았다.

"소인은 김돈중 대감의 적성 장원에서 농삿일을 하고 있는 후백이라는 놈입니다요."

후백이는 두려움으로 온몸을 덜덜 떨면서 말했다.

"네놈을 보아하니 역적 김돈중의 소식을 전하러 온 것이 분명하다! 김돈중은 나라에서 막대한 현상금을 걸고서 찾고 있는 국적이다! 네놈이 그가 있는 곳을 바로 대면 막대한 상금은 물론이고, 너와 네 식구들을 노비에서 면천시켜 양민을 만들어 주고, 지금 너희 식구들이 짓고 있는 장원의 전답까지 모두 너에게 줄 것이다! 그러나 만약 국적인 그를 끝까지 숨겨 주기 위해 거짓을 말한다면 너는 물론 너의 부모와 형제들까지 모조리 목을 베이는 참수형을 당할 것이니, 바른 대로 말하라! 김돈중의 명령으로 그의 집을 찾아왔으렷다?"

"…그렇습니다요."

후백이는 이고가 말한 상이 탐나고, 또한 그가 너무 무서워서 거짓말을 할 수가 없었다.

"김돈중은 지금 어디 있느냐?"

"……"

"지금 네 한마디에 너와 네 식구들의 목숨이 달려 있다! 또한 너희 식구들이 노비에서 벗어나 양민이 되고, 막대한 현상금과 전답을 상으로 받게 된다! 이것은 임금께서 하신 약속으로서 추호의 어김도 있을 수 없다! 그러니 이실직고하라! 국적 김돈중은 어디 숨어 있느냐?"

"…적성에 있는 작은 암자에 계십니다요."

"그래? 세세히 말해 봐라."

후백이는 김돈중이 감악산에 숨어 있고, 그가 그의 심부름으로 정탐을 나왔다는 것을 모두 불었다.

"김돈중이 감악산에 숨어 있다! 가자!"

이고는 몸이 날랜 위사 20여 명과 함께 후백이를 앞세우고 즉시 말을 타고 감악산으로 달렸다. 그들은 희읍스름한 어둠과 찬바람이 몰아치는 밤길을 쉬지 않고 달렸다. 후백이가 지쳐서 달리지를 못하자 위사 한 명이 그를 말에 태웠다. 그들은 자시(子時) 초에 감악산에 이르렀고, 암자에서 한참 떨어진 곳에서 말을 내려 발소리를 죽이고 암자로 다가갔다.

암자는 모두 불이 꺼진 채 깊은 적요에 빠져 있었고, 김돈중이 기거하는 방 앞 토방에는 그의 갓신 한 켤레가 오두마니 놓여 있었다. 이고가 위사들에게 눈짓을 하자 위사들이 와락 방문을 열어젖히고 방 안으로 뛰어들었다. 김돈중은 잠에 떨어져 있다가 옴쭉달싹도 못한 채 사로잡히게 되었다.

"김돈중, 네놈이 뛰어 봤자 벼룩이지! 여기에 숨어 있으면 못 찾아낼 줄 알았더냐? 빨리 그놈을 끌어내라!"

이고가 기고만장해서 말했다.

"…후백이, …네가?!"

밖으로 끌려나온 김돈중이 후백이를 보고서 말했다.

"…대감마님, 용서해 주십시오! 세상이 바뀌었습니다요."

후백이가 고개를 깊숙이 떨구었다.

"저놈을 결박해서 끌고 가자!"

이고의 말에 위사들이 김돈중에게 오라를 지웠다. 김돈중은 모든 것을 체념하고 순순히 이고가 시키는 대로 따라나섰다. 두 손을 뒤로 묶인 채 끌려가는 김돈중의 머릿속에 회오리바람처럼 지난 일들이 어지럽게 스쳐 지났다.

김돈중은 김부식의 맏아들로서 인종 때 과거에 장원으로 급제하였다. 과거를 주관한 지공거(知貢擧) 한유충(韓惟忠) 등이 처음에 김돈중의 답안지를 2위로 평정하였는데, 인종이 김돈중의 부친인 김부식을 위로하기 위해 그를 장원으로 급제시켰다. 김부식은 약관의 나이에 이미 문장으로 이름을 드날려서 그 이름이 송나라에까지 알려졌었고, 묘청의 난을 진압하여 그 위엄이 나라를 뒤덮고, 당시에 문하시중으로서 국사를 좌지우지하고 있었다. 김부식의 권세와 위엄을 등에 업고 안하무인이 된 김돈중은 내시로 있을 적에 술에 취해서 촛불로 정중부의 수염을 태우는 만용을 부렸다. 정중부가 그에게 창피를 주자 김부식은 정중부를 매로 다스리려 했고, 정중부는 김부식의 핍박을 피해 군대를 떠나 도망쳤으며, 이로 인해 김돈중 부자에게 깊은 원한을 품게 되었다.

의종 21년에 김돈중이 좌승선으로 있을 때였다. 의종이 봉은사(奉恩寺)에서 관등(觀燈)을 하고 관풍루로 돌아오는데, 관풍루에서 임금의 거둥을 기다리고 있던 악공들이 어둠 속에서 일제히 징과 북을 쳐서 의종을 환영했다. 그런데 갑작스런 징과 북 소리에 놀란 김돈중의 말이 땅을 박차면서 날뛰다가 옆에 있던 기병(騎兵)과 부딪혔다. 그 바람에 그 기병의 화살통에서 화살이 튀어나가, 공교롭게도 의종이 타고 있던 연(輦) 옆에 떨어졌다. 김돈중이 사유를 아뢰려는데, 의종이 기겁을 해서,

"화살이다! 어느 놈이 나를 죽이려고 화살을 쏘았다! 위사는 무엇 하느냐? 빨리 산선(繖扇)으로 나를 가리고, 말을 급히 몰아라! 빨리 궁성으로 돌아가자!"

하고, 다급하게 외쳤다.

허겁지겁 궁으로 돌아간 의종은 궁성의 경비를 엄격하게 하고,

"과인을 암살하려 한 범인을 색출해라! 막대한 상급을 걸고 저잣거리에 방을 붙여라! 무슨 일이 있어도 범인을 잡아라! 만약 범인을 잡지 못하면 지위 고하를 막론하고 엄중하게 문책하겠다!"

하고, 말했다.

조정이 벌컥 뒤집히고, 많은 사람들이 범인으로 지목되어 체포되었다. 그리고 그들 모두 아무 죄도 없이 혹심한 형문을 당했다. 의종은 대녕후(大寧侯) 왕경(王暻)의 하인인 나언(羅彦) 등의 소행이라고 의심하여 그들에게 무자비한 형문을 가했고, 나언 등은 끝내 형문을 견디지 못하고 거짓으로 죄를 자백하고서, 억울한 죽음을 당했다. 또한 호위 병들이 태만했다는 책임을 물어서 의종은 견룡과 순검, 지유 등 14명을 멀리 원악도로 유배했다. 김돈중은 몇 번이나 의종에게 자기의 잘못이라는 것을 아뢰려 했으나, 끝내 아무 말도 하지 못한 채 많은 사람들이 죽고, 병신이 되고, 귀양가는 것을 지켜보기만 했다. 분기탱천한 의종에게 차마 그 사실을 아뢸 용기가 없었던 것이다.

"나는 한뢰나 이복기 등과 패거리를 지어서 임금을 잘못된 길로 빠뜨린 것은 아니니, 그로 인해 목숨까지 잃을 만한 큰 잘못은 없다! 다만 3년 전 그 화살 사건으로 인해 많은 사람이 죽고 해를 입었었으니, 오늘 내가 이런 변을 당한 것은 바로 그 때문이 아니겠는가?!"

김돈중의 입에서 괴로운 탄식이 흘러나왔다.

사천(沙川)에 이르러, 걸음을 멈추고 잠깐 쉴 때였다.

"이보시오! 이렇게 나를 끌고 가느라고 수고할 것 없이 이쯤에서 그만 끝내는 게 어떻겠소?"

김돈중이 이고에게 말했다.

"끝내다니? 네놈은 도성으로 끌려가서 사람들 앞에서 코뚜레를 한 채 회술래를 당해야 한다! 그 다음 효수를 할 것이다!"

"마지막 가는 사람의 소원이니, 여기서 끝내 주시오."

"안 된다! 김부식의 아들인 네놈이 백성들 앞에서 목이 잘려야 백성들이 세상이 바뀐 것을 확실하게 알 것이다!"

"어차피 죽을 목숨인데…, 저승 가는 사람의 마지막 소원도 못 들어 준단 말이오?"

"마지막이니까 뜨거운 맛을 톡톡히 보고 가야지! 흐흐흐!"

김돈중은 이고가 얼마나 강퍅하고 잔혹한 사람인가를 깨달았다. 그리고 갑자기 큰 소리로 외쳤다.

"네 이 더러운 놈! 벌레보다 못한 천한 것이 하루아침에 영달을 하니까 눈에 뵈는 게 없는 모양이구나! 나를 죽일 수는 있어도 나를 모욕할 수는 없다!"

"…뭐라구? 이놈이 미쳤나?"

"이놈, 자고로 칼로 일어선 놈은 칼로 망하고, 살변을 저지른 놈은 살변을 당하게 마련이다! 너 같은 망종이 칼로 망하지 않으면 누가 칼로 망하겠느냐?"

"…이놈이…!"

이고가 머리끝까지 분기가 솟구쳐서 말을 잇지 못했다.

"너희 같은 천한 것들은 뱃속에 구린내 나는 똥과 세상에 대한 원한과 복수심만 가득 차 있고, 자비심이란 티끌만큼도 없으니, 너희 같은 천한 것들이 어찌 세상을 바로잡겠느냐? 한뢰나 이복기 같은 놈들보다 더욱더 사직과 백성들을 해치게 될 테고, 끝내는 고종명을 못하고 칼에 목이 떨어지게 될 것이다!"

"…이놈이?!"

이고가 분김에 자기도 모르게 환도를 뽑아서 김돈중의 목을 힘껏 내리쳤다. 김돈중이 통나무처럼 털썩 땅에 쓰러지는 순간 이고는 자기가 김돈중의 계략에 떨어져서, 그를 죽였다는 것을 깨달았다.

"이놈의 목을 베어서 가져가라!"

이고는 위졸들에게 사납게 외친 다음 말에 올라 말의 배를 힘껏 찼다. 깜짝 놀란 말이 살 맞은 맹수처럼 어둠을 뚫고 달려 나갔다.

제2장

책봉(冊封)

1. 유응규(庾應圭)

명종 원년 10월 경술일에 공부랑중(工部郎中) 유응규가 2통의 국서 (國書)를 가지고 금(金)나라 수도 연경(燕京)으로 들어갔다.

유응규는 문하시랑 평장사 유필(庾弼)의 맏아들로서, 그의 부친 유필 은 문장과 덕행이 출중했으며, 진실하고 절개가 대쪽같이 곧아서, 누 구에게도 아첨하지 않았다. 유응규는 평소 사람들이 옥골선풍(玉骨仙 風)이라고 칭송할 만큼 풍채가 당당하고 얼굴이 준수하였다. 그는 지 혜가 뛰어나고 민첩했으며, 문장 또한 일세를 풍미하였다. 유응규는 젊었을 때부터 일을 처결(處決)할 때는 매우 엄정하여, 그의 동료나 윗 사람들도 그를 함부로 대하지 못하였다.

유응규가 남경 유수로 있을 때 정사(政事)는 청렴과 간소(簡素)를 위 주로 하였으며, 백성들에겐 사소한 물건 하나도 받지 않았다. 그의 처 가 아이를 낳은 후 병이 났는데, 먹을 것이 없어서 나물 국물만 마시 고 있었다. 그의 수하 아전 한 명이 이를 딱하게 여겨 꿩 한 마리를 가 져다주었다. 그러자 유응규의 처가 말하기를,

"남편이 평생 남의 선물을 받은 일이 없는데, 어찌 내 허기를 면하 고자 남편의 깨끗한 덕행을 더럽히겠는가?"

하고 거절하자 아전이 얼굴을 붉히며 돌아갔다.

명종이 평소 그의 청렴한 이름을 듣고 있다가 임금이 되자 그를 불 러 국서를 주고 금나라로 가게 한 것이다.

유응규 일행은 정사(正使) 유응규와 부사(副使) 서정택, 서장관(書狀官) 유인경 등 고위 관리와 하급 직관들, 역관들과 호위 군졸, 장사를 하

는 상인 등 모두 200여 명이었는데, 금나라 국경에 들어가자, 국경을 경비하던 금나라 관리가

"고려 사신들은 이곳에서 기다리시오! 황상 폐하께 허락을 받아야 하오."

하고 말했다.

"한 나라의 국서를 지닌 사신이 황제를 배알하러 황궁엘 가는데, 무슨 연유로 국경의 하찮은 관리가 그 앞을 막는단 말이오?"

"고려 조정에 변란이 났다는 말이 있어서, 특별히 내려온 명이오. 즉시 위에 보고할 테니 기다리시오."

유응규 일행은 어쩔 수 없이 그곳에 머물러 있었다.

열이틀 후에 금 조정에서 파사로(婆娑路)라는 관리가 유응규 일행이 기다리고 있는 국경에 도착하였다.

파사로는 매우 고압적인 자세로 마치 심문하듯 물었다.

"고려 조정에 변란이 있었다는 것은 우리도 알고 있소이다. 우리 황상 폐하께서도 걱정하고 계시는 일이니, 자초지종을 거짓 없이 말하시오."

"내가 고려국 임금을 대신해서 온 사신인데, 그대의 사신 대하는 태도가 어찌 그리 무엄하오? 황상 폐하가 아니면 말하지 않겠소."

유응규가 파사로의 불손한 태도를 꾸짖었다. 열이틀 간이나 그들을 국경에서 기다리게 한 것이라든지, 파사로의 불손한 태도를 보건대, 금나라 조정에서도 이미 고려에서 일어난 변란을 모두 알고 무언가 트집을 잡으려는 게 분명해 보였다.

"우리가 알고 있기로는 몇몇 무장들이 반역하여 임금을 몰아냈다는데, 그게 사실이오?"

"……!"

유응규는 속이 뜨끔했다. 그러나 그는 아무 말도 하지 않았다.

"그대가 고려왕을 대신하는 사신이라면 나 또한 대금국 황상 폐하

를 대신하여 온 사람인데, 나에게 말을 아니 하다니, 그게 말이 되오?"

파사로가 화가 난 얼굴로 채근했다.

"우리 고려국에 작은 소란이 있었으나, 그것은 금나라와는 관계없는 일이오. 우리 임금은 오랜 동안의 지병으로 인해서 정신이 혼미해지고 몸이 쇠약해지셔서, 임금의 친동생 왕호(王晧)에게 임시로 국정을 대행하게 하신 것이오. 이에 대한 국서를 가져왔으니, 대감은 마땅히 우리를 황상 폐하께 안내해야 할 것이오."

유응규는 강경하게 주장하여, 이윽고 파사로와 함께 연경으로 들어갔다.

연경에 도착한 유응규 일행은 영빈관에 머물고, 유응규와 서정택, 유인경은 파사로와 함께 황궁으로 들어갔다.

"대금국 황상 폐하께 고려국 사신 유응규가 국궁 재배하고, 고려국 왕 전하를 대신하여 황상 폐하의 만수무강을 기원하옵나이다."

유응규 들은 정중하게 황제에게 예를 올렸다.

"원로에 수고가 많았다. 그래 무슨 일로 왔느냐?"

황제가 드레있게 물었다.

"여기 폐하께 올리는 표문을 가져왔사옵니다."

유응규는 두 통의 표문을 황제에게 올렸다.

"내 표문을 보고 연락할 테니 물러가서 기다리라."

세 사람은 대전에서 물러나, 영빈관에서 하교를 기다렸다. 유응규가 금국 황제에게 올린 표문은, 이미 임금 자리에서 물러난 의종이 금 황제에게 올리는 글과 새로이 임금이 된 명종이 올리는 글로서, 의종의 표문은 다음과 같았다.

《신(臣)이 오래 된 지병으로 몸이 점점 허약하여지고, 이에 따라 정신도 혼미하고, 기력도 쇠진하여졌습니다. 아무리 용한 의술과 좋은 약으로도 차도를 보지 못하고, 이미 병이 골수에 들어 위태롭게 되었나이다. 조상의 유훈을 받들어 폐하께 바치는 공납은 다른 나라에 뒤떨어지지 않고 있으나, 백성을 다스리는 정무를 제대로 보지 못한 것이 많으며, 외국에서 온 손님도 더러 접대를 못할 때가 있습니다. 제 나라 일도 제대로 처리하지 못하다 보니, 귀국에 대한 의례 또한 실행하지 못한 적이 많았습니다. 그런데 지금은 병석에 몸져누워 거의 운신을 하지 못하니, 조상이 남긴 유업에 대하여 매우 염려됩니다. 신의 부친인 전 국왕이 말씀하시기를,

"만약 왕위를 후대에 물려줄 경우를 당한다면 반드시 아우에게 먼저 주어야 한다." 라고 하셨습니다.

지금 저의 맏아들 홍(泓)은 어려서부터 지혜가 없었고, 자라서도 잘못하는 일이 많았습니다. 도저히 종묘(宗廟)를 맡길 수 없거늘 하물며 어떻게 귀국과의 관계를 옳게 유지할 수 있겠습니까. 제가 보건대 제 아우 호(皓)는 충직하고 순한 덕이 있어서 일찍부터 임금에게 정성을 다하였으며, 화목하고 공손한 마음은 언제나 변함이 없었습니다. 그의 처음부터 끝까지 한결같은 아름다운 덕행으로 보아 특히 한 나라의 중책을 맡을 만하기에 모월 모일로 나의 아우 호에게 임시로 군국(軍國) 사무를 맡게 하였습니다. 이 사실을 말씀 올리니, 양해하시기 바랍니다.》

그리고 새 임금 명종의 표문은 다음과 같았다.

《하늘의 어짊은 어느 한 가지에 치우치지 않으며 황제의 슬기로운 덕은 모든 나라를 다 보살피나니, 삼가 저의 정성을 아뢰기 위해 이 글을 올립니다. 저의 형인 국왕은 오랜 동안 귀국을 존중하여 이웃 나라의 도리를 다해 왔습니다. 그런데 몸에 병이 생긴 지 여러 해가 되어, 온갖 의약이 효과가 없고, 병이 점점 깊어져서 쓰러질까 두려울 지경에 이르렀습니다. 이에 얼마 전에 임금의 중책을 벗고 여생을 한

가하게 정양하고자 하였습니다. 이는 전(前) 국왕 현(晛, 인종)의 유언을 받들고, 제가 동복 형제로서 종묘의 제향을 부탁할 만하다 하여 모월 모일에 저로 하여금 임시로 군국(軍國) 사무를 맡게 한 것입니다. 저는 이를 피할 도리가 없고 받기도 난처하여 이런 사정을 폐하께 미리 알리려 하였습니다. 그러나 수륙(水陸) 먼 길에 사신이 왕래하기가 불편할 뿐 아니라, 백성에게 하루라도 임금이 없을 수 없고 정무를 처리할 사람이 있어야 하겠기에, 부득이 여러 사람의 뜻에 순응하여 임시로 임금의 직분을 맡았습니다. 그러나 조심스럽고 두려운 생각을 어찌해야 할지 모르겠습니다. 이에 사실을 갖추어 폐하께 아뢰는 바입니다.》

그런데 여러 날이 지나도 금나라 조정에서는 아무런 연락이 없었다. 유응규는 아랫사람을 예부에 보내서 어찌 된 일인지 알아보았으나, 그냥 기다리라는 대답만 돌아왔다.

"정사 어른! 이거, 뭔가 잘못 돌아가고 있는 것 아니외까?"

부사 서정택이 무언가 찜찜한 듯 유응규에게 말했다.

"그게 무슨 말이오?"

"이렇게 감감 무소식이라니? …혹 표문의 내용을 가지고 설왕설래하는 것 아닐까요?"

"…기다려 봅시다!"

말은 그렇게 했으나 유응규도 마음이 편치 못했다.

열흘이 지나서야 예부에서 다음날 대전에 들라는 연락이 왔다. 다음날 유응규와 서정택, 유인경은 곧바로 대전으로 들었다. 황제는 옥좌에 좌정하고, 대좌 밑에는 여러 신하들이 시립하고 있었다. 세 사람이 예를 마치기를 기다려, 황제가 물었다.

"너희 임금이 오래 지병에 시달렸다는 게 사실이냐?"

"그렇사옵니다."

유응규가 공손하게 대답했다.

"만약 거짓을 고하면 천자를 속인 죄로 참형에 처할 것이다."

황제 앞에 도열해 있던 우승상 맹호(孟浩)가 엄정한 얼굴로 말했다.

"어찌 감히 그런 생각을 하겠사옵니까?"

"왕위를 이양하는 일은 나라의 대사인데 어찌 사전에 보고하지 않았느냐?"

"표문에 있는 바와 같이 길은 멀고 나라의 일이 화급을 다투온지라 임시로 그리 하였사오니, 통촉하여 주시옵소서."

"너희 국가가 비록 작은 나라이나 임금과 신하의 도리와 형과 아우의 차례는 알 터인데, 어째서 아우가 형의 왕위를 찬역하고 거짓으로 상국을 속이려 하느냐? 응당 군을 보내 토벌하고 징치해야 할 일이로다."

황제가 엄정한 얼굴로 말했다. 유응규는 황제의 말에 소름이 끼쳤다. 그러나 그는 낯빛 하나 변하지 않고 태연하게 말했다.

"전(前) 임금이 불행하게도 지병을 앓았으며, 그 아들이 또한 불민(不敏)한 까닭에 선왕(先王, 인종)의 유언을 지켜서 왕위를 그 아우에게 넘겨준 것이옵니다. 우리나라에서 어찌 감히 황상 폐하를 기만하겠나이까? 소신이 비록 극형을 당하여 당장 죽는다 하더라도 다시 다른 말씀은 아뢸 것이 없사옵나이다. 통촉하시옵소서!"

"그대들의 생각은 어떠한가?"

황제가 시립해 있는 신하들에게 물었다.

"국서에 있는 내용이나 이 자의 말은 믿지 못할 것들뿐이옵니다. 그 전왕 왕현은 아들이 하나밖에 없으며 왕년에 손자를 낳았다고 국서를 보냈었는데, 거기에 손자를 본 기쁨을 아뢴 적이 있었으니, 이것이 첫째 의심이요, 또 일찍이 왕호가 반란을 꾸몄다가 왕현이 잡아가둔 일이 있었으니, 이것이 의심의 둘째요, 이런 대사에 왕현은 사신을 보내지 않고 왕호가 사신을 보낸 것이 의심의 셋째요, 우리 조정에서 왕현의 생일에 축하 사절을 보냈는데, 왕호가 왕현에게 전달하지 않고 감히 축하를 받을 수 없다고 사절한 것이 의심의 넷째이옵니다. 그런즉 필시 왕호가 형의 자리를 찬탈하고 거짓으로 천자에게 보고한 것이니, 어찌 그냥 그를 고려왕으로 책봉할 수 있겠나이까?"

승상 양필(良弼)이 한 걸음 앞으로 나서서 조목조목 말했다.

"짐의 생각에도 이 일에는 무언가 석연찮은 것이 많다. 짐이 좀 더 생각할 게 있으니, 너희는 영빈관에서 기다리라."

유응규들은 어쩔 수 없이 영빈관으로 돌아와, 황제의 국서를 기다렸다.

또 며칠이 지나 예부의 관리가 와서 황제의 하교를 전하였다. 하교의 내용은, 고려 국서와 사신의 말에 미심쩍은 것이 많아서 금국에서 직접 사신을 보내 왕현과 대면하여 사실을 알아보겠다는 것과, 그런 까닭으로 국서를 못 써주겠으니 그냥 돌아가라는 것이었다.

관리의 말을 들은 유응규와 고려의 사절들은 대경실색했다.

유응규가 금국 관리에게 말했다.

"우리가 두 개의 국서를 황상 폐하께 올렸는데, 황상 폐하께선 어찌 우리 국서에 대한 회답 조서를 주지 않소이까? 나라의 사신이란 마땅히 타국에 가서 그 사명을 완수해야 하는 것인데, 내가 이제 그 사명을 완수하지 못하고 빈손으로 돌아간다면 지금 당장 이 자리에서 죽을지라도 오히려 죄가 남을 것입니다. 내 구차하게 목숨을 아껴 돌아가기보다는 차라리 여기 이 자리에서 목숨을 끊겠소이다."

유응규는 즉시 식음을 전폐하고 의관을 정제한 채 황제가 있는 대궐을 향하여 꼿꼿이 서서 미동(微動)도 하지 않았다.

정사 유응규가 혼자 시위에 나서자 부사 서정택과 서장관 유인경은 난처하기 짝이 없었다. 뒤늦게 유응규와 같이 시위에 나서자니 오히려 유응규에게 누가 되는 것 같고, 그렇다고 정사(正使)가 차가운 바람과 추위 속에서 고투(苦鬪)하고 있는데, 아랫사람 된 처지에 따뜻한 실내에서 편히 있기도 어려웠다.

"불과 60년 전만 해도 우리나라를 부모님의 나라이니, 자기들은 신라 마의태자(麻衣太子)의 후손이니 하며, 온갖 아첨을 다하며 9성(城)을 돌려달라고 애걸하던 오랑캐 놈들이… 언제부터 우리나라 임금을 책봉하느니 마느니 하며 거만을 떨게 되었나! 허, 참!"

유인경의 입에서 탄식 같은 말이 흘러나왔다.

"십 년이면 강산이 변한다는 말도 있지 않나? 누굴 탓하겠나? 대륙은 요(遼)나라, 금(金)나라 송(宋)나라가 서로 각축을 벌이고 있었을 때 우리 조정에선 무얼 하고 있었나? 어찌 보면 자업자득인 것을 지금 와서 누굴 탓하겠나? 저 굉걸하고 즐비한 건물이며 넓은 도로를 보게! 우리 궁전은 이에 비하면 시골 초가집도 못 되지 않겠나?!"

서정택이 어두워진 얼굴로 말했다.

고려의 사신들은 평소 금나라를 오랑캐의 나라라며 속으로 은근히 깔보고 있었으나, 만주에 들어서면서부터 저절로 기가 죽었다. 한갓 초원에서 말이나 키우는 미개한 부족들인 줄 알았던 여진의 나라가 고려의 수십 배가 훨씬 넘는 광대한 땅을 지배하게 되었거니와, 연경의 화려한 문물은 개경과 비교할 바가 아니었다. 개경보다 몇 배나 넓은 도로변엔 고대광실이 숲을 이루었고, 금나라 황궁은 고려의 궁궐보다 수십 배 더 크고 웅장했다. 인총(人叢)도 고려와 비교할 바가 아니었으며, 사람들의 얼굴이나 의복 또한 윤택하고 고급스러웠다. 얼마 전까지 초원에서 목축이나 하며 유랑생활을 하는 야만인이었다는 게 도무지 믿어지지 않았다.

2. 금(金)나라

여진족은 100여 년 전만 해도 만주의 곳곳에 흩어져 살았던 부족들로서, 통일된 국가를 이루지 못한 채 지리멸렬한 상태였다. 고구려의 유민과 말갈의 무리가 세운 발해가 거란족의 요(遼)나라에 의해 멸망한 후 동만주 일대에는 거란족의 동단국이 잠시 존재했었다. 그러나 동단국은 곧 멸망하고, 그 뒤 부족 생활을 하던 말갈의 무리들은 여진(女眞)이라 불리게 되었다. 고려는 국초부터 여진족들과 관계를 맺었는데, 동북 방면의 여진을 동여진, 서북 방면의 여진을 서여진이라 불렀다. 여진은 그들의 경제적 사회적 필요에 따라, 또 대륙의 정세 변화에 따라 고려에 조공하여 물자를 교역하기도 하고, 때로는 변방을 침략하여 약탈하기도 했다. 태조 이래 동여진은 꾸준히 내투(來投)하여 고려의 백성이 되거나 식민지인 기미주(羈縻州) 노릇을 하였고, 문종 때엔 대대적으로 내부(來附)하여 고려의 군현으로 편제해줄 것을 요청하기도 했다.

그런데 11세기 중반 북만주 송화강 지류에 살던 생여진 완안부(完顔部)가 주변의 여진족들을 통합하면서 세력을 확대하기 시작하였다.

완안부가 두각을 나타내기 전 이 지역의 생여진은 해마다 거란의 요나라에 인삼, 모피, 말, 금, 해동청(사냥매) 등의 공물을 바치며 살아왔으나, 요나라는 매년 공물(貢物)을 증가시키고, 마음 내키는 대로 여진족 마을을 약탈했을 뿐더러, 심지어 젊은 여자들까지 바치게 했다. 이에 생여진 여러 부족은 은인자중하며 무기를 모으고 진지를 구축하고 힘을 비축했다. 고려 숙종 9년(1104년) 완안부는 고려에 복속하고 있던 갈라전(曷懶甸) 일대의 여진을 경략하고, 계속 고려에 투항하는 여진을 쫓아서, 정주의 천리장성 부근까지 진격했다. 고려 조정은 이러한 여진의 동태에 바짝 긴장했다.

때마침 국경 수비군관 이일숙이 조정에 보고하기를,

《여진은 허약해서 두려울 바 없다. 이런 시기에 정복하지 않으면 후에 반드시 우환거리가 될 것이다.》

라고 하였다.

고려 조정에서는 문하시랑평장사 임간(林幹)을 장수로 삼아 방비하게 했으나, 여진을 너무 만만하게 본 임간이 섣불리 적진 속에 깊이 들어갔다가 크게 패하였다. 여진은 승전한 기세를 타고 청주 선덕관까지 침입하여 살생과 약탈을 감행했다. 숙종은 임간 대신 윤관(尹瓘)에게 부월(斧鉞)을 내리고 동북면행영도통사로 임명하였다.

동북면행영도통사가 된 윤관은 명을 받은 즉시 북계로 나아가, 여진과 첫 접전을 벌여보고, 그들이 예전의 보잘 것 없던 야만족이 아니라, 새로이 등장한 강적이라는 것을 깨달았다. 그는 적 30여 명을 사살했으나, 고려병도 그에 못지않게 사상자가 많았고, 기병(騎兵)이 중심이 된 적의 기세가 의외로 흉맹하여 보병들이 주를 이룬 고려군의 사기가 땅에 떨어졌다. 윤관은 그가 거느린 군대로는 쉽게 적을 제압하지 못할 것을 알고, 적과 화친조약을 맺어 강화하고 돌아왔다.

윤관의 보고를 받은 임금 숙종은 이에 분노하여 천지신명께 고하기를,

"원컨대 천지신명께서 적을 소탕하게 도와주시면 그곳에 천지신명을 위한 사찰을 창건하겠나이다."

하였다.

윤관이 다시 참지정사판상서형부사 겸 태자빈객에 임명되어 아뢰기를,

"신(臣)이 보기에 적의 세력이 완강하여 무슨 변을 일으킬지 예측하기 어렵사옵니다. 마땅히 병졸과 군관들을 잘 조련시켜 후일에 대비해야 할 것이옵니다. 제가 전날 저들에게 패전을 당한 원인은, 저들은 말을 탄 기병인 데 비해 우리는 보병이었기에 대적할 수 없었던 것이옵니다."

하였다.

윤관의 의견을 받아들인 숙종은 대대적으로 별무반을 편성케 하였는데, 별무반은 기병부대인 신기군(神騎軍), 보병부대인 신보군(神步軍), 승려부대인 항마군(降魔軍), 돌격부대인 조탕군(蹱蕩軍), 활 쏘는 갱궁군(梗弓軍), 쇠노 쏘는 정노군(精弩軍), 화공부대인 발화군(發火軍) 등으로 조직되었다. 모든 부대는 그 부대의 특성에 맞는 군사 훈련을 강화하고, 군량과 무기를 비축하여, 앞으로 있을 전쟁에 대비하였다.

그러나 이렇게 여진과의 전쟁 준비에 힘을 쏟던 숙종이 갑자기 승하하자 고려는 출병을 연기할 수밖에 없었다.

선왕 숙종의 여진 정벌에 대한 서소(誓疏)를 간직하고 즉위한 새임금 예종(睿宗)은 복(服)을 벗자마자 윤관을 도원수로, 지추밀원사 오연총(吳延寵)을 부원수로 삼아 여진 출병을 명하니, 윤관이 임금께 아뢰기를,

"신이 일찍이 선왕의 밀지(密旨)를 받았고, 이제 또 폐하의 엄명을 받았사오니, 3군을 통솔하여 적의 보루를 격파하고, 우리 강토를 개척하여 반드시 지난 날의 국치(國恥)를 씻겠사옵니다."

하고, 결의를 다졌다.

예종이 서경까지 군대와 함께 가서 위봉루에 올라서 윤관에게 부월(斧鉞)을 내려주었다. 윤관과 오연총은 동계(東界)에 이르러 17만 7천여 명의 군대를 장춘역에 집결시켰다. 윤관은 손수 53,000명의 군사를 거느리고, 중군 병마사 김한충은 36,700명, 좌군 병마사 문관은 33,900명, 우군 병마사 김덕진은 43,800명, 선병별감 이부 등은 해군 2,600명을 거느리게 하여 일제히 여진의 땅으로 진격하였다. 사전 준비를 철저히 한 고려군은 승승장구하여, 나아가는 기세가 마치 마른 나뭇가지를 꺾고 대나무를 쪼개는 것과 같았다. 그리하여 여진군의 목을 벤 것이 6천여 명이고, 항복한 자가 5만여 명이며, 고려군에 패해 도망친 자는 그 수를 헤아리기 어려웠다. 점령한 땅이 남북으로

300리가 넘어서, 동녘으로는 대해에 접했고, 서북방은 개마산을 끼고 있으며, 남녘으로는 장주와 정주 두 고을에 닿았다. 산천이 수려하고 토지가 비옥하여 넉넉히 우리 백성들을 옮겨서 살게 할 만하였다. 이곳은 본래 고구려의 영토였는데, 그 증거로 그 땅 여기저기에 고구려의 낡은 비석과 유적이 많이 남아 있었다.

윤관은 이 땅에 함주성, 영주성, 웅주성, 길주성, 복주성, 공험진, 통태진, 숭령진, 진양진 등 9개의 성(城)을 쌓고, 국가적 사업으로 남녘 지방의 백성을 이주시켜 정착하게 하였다.

그러나 여진은 그 후에도 끈질기게 9성을 공격하고 약탈을 일삼으며, 다른 한편으로는 고려에 사신을 보내서 9성을 돌려주길 청했다. 강온(强溫) 양면 작전을 펼친 것이다. 이에 대해 고려 조정은 국론이 주전파와 주화파로 양분되었다. 윤관, 오연총, 척준경, 이재, 왕지지 등 그간 여진과의 전쟁에 출전했던 장군들은 어렵게 개척한 9성을 돌려줄 수 없으며, 따라서 여진과의 전쟁을 계속해야 한다는 주장을 폈다. 그러나 재상 최홍사, 대간(臺諫) 이오, 임의 등 조정의 주화파는 그간의 전쟁으로 나라의 재정이 바닥났으며, 9성을 쌓은 뒤에도 여진의 침략이 그치지 않으니, 앞으로도 여진과의 전쟁을 계속하는 것보다는 9성을 돌려주고 화친을 하자는 주장을 하였다. 여진의 침략이 계속되자 주화파는 차츰 힘을 얻었고, 최홍사 등은 9성을 개척한 윤관, 오연총 등에게 죄를 주자는 주장까지 하게 되었다.

결국 예종 4년(1109년) 고려는 여진과 강화조약을 맺고, 국력을 기울여 어렵게 개척한 9성을 2년만에 완안부 족장 우아노에게 되돌려 주었다.

9성을 돌려받은 우아노 족장이 4년 후에 죽고, 그의 아우 아골타가 완안부 족장이 되었다. 아골타는 기개와 용맹, 지혜가 비범한 자로서, 족장이 되기 전에 이미 많은 전공을 세웠거니와, 완안부 족장이 된 이

듬해(1114년)부터 주변 부족들을 규합하고, 거란에 대해 선전포고를
하였다. 그 동안 여진족들에 대한 거란의 착취에 분노하여 은인자중
힘을 비축하여 드디어 거병한 것이다. 아골타는 겨우 2500명의 군사
를 거느리고 땅이 넓고 비옥하여 농사 짓기 좋은 송화강 유역을 점령
하고, 두 달 후 1만 병력으로 요나라의 10만 대군을 격파했다. 아골타
는 이듬해 정월 초하룻날 회령을 도읍으로 하여 대금(大金) 제국의 창
립을 선언하고, 초대 황제 금태조가 되었다.

그리고 이제 대제국이 된 금나라 황제 아골타는 1117년 고려에 사
신을 보냈다.

《대금국 황제는 고려 황제에게 글을 보낸다. 우리 조상은 대대로 거
란을 대국으로, 고려를 부모의 나라로 섬겨왔지만, 그러나 거란은 무
도하게 우리 강역을 침략하고 우리 백성을 노예로 삼는 등 명분 없이
무력을 행사해 왔다. 우리는 부득이 이에 항거하여 하늘의 도움을 입
어 거란을 진멸하였다. 고려 황제는 우리와 화친을 허락하고 (금이 형
이 되고 고려가 아우가 되는) 형제지의(兄弟之義)를 맺어 무궁한 화호(和好)
를 이루자.》

불과 8년 전 예종 4년 여진은 9성을 돌려받고 사신을 보내서 고려
를 부모의 나라(父母之國)라 하여 공대했으나, 이제 황제국이 되어 고려
에 결위형제(結爲兄弟)를 제의한 것이다.

이에 대해 고려 조정에선 격론이 벌어졌다. 중신들은 대부분 반대
했다. 심지어 당장 금나라 사신을 처형하자는 의견도 있었다. 그러나
김부식의 동생 김부의만은 금의 의견을 받아들이자는 의견을 냈다.

"일찍이 한나라는 흉노에게, 당나라는 돌궐에게 대대로 공주를 시
집보냈사옵니다. 이를 화번공주(華藩公主)라 하는데, 천자의 존엄에도
불구하고 오랑캐와 화친하기 위함이었사옵니다. 이는 이른바 성인이
잠시 정도(正道)를 버리고 권도(權道)로써 국가를 보전하기 위함이었사
오니, 폐하께선 통촉하소서."

조정에 가득한 신하들은 김부의의 말을 비웃고, 아골타의 제의를 받아들이지 않았다.

1121년 북송과 금나라의 협공으로 요나라가 멸망하고, 1123년 금 태조 아골타가 사망했다. 새로 금 황제가 된 태종은 이제 노골적으로 고려에게 형제지의가 아니라 칭신사대(稱臣事大)를 요구하고 나섰다. 작은 나라는 큰 나라의 신하로서, 마땅히 큰 나라를 받들어 모셔야 한다는 얘기였다. 이는 금나라가 요나라와 송나라를 제압하고 천하의 주인이 되었다는 선언이었다. 고려 조정에서는 이에 대해 의견이 분분하였다.

"아니, 우리 폐하께서 금나라 황제의 신하가 되어 그 앞에 엎드린다는 게 도대체 말이 되오? 몇 년 전만 해도 우리 고려를 상국으로 모시던 야만족이 금나라인데, 얼마 전에는 형제지의를 맺자더니, 이제 신하를 칭하라니! 이는 있을 수 없는 망발이오! 당장 금나라와의 관계를 끊고, 우리의 결의를 보여줘야 하오!"

"고려 사람치고 누군들 그들의 요구에 의분이 끓어오르지 않겠소? 그러나 우리가 진정으로 폐하와 사직을 생각한다면 일시의 감정으로만 일을 처리해서는 아니 됩니다. 그들의 요구를 한마디로 거절하면 통쾌하기야 하겠지요. 그러나 그 다음은 어찌 되겠습니까? 그들은 지금 욱일승천하는 군세(軍勢)를 지니고 순식간에 대륙을 휩쓸었습니다. 그들이 그 군세를 우리에게 돌리면 그 다음은 어떻게 되겠습니까? 솔직히 말해 그들과 맞설 힘과 의지가 우리에게 있습니까? 지난번 우리가 국력을 기울여 개척했던 9성도 지키지 못하고 그들에게 돌려주고 말았지 않았습니까? 그들이 우리를 침략할 명분을 주지 않아야 합니다. 실속 없는 명분에 매달렸다가는 아예 사직(社稷)이 무너질 수도 있습니다."

신하들의 의견은 명분론과 현실론으로 날카롭게 대립하였다. 그러나 현실은 엄연하였다. 그러한 현실을 무시한 명분론이 언제까지 힘을 얻겠는가.

인종 4년(1126년) 고려는 어쩔 수 없이 금나라에 정응문을 사신으로 보내서, 신하의 예(禮)로 화친조약을 맺었다. 윤관의 9성을 여진에게 돌려준 후 겨우 7년만의 일이었다.

이듬해 1127년 금 태종은 송나라를 공격하여, 송의 황제 휘종과 상황, 황후, 황자, 황녀 등 황족을 포로로 잡고, 송을 멸망시켰다. 금나라는 건국 12년만에 대국 요와 송을 멸망시키고 도읍을 연경으로 옮겨, 동아시아를 호령하는 대제국으로 군림하게 되었다.

3. 책봉(冊封)

유응규가 영빈관 마당에 서서 움직이지 않고 단식을 한 지 3일이 지나자, 금나라 관리가 다시 이 일을 금나라 조정에 보고하였다. 3일 전 유응규가 시위를 시작하자마자 그는 바로 그 일을 조정에 아뢰었었다.

보고를 받은 금 황제는 여러 번 유응규에게 관리를 보내서 식사를 하도록 권유했다. 그러나 유응규는 여전히 움직이지도 않고 식사도 하지 않은 채 마치 통나무처럼 서서 버티었다.

유응규가 단식을 한 지 나흘째 된 날 밤중에 고려의 사행원 한 명이 밤중에 남몰래 죽을 쑤어 가져와서 유응규에게 먹기를 권하였다.

"사또, 죽이라도 한 술 뜨십시오. 금나라 사람은 물론 우리 고려인도 이를 아는 사람이 없으니, 안심하십시오."

"너도 사람인데, 어찌 이런 간사한 짓을 하느냐?"

유응규가 정색을 하고 그를 꾸짖었다.

유응규가 단식한 지 5일째가 되자 얼굴이 말할 수 없이 초췌해지고,

숨을 제대로 쉬지 못하다가, 기어이 혼절하여 쓰러져 버렸다. 금 황제가 이를 긍휼하게 생각하여 대신을 보내서 타이르기를,

"그대의 나라가 비록 작으나, 그대 같은 신하를 두었으므로 문책하려던 것을 그만두고 장차 국서를 내려 주겠다. 그러니 그대는 우선 음식을 먹고 몸을 상하지 않게 하여라."

하였다.

그러나 유응규는 대답하기를,

"황상의 배려는 망극하오나 소신이 회답 국서를 받지 않고 어찌 식사를 하겠사옵니까? 귀국의 국서를 받는 날이 소신이 다시 연명(延命)할 때이옵니다."

하고 단식을 계속했다.

7일이 되자 유응규가 빈사지경(瀕死之境)에 빠져 의식을 잃었다. 금 황제는 유응규가 죽게 생겼다는 보고를 받고서,

"고려에 저런 충신이 있다니, 참으로 부러운 일이다! 즉시 국서를 작성하여 그에게 주어라! 저런 충직한 사람을 죽게 하는 것은 천자의 도리가 아니다."

하였다. 이에 예부에선 곧바로 국서를 작성하여 유응규에게 전하였다. 또한 황제는 유응규에게 어찬을 내려 몸을 회복하게 하고, 비단과 선물을 후하게 내려, 그의 충절을 칭찬하였다.

유응규 일행은 5월 기축일에 고려로 돌아왔다. 금 황제가 유응규를 통해 보낸 국서는 다음과 같았다.

《그대는 24년간 왕위에 있으면서 우리나라와 선린관계를 가져왔었다. 왕왕 사신을 보내지 않고 다만 편지만 보내왔으므로 무슨 변고가 생기지 않았나 하여 매우 우려하였다가, 이제 비로소 자세한 글월을 보게 되었다. 그대는 병환이 오래 지속되고 왕위가 오랜 동안 비게 될까 두려워서 아버지의 유언을 받들어 아우에게 왕위를 계승시키고자 그에게 임시로 국사를 맡긴다고 하였다. 그대의 말이 타당하기는 하

나, 나의 생각에 미심쩍은 바가 있으니, 앞으로 사신을 보내어 이 문제를 다시 논의하려 한다.》

그리고 7월 계미일에 금나라의 순문사 완안정이 금나라 황제의 조서를 기지고 고려에 사신으로 왔다. 조정에서는 병술일에 초참연(初參宴)을 배설하여 완안정을 두터이 대접하려 했으나, 완안정은 이를 거절하고 참석하지 않았다.

기축일에 임금이 대관전에서 금나라 조서를 받았는데, 그 조서는 놀랍게도 전(前) 임금 의종에게 보낸 조서였다.

《그대가 선대의 아름다운 유업을 받들어 나라를 잘 다스려오다가, 금년에 글월을 보내서 병세를 알리고, 정무를 처리할 사람으로 맡아들이 적당하지 않아 전 임금의 유언을 받들어 동복 아우에게 왕위를 양여(讓與)한다 하나, 이 조치가 성심에서 나온 것이 아닌 듯하므로 이 조서를 보낸다. 사신의 회답에 상세히 알려주기를 바란다.》

완안정이 전왕 의종을 만나길 청했으나, 임금이 말하기를,

"전 임금은 이미 임금의 자리를 내놓고 멀리 가 계신데, 병세가 더욱 나빠지셔서 조서를 받으러 오시지 못합니다. 그리고 전왕이 계신 곳은 길이 멀고 험해서 사신께서 가실 수는 없습니다."

하였다.

이리하여 완안정은 전왕을 만나지 못하고, 8월 정미일에 금나라로 돌아갔다. 그가 금국으로 돌아가기 전 임금은 전(前)왕 의종의 표문을 써서 완안정에게 주고, 대관전에서 성대한 연회를 열어 그를 위로하였다.

그리고 고려는 다시 예부시랑 장익명과 도부서 황공우를 고주사(告奏使)로 금나라에 보냈다. 두 사람은 이듬해(1172년) 2월 기유일에 금나라의 칙서를 받아왔는데, 그 내용은 다음과 같았다.

《그대는 멀리 떨어진 곳에서 귀국 사람들의 신망이 두터웠으며, 언제나 나랏일에 충성했을 뿐 아무 사심이 없었다. 그러나 불행하게도

형님이 병에 걸려 나에게 글월을 보내서 왕위를 내놓게 된 이유와 임시로 그 직무를 대리하고 있는 사실을 말하였다. 그대의 간곡한 뜻은 선대의 유업을 계승하고 나라를 보전하자는 것이니, 의리상 조서로써 책봉을 해야 할 것이나, 이번 사신의 회편에는 우선 왕위 이양에 동의하는 뜻만 알리고, 다음날 책명 사신을 따로 보내려 한다.》

그리고 5월 임신일에 금나라에서 태부감 상경거도위 오고른궁영과 한림직학사 장향을 고려에 보내서, 책봉조서를 전하였다.

임오일에 임금이 승평문에 나가서 조서를 접수하고, 대관전에서 책명을 받았다.

《덕망이 있고 어진 사람을 받드는 것은 옛일을 좇음이요, 선대의 유업을 계승하고 나라를 세우게 하는 것은 공로를 옳게 평가하기 위함이다. 귀국은 동방에 위치한 나라로서 냇물처럼 무궁한 행복을 누려 왔다. 그 유래가 자못 장구하여 자손들로써 계통을 이어왔다. (중략).

아아! 사직의 중책을 맡았으니 그대는 덕행을 부지런히 닦고, 백성들을 잘 다스려 국왕의 직무에 충실할 것이다. 환난과 행복은 모두 자기에게 달린 것이니, 음란하거나 교만하지 말아야 하며 항상 하늘의 위엄을 두려워할 줄 알아야만 나라가 길이 편안할 것이다. (생략)》

금 황제는 책봉 조서와 함께 책봉물을 보내왔는데, 구류관 1개, 구장복 1벌, 옥규(玉圭) 1개, 옥책 1부, 금인(金印) 1개, 타뉴상로(駝紐象輅) 1채, 말 4필과 별사의(別賜衣) 5벌, 세의착(細衣著) 200필, 세궁(細弓) 1개, 독수리 깃으로 만든 큰 화살 28개, 안장과 굴레를 갖춘 말 2필, 산마(散馬) 7필 등이었다.

정해일에 대관전에서 금나라 책봉사를 위한 연회를 크게 열었다.

새 임금의 책봉을 받기 위해 유응규가 금나라에 간 지 20개월만에 야 가까스로 금나라의 정식 책봉을 받은 것이다.

제3장

삼한갑족(三韓甲族)

1. 왕규(王珪)

"문 열어라! 문 열어!"

"어명이다! 빨리 문을 열어라!"

동부 진화방에 있는 왕규의 집 대문이 갑자기 부서질 듯이 울리며 여러 사람이 외치는 소리가 어지럽게 집 안을 뒤흔들었다.

"빨리 문을 열고 어명을 받아라!"

"모두 죽고 싶지 않으면 빨리 문 열어라!"

갑작스러운 일에 놀란 왕규의 하인이 대문을 열자 여섯 명의 범강장달 같은 군졸들이 칼을 뽑아들고서 우루루 집 안으로 쏟아져 들어왔다.

"뉘신데 이리…?"

하인이 겁에 질린 얼굴로 묻는데,

"이놈, 하찮은 하인놈이 나서긴 어딜 나서!"

하며 군졸 한 명이 칼등으로 사정없이 그의 어깨를 후려쳤다.

어이쿠!

하인은 몸을 가누지 못하고 머리를 땅바닥에 박으며 거꾸러졌다.

군졸들이 살벌한 기세로 안채로 짓쳐들어가는데,

"이놈들, 여기가 어디라고 이리 무례하게 구느냐?"

하며 한 사내가 사랑채 쪽에서 모습을 나타냈다. 삼십쯤 되어 보이는 사내였는데, 얼굴이 관옥같이 희고 이목구비가 그린 듯한 미남자였다.

"나는 전중시어사(殿中侍御史) 왕규다! 웬 놈들이냐?"

왕규는 군졸들을 한번 훑어보고 나서, 눈을 부라리며 호통을 쳤다.

"얼라, 이놈 보게? 이놈이 어디 굴뚝 속에 들어갔다가 나왔나? 세상이 발랑 뒤집어진 줄도 모르고 아직도 큰소리를 치다니?"

군졸 한 명이 어처구니없다는 얼굴로 말하자

"이놈, 아직도 네놈들 세상인 줄 아느냐?"

하며, 옆에 있던 군졸 한 명이 주먹으로 왕규의 뺨을 힘껏 올려붙였다. 그러자 또 다른 군졸 녀석이 왕규에게 달려들어, 발로 그의 뱃구레를 힘껏 내지르며 말했다.

"이런 놈한텐 우선 뜨거운 맛부터 보여야 한다구! 그래야 세상이 뒤집어졌다는 걸 제대로 알지!"

왕규는 뺨이 얼얼하고 창자가 끊어지는 듯한 고통에 잠깐 숨을 쉬기가 어려웠다. 고통도 고통이지만 이런 미천한 군졸놈들한테 수모를 당한다는 게 더 견디기 어려웠다. 그는 분노로 부르르 몸을 떨며 상처 입은 짐승처럼 으르렁거렸다.

"이놈들! 네놈들이 아무리 불학무식한 놈들이기로서니 나한테 이렇게 행패를 부리고도 무사할 줄 아느냐?"

"얼라? 이놈이 아직도 주둥치가 살았어? 아주 목줄기를 도려내도 그 주둥치를 놀리는가 한번 볼까?"

군졸 한 명이 왕규의 목에 시퍼런 환도를 들이대며 금방이라도 휘두를 듯 으르댔다.

그러자 왕규가 다시 눈을 부라리며 외쳤다.

"이놈들, 어디 내 목을 베어 봐라! 내 목이 날아가면 네놈들의 목은 무사할 줄 아느냐? 네놈들은 물론이고 처자식들까지 모조리 주륙을 면치 못할 것이다!"

"어?! 이놈이 무얼 믿고 이렇게 큰소리를 쳐?"

"이놈이 뒈질 때가 되어서 환장을 했나?"

왕규의 서슬 푸른 기세에 군졸들이 뜨악한 얼굴로 말했다.

"이놈들, 내가 누구인 줄 아느냐? 내가 바로 삼한 갑족 중의 갑족인 문하시중 왕충(王沖) 대감의 아들 왕규다! 태조 대왕의 아우이신 개국

공신 영해공(寧海公) 왕만세(王萬歲) 대감이 바로 내 7대 조부님이시다. 이놈들, 네놈들이 어느 장군 휘하에 있는 졸개들인지는 모르겠다만, 눈깔이 제대로 박힌 것들이라면 사람을 제대로 알아 봐야지! 이번 정난을 주도하여 조정을 한 손에 틀어쥔 정중부 대감이 바로 나의 숙부 같은 분이다! 내 말을 믿지 못하겠으면 정중부 대감 댁이 바로 지척에 있으니, 당장 정중부 대감 댁으로 가자! 네놈들이 정중부 대감 앞에서도 이렇게 무도할 수 있는지 보아야겠다!"

"…뭐라고? 정중부 대감이라니?"

"…정중부 대감이라고 했나?"

왕규의 말에 대번에 군졸들의 얼굴이 당혹과 경악으로 굳어졌다.

"그렇다! 정중부 대감은 돌아가신 나의 아버님과 세교가 있었고, 그분의 아드님이신 정균은 나의 절친한 벗이다! 그런데 네놈들이 감히 내 집을 범하려 하다니, 하룻강아지 범 무서운 줄 모른다는 말이 바로 너희 같은 놈들을 두고 이르는 말 아니더냐? 네놈들이 내 집에 와서 행패를 부린 것을 알면 정중부 대감께서 네놈들을 잡아다가 모두 목을 베거나, 아니면 엉덩이가 너덜너덜하게 곤장을 친 다음 천리 밖에 있는 원악도로 내칠 것이다!"

"어허? 이놈이 무엄하게 정중부 대감의 이름을 들먹이면서 우리한테 능갈을 치려고 해? 너 같은 먹물 나부랭이가 어찌 정중부 대감을 안단 말이냐?"

"내 선친께서는 수십 년 동안이나 조정을 우지좌지하셨던 정승이시고, 여기서 몇 골목 건너 살고 계시는 정중부 대감은 젊었을 적에 내 선친의 은혜를 입은 게 한두 번이 아니다! 그리고 정중부 대감의 아들 정균은 내 어렸을 적부터 나의 둘도 없는 벗이다! 내 말이 믿어지지 않으면 당장 나와 함께 정중부 대감 댁으로 가 보면 알 게 아니냐? 내가 앞장설 테니, 따라 나서라!"

군졸들이 왕규의 시퍼런 서슬에 기세가 한풀 꺾여 무르춤하자 왕규가 더욱 기세등등하게 군졸들을 나무랐다. 그는 걸음을 옮기며 다시 말했다.

"이놈들, 빨리 뒤따르지 않고 뭘 하느냐? 함께 정중부 대감 댁으로 가자!"

"이놈이 제법 그럴 듯한 말로 우리를 따돌리려 하지만 그런 속임수에 넘어갈 우리가 아니다! 만약 거짓임이 드러나면 단칼에 목줄기를 도려내 버리겠다!"

군졸 중에 우두머리인 듯한 자가 험악한 얼굴로 말했으나, 왕규는

"이놈들이 속고만 살아왔나? 정중부 대감댁이 바로 지척인데 함께 가 보면 내 말이 거짓인지 아닌지 금방 드러날 게 아니냐? 잔말 말고 뒤따라라!"

하고 앞장을 섰다.

군졸들은 기연가미연가 하는 표정으로 서로를 바라보며 잠깐 망설이다가, 왕규를 뒤따랐다. 왕규는 성큼성큼 걸음을 옮겨 놓으며 이기죽거리듯 말했다.

"어제도 물정 모르는 군졸 예닐곱 놈이 내 집을 범하러 왔다가, 정중부 대감에게 엉덩이가 떡이 되도록 곤장을 맞고, 멀리 북쪽 양계(兩界)로 쫓겨났다! 밤이면 오랑캐들이 쥐도 새도 모르게 번(番)을 서는 군졸들의 목을 베어가는 양계에서 수자리를 살기가 어떤지는 네놈들이 더 잘 알 것이다!"

정중부의 집은 그곳에서 몇 골목 건너에 있었는데, 대문 밖에 십여 명의 군졸들이 수직을 서고 있었다. 정중부가 정변을 일으켜 권력을 장악한 뒤부터 신변과 가족을 보호하기 위한 조치였다.

"누구시우?"

수직을 서고 있던 군졸 중의 한 명이 왕규의 앞을 막아서며 물었다.

"나는 전 문하시중 왕충 대감의 아들이며 전중시어사 왕규라는 사람이네! 정중부 대감이나 정균 나으리를 뵈러 왔네."

"두 분 대감께선 다 출사해서, 지금 댁에 안 계시우."

"물론 대감께선 중방(重房)에 계시겠지. 긴히 전할 말이 있으니, 행랑 아범이라도 불러주게."

"무슨 일로 그러시우?"

"자네가 그것까지 알아야겠나?"

왕규가 꾸짖듯 말하자 수직 군졸은 잠깐 곤혹스러운 얼굴이더니, 이내 대문을 두드렸다. 잠시 후 대문이 열리고 나이가 늙수그레한 행랑아범이 고개를 내밀었다.

"누구시우?"

행랑아범이 경계하는 눈빛으로 왕규와 그의 뒤에 서 있는 군졸들을 훑어보면서 물었다.

"나를 모르겠는가? 나, 정균 나으리의 죽마고우인 왕규일세!"

"아, 왕충 대감 댁 나으리시군요? 그런데 무슨 일이십니까요?"

행랑아범은 그제야 왕규를 알아보고 말했다.

"내 그간 외직에 나가 있다가 얼마 전에 돌아왔는데, 정중부 대감이나 정균 나으리는 안녕하시겠지?"

"두 분 다 지금 등청(登廳)하셨는데, 왜 그러십니까요?"

"내 저놈들을 대감께 넘겨서 징치하고자 함일세! 저놈들은 정중부 대감의 위엄을 빙자해서 백주에 강도질을 하려는 무도한 놈들일세! 저놈들이 내 집엘 쳐들어와서 다짜고짜 나에게 손찌검을 하고, 내 집을 분탕질하려 해서 내 저놈들을 이리 끌고 왔네! 저런 놈들이 이번 거사를 핑계 삼아 온갖 못된 짓을 저지르게 되면 거사를 주도한 군부와 정중부 대감에 대한 평판이 어찌 되겠나?"

"저 자들이 나으리의 댁을 범하려 했단 말입니까요?"

"그렇네! 날강도 같은 무뢰한들이 분명하이!"

"그게 사실이우? 댁들은 어느 군 소속이우? 이리 와 보시우!"

행랑아범이 군졸들에게 다가가며 묻자 군졸 중의 한 명이 잽싸게 몸을 돌려 달아나기 시작했다. 한 명이 달아나자 나머지 군졸들도 덩 달아 달아났다.

"이놈들! 이리 오지 못할까?"

왕규가 쫓아가며 소리를 지르자 군졸들을 걸음아 날 살려라 하고 줄행랑을 놓았다.

"이제 조정의 모든 권세가 정 대감의 손아귀에 들어갔으니, 자네도 바쁘겠구먼! 대부인 마님과 모란 아가씨도 잘 계시겠지?"

군졸들이 도망친 뒤에 왕규가 행랑아범에게 물었다.

"대부인 마님은 여전하시고, 모란 아가씨는 요즈음 집에 돌아와 계십니다요."

"잠깐 근친 오셨나?"

"근친 오신 게 아니라…."

행랑아범이 말끝을 흐렸다.

"근친 오신 게 아니면 무엇인가?"

"…그냥 친정에 돌아와 계십니다. 오신 지 한참 되셨습니다요."

"그냥 돌아와 계시다니, 왜 돌아와 계신단 말인가?"

"…소인네가 어찌 그런 깊은 내막을 알겠습니까요?"

행랑아범은 자세한 얘기를 꺼려하는 눈치였다.

"오늘 내가 큰 봉변을 당할 것을 자네 덕에 모면했는데, 이대로 갈 수는 없네. 가서 탁배기라도 한 잔 하세."

"아닙니다. 어떻게 제가 나으리와 술자리를 함께 할 수 있겠습니까요?"

행랑아범은 여러 번 사양했으나 왕규는 그를 억지로 끌다시피해서 근처의 선술집으로 데려갔다. 왕규는 행랑아범에게 거푸거푸 술을 권하면서 그의 환심을 샀고, 정중부의 딸 모란이 남편과 파경(破鏡)하여, 집으로 돌아온 지 다섯 달이 넘었다는 것을 알아냈다.

왕규는 어렸을 때 정중부의 아들 정균과 한 서당에 다니면서 글공

부를 했다. 그는 개경에서도 이름난 명문 집안의 자제였고, 정균은 한미한 무반인 정중부의 아들이었으나, 그들의 집이 가까운 곳에 있었기 때문에 함께 서당을 오가면서 스스럼없이 친하게 되었다. 두 아이들이 가까이 지내게 되자 정중부는 그것을 기회 삼아 왕규의 부친 왕충에게 접근하였다. 당시 조정의 권신 중의 한 사람이었던 왕충의 권세를 이용하기 위함이었다. 그런 까닭으로 왕규가 놀러 올 때마다 정중부의 식구들은 그를 마치 왕자인 양 극진하게 대접했고, 그 때문에 왕규는 거의 매일 정중부의 집을 찾아가서 놀곤 했다.

그러나 열대여섯 살이 된 후부터 왕규는 정균과 자주 어울리지 않게 되었다. 그가 그간 다니던 서당을 그만두고 국자감에 입학하게 되어, 정균과 자주 만나기가 어렵게 되었고, 두 집안의 지체가 너무 현격함을 깨달은 왕규가 정균의 집을 찾아가는 것을 꺼려하게 되었기 때문이었다. 자연히 정균과의 관계도 소원하게 되었다.

그러던 그가 몇 년 후에 다시 정중부의 집을 드나들게 된 것은 정균의 누이인 모란 때문이었다.

어느 날 왕규는 길을 가다가 아름다운 비단옷을 입은 처자와 마주치게 되었다. 그런데 뜻밖에도 그 처자가 얼굴 가득 미소를 띠고서

"도련님, 오랜만에 뵙습니다."

하고 인사를 하는 게 아닌가.

잘 익은 수밀도처럼 바알갛게 상기된 얼굴과 추파가 일렁이는 먹포도 같은 두 눈동자, 짙붉게 윤이 나는 도톰한 입술과, 갸름하고 긴 목, 봉긋하게 솟아오른 관능적인 앞가슴과 검푸르게 빛나는 검은 머리…. 드물게 보는 미녀였는데, 누구인지 얼른 생각이 나지 않았다.

"저를 몰라보시겠어요?"

왕규가 머뭇거리는 기색이자 처자가 다시 방긋 웃으며 물었는데, 그 웃음이 너무나 눈부셨다.

"저 모란이예요. 저희 집에 발길을 끊으시더니, 이제 저 같은 건 까

맣게 잊으셨군요!"

처자가 원망스럽다는 듯 눈에 한껏 교태를 띠고 말했다.

"……?"

"예전에 균 오라버니와 놀 적에 자주 뵈었잖아요?"

그때에야 왕규는 그녀가 정균의 누이인 모란이라는 것을 깨닫고, 또다시 놀랐다. 그녀가 너무 몰라보게 아름다워져 있었기 때문이었다. 모란은 왕규보다 세 살이 적은 소녀였는데, 왕규가 정중부의 집을 찾아갈 때마다 유난히 그를 따랐다.

"…네가 모란이라니! 정말 몰라보게 예뻐졌구나!"

왕규는 그녀의 얼굴에서 눈을 떼지 못하고 감탄해서 말했다.

"왜 이제 저희 집에 놀러 오지 않으세요? 늘 뵙고 싶었는데."

모란은 왕규를 만난 게 너무나 기쁜 듯 얼굴 가득 웃음을 머금고 말했다.

"그 사이 과거 준비하느라고 좀 바빴다."

"그럼 이제 우리 집엔 안 오시는 거예요?"

"안 가기는! 네가 오라고 하는데 어떻게 안 갈 수가 있겠니?"

"정말이세요?! 공연한 말로 저를 놀리시는 건 아니시지요?"

"남아일언중천금이라는데, 그럴 리가 있겠느냐?"

"아이, 좋아! 그럼 저는 오늘부터 매일 도련님을 기다릴 거예요!"

모란은 기쁨을 숨기지 못하고 어린애처럼 외쳤다. 왕규는 그런 모란의 모습을 보면서 문득 목이 마르는 듯한 갈증으로 꿀꺽 침을 삼켰다. 국자감의 유생들과 함께 기루를 출입하면서 이미 여자의 육체가 어떤 것인지를 알고 있었던 왕규는, 돌연 모란을 향해 강렬한 욕망을 느꼈다. 기루의 기생들과는 다른, 풋풋하면서도 발랄한 모란의 아름다움이 그의 관능을 자극했다.

그날 저녁 왕규는 바다를 건너온 귀한 술 한 병을 들고 정중부의 집을 찾아갔다. 정중부의 식구들은 반색을 하며 그를 맞아 주었고, 그는 정균과 술을 마시면서 그 사이 소원했던 회포를 풀었다. 모란은 술과 안주를 들고 사랑채를 드나들면서 왕규와 눈이 마주칠 때마다 자기도 모르게 추파를 던지며 얼굴 가득 웃음을 머금었다.

닷새 후 왕규는 다시 선물을 들고 정균을 찾아갔고, 그날 한밤중에 눈을 떴다. 너무 술을 많이 마셨는지 목이 타는 듯이 마르고 머리가 깨질 듯이 아팠다. 자리끼를 더듬어 찾다가 그는 그곳이 자기 집이 아니라는 것을 깨달았다. 옆자리를 보니, 정균도 술에 취해서 코를 곯면서 나가떨어져 있었다. 그는 물을 마시기 위해 밖으로 나갔다.

삼경이 넘었는지 하늘에 떠 있던 달과 은하수가 서쪽으로 많이 기울어져 있고, 사위(四圍)는 깊은 정적에 잠긴 채 불빛 하나 보이지 않았다. 그는 발소리를 죽이고 우물이 있는 안채의 후원으로 갔다. 두레박으로 물을 길어서 몇 모금 들이키자 차갑고 맑은 물이 목을 적시며 정신이 번쩍 났다.

물을 마시고 후원을 돌아 나오려는데 눈이 저절로 모란의 거처가 있는 별채로 가며, 자기도 모르게 걸음이 멈춰졌다. 그리고 문득 모란의 아름다운 얼굴과 풍만한 몸매, 그윽하고 향기로운 모란의 체취가 떠오르며, 갑자기 가슴의 동계가 높아졌다. 사랑채로 가야 한다고 생각했으나, 무엇에 홀린 듯 발걸음이 자기도 모르게 별채로 향해졌다. 모란의 방 앞 댓돌 위에는 앙증맞고 예쁘장한 모란의 갖신이 가지런하게 놓여 있었다. 그는 마루로 올라가, 귀를 방문에 대고 방 안의 기척을 살폈다. 방 안은 깊은 고요에 잠겨 있을 뿐 어떤 소리도 들리지 않았다. 그는 가만히 문고리를 당겨 보았다. 방 안쪽 문고리를 걸어놓았는지 문이 열리지 않았다. 두어 번 문을 잡아 당겨 보다가 돌아서는데, 방에서 모란의 목소리가 들려왔다.

"…달님이냐? 이 시간에 웬일이냐?"

달님은 모란의 몸종으로서, 그녀의 옆방에 거처하고 있었다.

"…나, 왕규야."

왕규는 소리를 낮춰, 속삭이듯 말했다.

"……."

방 안에선 한 동안 아무런 기척이 없었다. 그가 그만 몸을 돌려 걸음을 옮기려는데, 딸깍! 등 뒤에서 문고리 따는 소리가 들리고, 이어 조심스럽게 방문이 조금 열렸다. 그는 재빨리 방 안으로 들어갔다.

달빛이 창호지를 통해 희붐하게 배어들어서, 방 안은 그리 어둡지 않았다. 모란은 자다가 일어난 듯 얇은 속곳 차림이었고, 방 아랫목에 이부자리가 깔려 있었다. 옅은 어둠 속에 모란의 풍만한 몸매가 하얗게 떠 있고, 고혹적인 모란의 체취가 훅 끼쳐왔다. 그는 모란의 체취를 맡는 순간 숨이 막히는 듯한 느낌과 함께 그녀를 안고 와락 이불 위로 무너졌다.

"…도련님, 왜 이러세요?"

깜짝 놀란 모란이 어쩔 줄을 모르고 다급하게 말하자, 왕규는

"네가 너무 예쁘구나!"

하며, 그녀의 입술을 덮쳤다. 모란은 기다렸다는 듯 입술을 열어, 그의 혀를 받아들였다. 한 동안 모란의 입술과 혀를 마음껏 향유한 왕규는, 이윽고 그녀의 얇고 부드러운 속곳을 벗겨냈다.

"…도련님, 이러시면 어떡해요?"

모란이 그의 손길을 저지하려 했으나, 그녀의 그러한 몸짓은 오히려 그의 타오르는 욕망에 기름을 끼얹었다.

"도련님, 이러시면 아니 되셔요! 제발…. 제발…."

모란은 말은 그렇게 했으나 이미 모든 저항을 포기하고 그에게 몸을 맡겼다. 그녀의 몸은 그가 그때까지 알았던 어떤 기생보다 나긋나긋하고 부드러웠다. 놀랍게 탄력이 넘쳤고, 더할 수 없이 풍비했다. 또한 온몸에서 남자의 관능을 자극하는 그윽한 향기가 은은하게 풍겨났다. 왕규는 그러한 모란의 몸에 취해서 그녀의 몸을 마음껏 탐했다.

그 후 왕규는 정중부의 집을 찾아가서 식구들 몰래 한밤중에 그녀

의 방으로 숨어들기도 하고, 때로는 부모의 눈을 피해 그녀를 자기 집 행랑채로 끌어들이기도 했다.

그러나 몇 달 지나지 않아 왕규는 정중부의 집에 발걸음을 끊고, 더 이상 모란을 만나지 않았다. 그간 모란의 몸에 탐닉할 만큼 탐닉하여 그녀에 대한 욕망이 해소되자 문득 그녀가 부담스러워졌던 것이다. 두 집안의 지체가 현격해서 혼인을 할 처지도 아닌데, 만약 그녀가 회임이라도 하게 된다면 그 뒷갈망을 어떻게 할 것인가.

왕규가 정중부의 집에 발걸음을 끊은 지 한 달쯤 지난 어느 날 저녁이었다. 국자감에서 공부를 마치고 귀가하는데, 골목 어귀에서 모란이 기다리고 있었다.

"…어?! 모란아, 네가 웬일이냐?"

그가 놀라서 묻자 모란은

"도련님…."

하고 말을 잇지 못했는데, 그녀의 눈에 갈쌍하게 눈물이 차올랐다.

"모란아, 여기서 이럴 게 아니라, 우리 저쪽으로 가자."

그는 빠른 걸음으로 사람들의 발걸음이 뜸한 마을 뒤쪽의 공터로 향했다. 모란은 몇 걸음 떨어져서 그를 따라왔다.

"거기서 기다리면 어떻게 해? 누가 보면 어쩌려고?"

공터에 이르러 왕규가 말했다.

"…너무 뵙고 싶어서, 어쩔 수가 없었어요."

"…미안하다. …그러나 이제 널 만나면 안 될 것 같아."

"그게 무슨 말씀이세요?"

모란의 눈동자에 놀람과 불안의 빛이 어지럽게 뒤엉켰다.

그는 짐짓 한없이 쓸쓸하고 괴로운 표정으로 뜸을 들이다가 모기 소리 같은 목소리로 말했다.

"…그렇게 되었어!"

"왜요? 무슨 일 때문에 그러세요?"

"……."

왕규가 다시 말이 없자 모란이 초조하게 말했다.

"말씀하세요! 무슨 일이세요?"

"…나, 어쩌면 이곳 개경을 떠나, 멀리 울주로 가야 할 것 같아."

"울주라니, 그곳이 어딘데요?"

"경상도에 있는데, 이곳에선 천 리가 넘는 먼 곳이야."

"…그런데 왜 도련님이 갑자기 그곳으로 가게 되었어요?"

"…다 너 때문이야."

"저 때문이라뇨?"

"나 어렸을 때부터 집안끼리 정해 놓은 정혼녀가 있었는데, 최근 집안에서 그녀와의 혼인을 서두르고 있어. 내가 너와 혼인하겠다고 했다가 집안이 발칵 뒤집혔어. 삼한 갑족 중에서도 갑족인 우리 집안이 무반인 너네 집안과는 절대 혼인할 수 없다는 게야. 그래도 내가 너 아니면 혼인을 하지 않겠다고 고집을 부렸더니, 당장 울주로 내려가 있으라는 거야. 울주엔 우리 집안의 장원(莊園)이 있거든. 말하자면 귀양을 가는 거지."

"……!"

창백하다 못해 백랍빛으로 허옇게 변한 모란의 얼굴에 주루룩 눈물이 흘러 내렸다.

"…미안해. 내 마음은 온통 너뿐이야! 너를 못 보는 게 나에겐 견딜 수 없는 고통이야! 그러나 이제 너를 더 이상 만나서는 안 될 것 같아. 너와 혼인을 할 수 없는 처지에 너를 만나면 만날수록 너에게 더 큰 고통만 안겨줄 뿐이니…."

"……."

왕규는 흑흑 흐느껴 우는 모란을 갖은 말로 달래서 돌려보냈다. 그리고 채 한 달도 못 되어 오래 세교가 있던 문하시랑 이지무(李之茂)의 딸과 혼인을 하고, 그 이듬해 환로(宦路)에 나아가, 군기주부동정(軍器主

簿同正)이 되었다.

정중부와 이의방 등이 변란을 일으키고, 개경에 들어와 문신들을 무차별 참살할 때 왕규는 마침 휴가를 얻어 남경에 계신 어머니를 뵈러 갔다가 죽음을 면했다. 개경에서 정변이 일어났다는 소식을 듣게 된 왕규는, 그 말을 듣자마자 크게 놀라서 곧바로 민첩하고 영리한 가노(家奴) 두 명을 개경으로 보냈다. 정확한 소식을 알아보기 위함이었다. 무지렁이 같은 무반들이 권신들을 모조리 죽이고 권력을 잡다니, 믿어지지가 않았다.

개경에서 돌아온 가노들의 이야기는 그가 예상했던 것보다 훨씬 더 절망적이었다. 문신이라면 지위 고하를 막론하고 닥치는 대로 죽여서, 참살당한 사람이 수백 명이고, 도성 전체가 아수라 지옥이 되었다는 얘기였다. 그는 어떻게 해야 할지 판단이 서지 않았다. 왕규는 한동안 남경에 그냥 머물러 있었다 그러나 언제까지나 남경에 숨어 있을 수는 없었다.

그러던 어느 날 문득 정중부 상장군을 찾아가면 살길이 열릴 것이란 생각이 떠올랐다. 옛날 그의 부친이 문하시중의 자리에 있을 때 정중부 장군에게 많은 은혜를 베풀었고, 또한 그와 정균과의 우의(友誼)를 봐서라도 모른 체하지는 않을 것 같았다.

왕규는 두어 달 후 장교의 복장을 하고 조심스럽게 개경으로 돌아왔다. 개경은 듣던 대로 완전히 무신들의 세상으로 변하였고, 폭도로 화한 위사들이 몇 명씩 떼를 지어 다니면서 귀족과 문신들의 집을 마구 약탈하고 부녀자들을 겁탈하곤 했다.

왕규는 언제 그의 집이 약탈당하고, 그 또한 무슨 일을 당할지 몰라 전전긍긍했다.

그는 은병 3개와 송나라 비단 다섯 필을 싸 들고 정중부의 집을 찾아갔다.

정균은 왕규를 보고서 뜨악한 얼굴로 말했다.

"자네가 누구시더라?"

"나, 왕규 아닌가? 자네, 아무러면 이 왕규를 몰라본단 말인가?"

그는 얼굴 가득 웃음을 띠고 말했다.

"그러고 보니 그런 것도 같군. 십여 년을 내 집에 발걸음을 하지 않던 자네가 오늘은 웬일인가?"

"이번에 자네 부친께서 기울어 가는 조정을 바로 세우시고 정난공신이 되셨으니, 하례를 드리러 온 것 아닌가! 하하하!"

"…하례를 드리러?! 하하하! 그 참, 고맙긴 하네만, 아버님은 국사에 바쁘셔서 아직 퇴청하지 않으셨네! 그리고 집에 계실지라도 자네 같은 사람을 만날 겨를이 없으실 걸세! 내 자네의 뜻은 전해 올릴 테니, 그만 가 보게!"

정균은 냉랭한 어조로 말했다.

"아따, 이 사람아! 자네의 춘부장님과 나의 선친은 오랜 세교가 있었고, 또한 나와 자네는 코흘리개 친구가 아닌가? 옛정을 봐서라도 이리 홀대하는 법이 어디 있나? 조그마한 성의지만 이걸 받아 주시게."

그는 가져온 선물꾸러미를 정균 앞에 내놓았다.

"이런 것들은 이제 조금도 긴치 않네! 지금 우리 집 창고엔 온갖 재화가 바리바리 지천으로 쌓여 있고, 갖가지 진귀한 선물을 준비한 조정의 내로라하는 권신들이 내 아버님을 뵙지 못해 안달이 났네! 요즈음 자네 사정이 어려울 테니 가져가 긴요하게 쓰게나!"

"조강지처(糟糠之妻)는 불하당(不下堂)이요, 죽마고우(竹馬故友)는 불가망(不可忘)이란 말이 있잖은가! 옛날을 생각하면 자네가 나한테 이럴수 있단 말인가? 너무 하이!"

"너무 하다니?! 말이 나왔으니 말이지, 너무 한 사람은 바로 자네 아닌가!"

"…내가 너무 하다니, 그게 무슨 말인가?"

"자네, 예전에 우리 모란이한테 어떻게 했나? 모란이를 실컷 농락해 놓고서, 뭐, 삼한갑족이라서 무반 집안과는 혼인할 수 없다고?! 그게 말인가 막걸리인가! 그럼 처음부터 건드리질 말았어야지! 자네 욕심을 채울 만큼 채운 뒤에 그 따위 핑계로 언 발에 똥 털듯이 내 누이를 차 버려?! 자넨 처음부터 순진한 그 애를 마음껏 농락하고 차 버릴 속셈이었어! 내 말이 틀렸나?"

"…그건, …그건…내 철없던 시절에…."

할 말을 찾지 못해 어눌한 사람처럼 말을 더듬는 왕규의 얼굴이 수치심과 두려움으로 시뻘개지고, 얼굴과 등허리에 진득진득한 진땀이 배어났다.

"그때 같았으면 내 단칼에 자넬 베어 버렸을 걸세! 구차한 변명 그만하고, 그만 돌아가게!"

"내 그때 일은 할 말이 없네! 미안하이!"

왕규는 하릴없이 정중부의 집을 물러났다.

그러나 왕규는 정중부의 덕을 톡톡히 보았다. 그간 폭도로 화한 군졸들이 그의 집을 약탈하기 위해 두 번이나 그의 집을 찾아왔는데, 그는 그때마다 정중부 부자와의 친분을 과장하여 그들을 물리쳤던 것이다.

그런데 그날 또 다른 놈들이 그의 집을 찾아왔고, 그 덕택에 왕규는 모란이 친정집으로 돌아와 있다는 것을 알게 되었다.

모란이 파경을 하고 돌아와 있다니!

그 말을 듣는 순간 그는 어두운 산 속에서 길을 잃고 오래 헤매다가 드디어 한 줄기 불빛을 발견한 듯한 기분이었다. 모란이 홀몸이 되어 돌아와 있다니, 이런 천우신조가 어디 있단 말인가.

며칠 후 땅거미가 내리는 저녁 무렵 왕규네 집안의 늙은 하녀가 정중부의 집으로 모란을 찾아갔다. 그녀는 모란에게 금은과 칠보로 화

려하게 장식된 진귀한 노리개와 대국 비단을 내놓고서,

"저의 주인 나으리께서 아씨께 보내는 작은 선물입니다. 아씨를 뵙고자 기다리고 계십니다."

하고 말했다.

"주인이 뉘신데 나에게 이런 것을 보내고, 나를 보고자 한단 말인가?"

"가 보시면 아실 것입니다."

"규방의 부녀자가 누구인지도 모르는 사람을 어떻게 만나러 간단 말인가?"

"가 보시면 아실 만한 분이십니다. 가까운 곳이니 잠깐 걸음하시지요. 아씨께 해로운 일이야 있겠습니까?"

"자네가 나를 어찌 보고 이런 무례한 청을 한단 말인가? 나를 이름도 모르는 사람의 부름에 허겁지겁 달려갈 만만한 여자로 보았단 말인가? 냉큼 물러가게!"

모란은 선물 보따리를 내팽개치며 사납게 말했다.

"아씨, 심기를 불편하게 해 드렸다면 용서하십시오. 쇤네가 주인 나으리의 함자를 밝히지 않은 것은, 두 분의 만남을 더욱 놀랍게 하기 위함이지 다른 뜻은 없사옵니다."

"아무리 그렇더라도 아녀자의 처지에 이름도 모르는 사람의 초청에 어찌 선뜻 응하겠는가?"

늙은 하녀는 한참을 망설이다가 어쩔 수 없다는 듯 입을 열었다.

"…쇤네의 주인 나으리는, …왕규 어르신이십니다."

"뭐라구?! …자네, 지금 뭐라고 했나?"

세상에, 왕규라니! 모란은 너무 뜻밖의 말에 제 귀가 의심스러웠다.

"왕규 나으리께서 아씨를 간절히 뵙고 싶어 하십니다요."

모란은 어마지두 잠깐 제 정신이 아니었다.

왕규가 나를 찾다니?! 그러나 잠시 후 모란은 냉랭한 얼굴로,

"나는 그런 사람을 모르네! 다시는 내 집에 발걸음 하지 말게!"

하고, 선물 보따리를 내치며 서릿발같이 차가운 목소리로 말했다.

늙은 하녀는 어쩔 수 없이 그냥 돌아갔으나, 다음날 또 모란을 찾아왔다. 모란은 성을 내어 그녀를 내쫓았으나, 그녀는 그 다음날도, 또 그 다음날도 갖가지 선물 보따리를 가지고 모란을 찾아왔다.

며칠 후 어둠이 깔리는 저녁녘에 모란은 왕규의 하녀를 따라 왕규의 저택으로 갔다. 남편에게 소박을 맞고 친정으로 돌아와 눈치밥을 얻어먹는 천덕꾸러기 신세가 되어, 외롭고 울적하게 지내고 있던 모란은, 한때 몸과 마음을 다 바쳐 사랑했던 왕규로부터 만나자는 끈질긴 제의와 함께 선물 공세를 받자 끝까지 저항할 수는 없었다.

"여기서 잠깐만 기다리십시오. 바로 나으리를 뫼셔오겠습니다요."

왕규의 하녀는 그녀를 조용하고 깨끗한 별당으로 안내한 다음, 밀초에 불을 밝히고 방을 나갔다. 잠시 후에 밖에서 인기척이 나더니, 왕규가 문을 열고 방으로 들어왔다.

"모란 아씨, 오랜만입니다. 앉으십시오."

어쩔 줄 모르고 엉거주춤한 자세로 서 있던 모란에게 왕규가 은근한 목소리로 말하고는, 자리를 권했다. 그녀가 좌정하기를 기다려 왕규도 자리에 앉았다. 잠시 어색한 침묵이 흘렀다.

"그간 한 시도 모란아씨를 잊어 본 적이 없었습니다. 며칠 전 아씨께서 집에 돌아와 계신다는 말씀을 듣고서, 조금이라도 위로가 될까 해서 이렇게 만나뵙기를 청했습니다. 결례가 되었다면 용서하십시오."

왕규가 정이 뚝뚝 흐르는 눈길로 모란을 바라보며 점잖게 입을 열었다.

"귀하신 분께서 보잘 것 없는 계집을 아직도 잊지 않고 계시다니, 뜻밖입니다. 저 같은 계집에게 무슨 용무가 있으십니까?"

모란이 새침한 표정으로 말했다.

"아씨께서는 아직도 저를 원망하고 계시는군요. 저 또한 이렇게 아씨를 뵙게 되니 가슴이 에이는 듯 아프고, 제 자신이 원망스럽습니다.

그러나 저는 그간 마음속으로 늘 아씨를 사모하고 있었습니다. 아씨께는 세월이 비켜갔는지 예전보다 더욱 아름답습니다."

"박복하여 친정에 돌아와 있는 계집에게 그런 말씀을 하시다니, 놀리는 말씀이 지나치십니다."

"놀리는 말씀이라니, 당치 않습니다. 아씨께서는 정말 예전보다 더욱 아름다우십니다!"

왕규가 찬탄하는 눈으로 모란을 바라보며 말했다.

모란은 예전의 앳되고 여린 모습이 사라진 대신 활짝 핀 모란꽃처럼 화려하고 난만한 아름다움을 지니고 있었다.

"나으리, 상 들여가겠습니다."

밖에서 하녀의 목소리가 들리더니, 이어 두 하녀가 커다란 교자상을 들고 들어왔다. 미리 정성을 다해 준비한 듯 상에는 갖가지 기름진 고기와 떡, 과일이 즐비하고, 송나라에서 바다를 건너 온 향기로운 술이 올라 있었다.

왕규는 청자로 된 아름다운 잔에 술을 가득 따라서 모란에게 권하고는,

"사양하지 마십시오. 마음을 달래는 데 도움이 될 것입니다."

하고 말했다.

모란은 왕규가 권한 술잔을 단숨에 비웠다. 향기롭고 독한 술이 뜨겁게 목구멍을 타고 뱃속으로 흘러들었다. 그녀는 그간 괴롭고 우울한 심사를 달래느라 매일 술을 마시다시피하여, 술에 익숙해져 있었다. 그러나 그렇게 향기롭고 진한 술은 처음이었다. 너무 강렬한 술기운에 그녀는 자기도 모르게 진저리를 쳤다.

"…예전에 제가 아씨께 죽을 죄를 지었습니다. 아씨께선 저보다 더 괴로우셨겠지만, 저 또한 오랜 세월 동안 가슴 속에 철철 피를 흘리고 살아왔고, 지금도 그 상처는 아물지 않았습니다."

왕규가 한껏 애절한 목소리로 말하고는, 괴로운 표정으로 술잔에

술을 따라 단숨에 잔을 비웠다.

"…오랜 동안 오라버니를 원망하며 살았습니다. ……."

모란의 눈동자에 물기가 배어났다.

왕규에게 버림을 당한 뒤에도 그녀는 그를 잊지 못했다. 아무리 잊으려 해도 그의 눈부시게 준수한 얼굴이 머릿속에서 지워지지 않았다. 먼발치에서라도 그의 모습을 보기 위해 그녀는 그의 집 골목을 무수히 기웃거리곤 했다. 그녀가 남편과 금슬이 나빠져서 결국 파경에 이르게 된 데에는 왕규의 탓도 컸다. 모란의 남편은 몸은 아주 건장했으나, 얼굴이 검고 무뚝뚝한 군관이었는데, 그런 남편의 얼굴을 대할 때마다 왕규의 준수한 얼굴이 생각나고, 자기도 모르게 남편에게 데면데면하게 되었다. 심지어 남편과의 잠자리에서도 그녀는 머릿속에 왕규의 얼굴을 떠올리곤 했다.

"제가 아씨께 너무 큰 고통을 드렸습니다. 죄송해서 몸 둘 바를 모르겠습니다. 제 잘못을 용서해 주십시오. 그때는 제 나이가 너무 어려서 저도 아씨에 대한 제 마음을 잘 몰랐었고, 아버님의 분부가 너무 엄하신지라 어쩔 수가 없었습니다. 그러나 아씨와 헤어진 후 제가 얼마나 아씨를 은애하고 있었나 뼈저리게 알게 되었습니다. …아씨를 사모하는 제 마음은 지금도 예전과 조금도 다름이 없습니다. 아니, 아씨를 못 만난 세월이 길어질수록 아씨를 보고 싶은 마음은 더욱더 간절해졌습니다."

술잔이 몇 번 오가고, 분위기가 무르익자 왕규는 모란에게 다가가, 그녀의 손을 잡으며 은근하게 말했다.

"모란 아씨, 우리 이제 다시 인연을 잇는 게 어떻겠습니까?"

"이 손 놓으세요. 나으리는 이미 부인이 계시지 않습니까?"

"저도 그간 아내와 금슬이 좋지 않았습니다! 아씨가 제 마음을 온통 가져가 버렸는데, 그녀에게 줄 마음이 어디 있겠습니까? 아씨가 홀로 지내고 있다는 말을 듣고서, 저도 아내를 친정으로 보내버렸습니다.

정 없는 여자를 붙잡아 둔다는 건 저에게도, 그녀에게도 형벌 아니겠습니까?"

"......!"

"모란 아씨, 우리 이제라도 다시 이전에 못 다했던 인연을 이읍시다! 아직도 늦지 않았습니다!"

그는 격정에 휩싸인 듯 갑자기 그녀를 끌어안았다.

"나으리, 이러지 마세요!"

모란이 그를 밀어내려 했으나 그는 그녀를 포옹한 팔에 힘을 주며 그녀의 입술을 덮쳤다.

"모란 아씨, 아씨를 사모하는 제 마음을 외면하지 말아 주십시오! 이제 우리를 떼어놓을 사람은 없습니다!"

모란은 도리질을 하며 그를 밀어냈으나 그는 더욱 힘차게 그녀를 끌어안고, 집요하게 그녀의 입술을 공략했다. 얼마 지나지 않아 모란은 가쁜 숨을 토해내며 그를 힘껏 껴안고서 그의 입맞춤을 받아들였다. 격렬한 입맞춤이 한동안 계속되었다.

왕규는 긴 입맞춤을 끝낸 뒤 본격적으로 그녀의 몸을 애무하기 시작했다. 그는 때로는 숙련된 악사처럼 능란한 손길로 그녀의 몸을 연주했고, 때로는 노련한 대장장이처럼 그녀의 몸에 불을 지피고 풀무질을 했다. 그리고 노회한 사냥꾼처럼 서두르지 않고 치밀하게 그녀를 흥분과 쾌락의 막다른 골목으로 몰아갔다. 본래 나긋나긋하고 풍비했던 모란의 몸은 그 사이 무르익을 대로 무르익어서 그의 손과 입술이 여기저기를 스칠 때마다 경련하듯 떨리고 비틀리고 자지러지며 신음을 토해 냈다.

모란의 몸이 달아오를 대로 달아오르자 왕규는 이윽고 그녀의 몸 깊숙이 자맥질해 들어갔다. 두 사람은 마치 싸움을 하듯 치열하게 서로의 몸을 탐했고, 죽음과 같은 환락의 절정을 향해 달려 올라갔다.

"이제 다시는 아씨를 놓치지 않겠습니다."

관계가 끝난 뒤에 왕규가 다시 그녀를 안으며 말했다.

"저도 이제 나으리를 놔 주지 않겠어요."

모란이 그의 품으로 파고들며 말했다.

왕규는 그녀를 사다리 삼아서 절대적인 권세를 휘두르게 된 정중부에게 접근할 속셈이었다. 모란을 차지한다면 정중부와 정균이 어찌 그를 홀대할 수 있겠는가. 전에는 정중부가 한미한 집안에서 몸을 일으킨 무부에 지나지 않아, 삼한갑족 중에서도 갑족인 그는 추호도 정중부와 혼척(婚戚)이 될 생각이 없었다. 그러나 정중부가 조정을 손아귀에 틀어쥔 지금은 달랐다. 그의 미래는 물론 가문의 영고성쇠가 모두 정중부에게 달려 있었다. 그런데 운 좋게도 전에 한때 그와 통정까지 했던 모란이 반겨주는 사람 없는 친정에서 끈 떨어진 뒤웅박 신세가 되어 있지 않은가.

왕규는 그날 밤 몇 번이나 모란의 몸을 탐했고, 이윽고 그녀를 완전히 자기의 포로(捕虜)로 만들었다.

2. 송유인

송악산 골짜기마다 땅거미가 발 빠른 지네처럼 기어내리고, 이어 어둠이 먹물처럼 도성 안 거리와 골목에 차올랐다. 한 집 두 집 불이 켜지고, 거리를 오가는 사람들의 얼굴을 알아보기 어려울 즈음, 서부(西部) 삼송방(森松坊)에 있는 정중부의 둘째 딸 향란의 저택에 군졸 복색을 한 다섯 명의 건장한 사내들이 나타났다. 그들은 잠깐 주위를 살피더니, 그 중 한 명이 돌담 밑에 엎드리자 다른 한 명이 번개같이 그의 등을 밟고 몸을 솟구쳐, 담장을 넘어갔다. 그리고 곧 대문이 열렸다. 그들은 발소리를 죽이고 행랑채로 다가가, 다짜고짜 비복들을 후려쳤다.

"이놈, 죽고 싶지 않거든 아뭇소리 말고 죽은 듯이 자빠져 있어라! 자칫 잘못하면 시퍼런 칼이 뱃구레에 맞창을 내 놓을 게다!"

사내 중의 한 명이 사나운 목소리로 으름장을 놓았다.

그들은 재빠른 동작으로 비복(婢僕)들이 소리를 지르지 못하도록 아갈잡이를 시키고, 팔과 다리를 묶은 다음, 칼을 빼들고 안으로 짓쳐들어갔다.

"사람이라고 생긴 것은 한 연놈도 남기지 말고 모조리 잡아 묶어라! 반항하는 놈은 베어도 좋다!"

우두머리인 듯한 사내가 큰 소리로 외쳤다. 그들은 닥치는 대로 사람들을 후려갈겨 결박해 놓고, 안채로 뛰어들었다.

"이게 무슨 짓들이오?"

화사한 비단옷을 입은 녹빈홍안의 여인이 방에서 마루로 나오다가, 놀라서 외쳤다. 정중부의 둘째 딸 향란이었다.

"네가 정중부의 딸이냐?"

무리 중의 우두머리인 듯한 자가 물었다.

"…그렇소만…. 우리 아버님 함자를 그렇게 함부로 부르다니, 당신들은 어느 군영에 속한 군졸들인데, 이리 무례하오?"

"우리는, …이 고려에 네 아비 정중부 외에도 무서운 사람이 있다는 것을 알려 주려고 온 사람들이다!"

"…당신들이 누군데, 아녀자만 살고 있는 내당에 침입하여 행패를 부리는 게요? 우리 아버님이 아시면 목숨을 보존하기 어려울 게요! 빨리 물러가시오!"

향란은 덜컥 겁이 났으나, 태연한 척 오연하게 말했다.

"곧 뒈질 년이 큰소릴 치는 걸 보니 그년 제 아비를 닮아 간이 제법 크구나! 우리는 네 아비한테 혈육을 잃고 그 원한이 구천에 사무친 사람들이다! 흐흐흐! 이제 너를 죽여서 네 아비 정중부에게 혈육을 잃은 고통이 어떤 것인지 똑똑히 맛보게 해 주겠다!"

"……!"

향란은 가슴이 철렁 내려앉았다. 그녀는 그의 부친 정중부가 정변을 일으켜 수많은 문신들을 살육하고 정권을 잡았다는 것과, 그 뒤에도 군졸들이나 무뢰배들이 사대부 집안을 침범하여, 재산을 약탈하고 여자들을 겁간할 뿐 아니라 무자비한 살육까지 서슴없이 저지른다는 것을 알고 있었다.

"흐흐흐! 그년, 얼굴이 제법 해반드레하고 육덕이 대단한 걸 보니 남자깨나 밝히겠구나! 듣자 하니 네가 남편을 잃고 독수공방한 지 한참 되었다던데, 그 동안 끓어오르는 색기를 참느라 고생이 적지 않았겠다! 흐흐흐! 죽기 전에 마지막으로 적선하는 셈치고 우리가 차례로 너에게 육보시(肉布施)를 베풀겠으니, 사내 맛이나 실컷 보고서 저승으로 가도록 해라!"

우두머리인 듯한 사내가 그렇게 말하고 나서, 우악스럽게 마루로 뛰어올랐다. 그는 향란의 목에 칼을 들이대고서

"조금이라도 반항하면 단칼에 요절을 내 주겠다!"

하고 그녀를 방 안으로 끌고 들어갔다.

행랑채에 결박되어 있던 하인 중에 우삼이라는 노복이 있었는데, 그는 사내들이 안으로 들어가자마자 곧바로 손에 묶어 놓은 밧줄을 풀기 위해 안간힘을 다했다. 뜻밖에도 두 손을 결박한 밧줄 매듭이 별로 단단하지 않아 보여, 조금만 애를 쓰면 풀 수도 있을 것 같았다. 그는 손을 계속 움직여, 이윽고 밧줄에서 손을 빼냈다. 그 다음 아갈잡이를 풀고, 두 다리의 밧줄을 푼 우삼이는 부리나케 밖으로 달려나갔다. 누군가에게 구원을 청하기 위해서였다. 그런데 하늘이 도왔는지 골목을 나가자마자 마침 저만치 대장군의 복장을 한 위풍당당한 사내의 뒷모습이 눈에 들어왔다. 우삼이는 허겁지겁 그에게 달려가 말했다.

"장군님! 도와주십쇼! 지금 우리 집에 군졸 복색을 한 무뢰한들이 쳐들어와서 분탕질을 치고 있습니다!"

"뭣이?! 군졸 복색을 한 무뢰한이?!"

"그렇습니다!"

"집이 어디냐? 앞장서라!"

우삼이는 그와 함께 집으로 달려갔다.

"이놈들, 나는 좌위영(左衛營) 대장군 송유인이다! 백성을 보호해야 할 군졸이란 놈들이 이게 무슨 짓이냐? 썩 물러나지 못할까?!"

송유인은 안채로 들어가서, 대들보가 찌렁찌렁 울리도록 호통을 쳤다. 그의 호통에 여기저기서 재물을 뒤져내고 있던 사내들이 우루루 몰려나왔다.

"이놈이 아예 뒈지려고 간이 뒤집혔구나! 우리가 누군지도 모르고 호통을 치다니!"

사내들은 칼을 뽑아 들고 송유인을 둘러쌌다.

"네놈들은 어느 군영 소속이냐?"

"흐흐흐! 군졸의 복색만 갖추면 모두 네놈의 호통이 통할 줄 알았더냐? 우리는 군졸이 아니다!"

"뭐라고?! 그럼 네놈들이 군졸로 변장을 한 무뢰배들이구나! 이 흉악한 놈들, 지금 당장 물러나면 내 너희들의 잘못을 용서할 것이나, 만약 끝내 나와 맞서려는 놈은 뜨거운 맛을 볼 것이다!"

송유인이 준엄한 어조로 말했다.

"이놈, 큰소리가 아주 입에 붙었구나! 네놈이 뱃구레에 칼침을 맞고도 여전히 큰소리를 치는지 어디 한번 보자!"

무리 중의 한 명이 칼을 크게 휘두르며 송유인을 향해 달려들었다. 송유인은 날렵하게 몸을 뒤틀어 사내의 칼을 피하면서 주먹으로 사내의 뒤통수를 호되게 내려쳤다. 그리고 몸을 날려 그를 향해 덤비려는 다른 놈의 옆구리에 날카롭게 발길을 꽂았다.

억!

어이쿠!

두 사내가 거의 동시에 마당 바닥에 나뒹굴었다.

그때 안방에서 여자의 새된 비명이 흘러 나왔다. 그 소리를 들은 송유인은 몸을 날려 안방으로 뛰어들었다. 한 사내가 반라가 된 여자를 겁탈하려다가, 송유인을 보고서 후다닥 일어나더니, 칼을 휘두르며 덤벼들었다.

송유인은 번개같이 사내의 팔을 후려쳐서 칼을 떨어뜨리고, 발로 그의 등허리를 세차게 갈겼다. 사내는 벽에 몸을 부딪히며 사정없이 거꾸러졌다. 송유인이 다시 그의 멱살을 거머쥐고 힘껏 그의 가슴을 걷어차자 사내는 마루 밖으로 사정없이 나가떨어졌다.

"이놈들, 어디 또 덤벼 봐라! 이번엔 검 쓰는 법을 보여 주겠다! 대장군 송유인의 본국검이 얼마나 무서운지 소문은 익히 들었을 것이다!"

말을 마친 송유인이 검을 뽑아들고 마당으로 뛰어 내리더니, 바람개비를 돌리듯 검을 휘둘렀다. 칼이 돌아가는 속도가 어찌나 빠르던지 칼은 보이지 않고 부연 칼 그림자가 둥근 원처럼 보였다.

"안 되겠다! 저놈이 예삿놈이 아니다! 잘못하다간 뼈도 못 추리겠다!"

"튀자!"

사내들은 후다닥 몸을 돌려 도망치기 시작했다.

"이놈들! 게 서지 못할까!"

송유인이 대문간까지 쫓아갔으나 무리들은 오금아 날 살려라 하고 허겁지겁 달아났다.

"대장군님 아니었으면 큰일 날 뻔했습니다. 고맙습니다요."

하인 우삼이가 다가와 송유인에게 머리를 조아리며 말했다.

"내가 마침 근처에 있어서 다행이었네. 그 불한당놈들이 똥줄이 타게 혼쭐이 났으니, 이제 별 일 없을 것이네! 나는 그만 가 보겠네!"

송유인은 그렇게 말하고는, 걸음을 옮겨 놓았다.

"이렇게 그냥 가시다니요? 잠깐만 지체해 주십시오!"

"실은, 나도 갈 길이 바쁜 몸이네!"

"그래도 이렇게 가셔서야…."

우삼이가 대문 밖까지 따라나오며 붙들었으나

"그까짓 사소한 일에 뭘 그러나. 가서 아씨나 잘 보살펴 드리게. 많이 놀라셨을 테니."

송유인은 성큼성큼 빠른 걸음으로 집을 나왔다.

송유인이 골목을 막 빠져 나와, 한길로 접어들 때였다.

"대장군님, 잠깐 걸음을 멈추십시오! 드릴 말씀이 있습니다!"

우삼이가 숨이 턱에 닿게 그를 뒤쫓아왔다.

"왜 그러나?"

"아씨께서 대장군님을 모셔 오시라는 분부십니다. 생명의 은인을 그냥 가시게 했다면서 소인이 큰 꾸중을 들었습니다."

"그까짓 걸 가지고 은혜랄 게 뭐 있나? 나도 갈 길이 바쁘네!"

"안 되십니다요! 이렇게 그냥 가시면 소인은 아씨께 호된 꾸중을 듣게 됩니다. 소인을 살려 주시는 셈치고 잠깐만 지체하셨다가 가십시오!"

"허 참, …!"

송유인은 어쩔 수 없다는 듯 발걸음을 돌렸다.

향란은 대문간에 나와 있다가 송유인에게 깊이 머리를 숙여 예를 표하고 말했다.

"대장군님 덕택에 오늘 소녀가 큰 봉변을 면하게 되었습니다. 정말 고맙습니다."

"괜찮으십니까? 인사를 드리고 가는 게 도리이나, 오히려 겸연쩍어 하실 것 같아서 그냥 자리를 떴습니다."

"아무리 부끄러운 일을 당했을지라도 이렇게 큰 은혜를 입고서 어찌 인사를 안 드릴 수 있겠습니까? 그래서 모시도록 했습니다."

"은혜랄 것까지야 있겠습니까? 못된 놈들 때문에 크게 놀라셨겠습니다만, 제가 도움이 되었다니 다행입니다. 그럼 이만 가보겠습니다. 안녕히 계십시오!"

"이렇게 가시게 할 수는 없습니다. 소녀를 구해 주시고 저희 집을 지켜 주셨는데, 그냥 가시다니요? 바쁘시더라도 잠깐 안으로 드시지요. 목이라도 축이고 가시면 소녀의 빚진 마음이 조금이라도 덜할 것 같습니다."

향란이 간절한 눈빛으로 정성스럽게 말했다.

"이것 참…. 그렇게까지 말씀하시니 그럼 잠깐 폐를 끼치겠습니다."

향란은 송유인을 사랑채로 안내했다.

송유인이 사랑방으로 들어가서 좌정하자 향란이 말했다.

"소녀, 은인께 인사올리겠습니다. 소녀는 정중부 대감의 둘째 여식이온데, 박복하여 진작에 남편과 사별하고, 이렇게 외롭게 지내고 있습니다."

"아씨께서 정중부 대감의 영애시라고요?"

송유인이 놀란 듯 큰 소리로 말했다.

"그렇습니다. 향란이라 합니다."

향란이 다소곳이 아미를 조아렸다.

"…아씨께서 정중부 대감의 영애라는 것도 놀랍고, 또한 아씨같이 젊은 분께서 청상이 되어 홀몸으로 고독하게 지내고 계신다는 것은 더욱 놀랍습니다. 저는 좌위영(左衛營)에서 대장군으로 있는 송유인이라는 사람으로, 아씨의 춘부장이신 정중부 대감과도 면식이 많습니다. 이번 정난(靖難)으로 어지러운 조정을 유신하시고 참지정사가 되신 정중부 대감은 우리 같은 젊은 무장들이 한결같이 우러러 마지않는 훌륭한 분이신데, 오늘 그 분의 영애이신 아씨께 조금이나마 도움이 되었다니, 제 마음도 흔쾌하기 짝이 없습니다."

송유인이 얼굴 가득 화애한 빛을 띠고 놀랍다는 듯 말했다.

향란은 송유인의 의젓한 자세에 걷잡을 수 없이 가슴이 뛰었다. 그녀는 아까 송유인이 무뢰배놈들을 물리치는 것을 보고서, 그의 용감하고 씩씩한 기상과 뛰어난 무예, 사내답게 잘생긴 얼굴과 헌칠한 풍채에 단번에 마음을 빼앗겼었는데, 게다가 예의 바르고 겸손할 뿐 아니라 다정다감하기까지 한 모습을 대하니 제 정신이 아니었다.

잠시 후에 계집종이 소반에 다과를 내왔다.

"우선 음식을 준비할 동안 목이라도 축이십시오."

향란은 단정하게 꿇어앉아서 손수 송유인에게 잔을 권하고 다관(茶罐)을 들어 차를 따랐다.

"차가 정말 향기롭고 그윽하군요. 이렇게 좋은 차를 대접받기는 처음입니다. 그럼 저는 이만···."

송유인은 그렇게 말하고 자리에서 일어났다.

"지금 저녁을 준비 중인데, 이렇게 일어서시면···."

"차 한 잔이면 과분합니다."

아쉬워서 어쩔 줄 모르고 허둥대는 향란을 뒤로 하고 송유인은 그녀의 저택을 나왔다.

다음날, 향란의 하인 우삼이가 좌위영으로 송유인을 찾아왔다. 향란의 명을 받고 송유인을 모셔가기 위함이었다.

"그까짓 하찮은 일로 이러실 것 없다고 말씀드리게. 난 바쁘이."

우삼이는 여러 가지 말로 송유인을 모셔 가려 했으나, 송유인은 완강하게 거절하고, 그를 그냥 돌려보냈다. 그러나 우삼이는 다음날 또 송유인을 찾아왔다.

"대장군님께서 너무 사양하시니 저희 아씨께서 속이 상하셔서 아예 자리에 누우셨습니다. 바쁘시더라도 한 번만 왕림해 주십시오."

"···아씨께서 자리에 누우셨다니···. 그것 참! ···알았네. 오늘 일과가 끝나고 나면 잠깐 들르도록 하겠네."

송유인은 하는 수 없다는 듯 그렇게 말했다.

그날 저녁 송유인이 향란의 저택에 당도하자 향란과 노비들이 반색을 하며 달려나왔다. 향란은 마치 오래 헤어져 있던 임을 대하듯 발갛게 상기된 얼굴에 수줍고도 반가운 기색이 역력하였다. 그녀는 송유인을 안방으로 맞아들였는데, 방에는 보통 여염집에서는 구경하기 어려운 화려한 대국 화촉이 여럿 밝혀져 있고, 커다란 교자상에 온갖 산해진미가 가득하게 차려져 있었다.

"어쩌다가 우연히 조그마한 도움을 드린 것뿐인데, 이리 융숭한 대접을 받게 되다니, 송구스럽습니다."

"대장군님께서는 소녀의 생명의 은인이신데, 오히려 이런 소찬으로 모시게 되어 몸 둘 바를 모르겠습니다. 우선 감사의 뜻으로 소녀가 한 잔 올리겠습니다. 외람되다 여기지 마시고 받아주십시오."

향란이 은잔에 향기로운 술을 따라 송유인에게 권하자 송유인은

"고맙습니다. 아씨같이 아름다운 분한테서 술잔을 받기는 생전 처음입니다."

하고, 단숨에 잔을 비웠다.

"소녀같이 박복한 청상(靑孀)을 아름답다 하시다니, 지금 소녀를 놀리십니까?"

향란이 얼굴에 가득 교태를 띠고서 말했다.

"아씨를 놀리다니요! 저는 제 진심을 말씀드린 것입니다. 지금까지 아씨처럼 아름다운 분은 본 적이 없습니다. 정말입니다."

송유인은 찬탄이 넘치는 눈으로 향란을 바라보며 말하고는,

"제가 아씨께 한 잔 권해도 되겠습니까?"

하고 물었다.

"은인이신 대장군님께서 권하시는 잔을 어찌 사양하겠습니까?"

송유인이 잔에 가득 술을 따라 권하자 향란은 수줍은 듯 살짝 고개를 돌리고 술을 마셨다. 그리고 빈 잔에 다시 술을 따라 송유인에게

권했다. 송유인 또한 곧바로 다시 향란에게 술을 권했다. 두 사람 사이에 술잔이 오가며 방 안의 분위기가 화촉동방처럼 화애하고 은밀해져 갔다.

"아씨, 그리고 보니 제가 그날 그 시간에 좌위영 분견대를 순찰하러 나왔다가 아씨 집 앞을 지나가게 된 것이 우연이 아닌 듯한 생각이 듭니다."

"……!"

"아씨와 제가 전생부터 남다른 인연이 있었던 것 아닐까요?"

"전생의 인연이요?"

"옷깃 하나 스치는 것도 500세의 인연이 쌓여서라는데, 하물며 아씨와 제가 이리 마주 앉게 되었다는 게 어찌 보통 인연이겠습니까? 우리는 분명 전생(前生)에도 보통 인연이 아니었을 것입니다. 그 때문에 아씨의 얼굴을 처음 봤을 때부터 그리 낯설지 않았던 것 같습니다."

"…제가 낯설지 않았다구요?"

"그렇습니다! 오래 기다리던 분을 드디어 만났구나 하는 생각이 들었습니다."

송유인은 그윽한 눈으로 향란을 바라보며, 그녀의 손을 끌어당겨 꼬옥 쥐며 말했다.

"아씨, 이 모든 게 오래 전부터 예비된 인연 같은데, 아씨를 향한 제 마음을 받아주시겠습니까?"

송유인은 향란에게 바싹 다가가, 그녀의 귓속에 미약(媚藥)같이 뜨거운 말을 쏟아 부었다. 그리고 술과 달콤한 말에 취해 몽롱한 도취 상태에 빠져 있는 그녀를 덥석 안고 거칠게 그녀의 입술을 빼앗았다. 오랜 동안 독수공방해 왔던 향란은 그의 입술을 받자 화살이라도 맞은 듯 바르르 몸을 떨었다.

"대장군님, 이러시면 소녀는 어떻게 해요?"

"아씨와 저는 이미 인연이라는 강물에 함께 배를 띄웠습니다."

송유인은 스스로 생각해도 어찌 그렇게 멋진 말이 자기 입에서 술술 나오는지 신기해하며, 향란의 무르익은 몸을 마음껏 애무하고 나서, 그녀와 한몸이 되었다.

"아씨와 이렇게 연분을 맺고 보니, 역시 우리가 오래 전부터 인연이 있었던 게 틀림없습니다. 아씨!"

송유인은 오랜만에 운우지락에 취해 녹초가 되어 있는 향란을 다시 애무하며 말했다.

"이제 소녀는 어찌해야 할지 모르겠습니다."

향란이 송유인의 품을 파고들며 코맹녕이 소리로 말했다.

"모든 것을 저에게 맡겨 주십시오! 곧 아씨와 혼인을 하도록 하겠습니다."

"대장군님께서 봉변에서 소녀를 구해 주시고, 또 이렇게 은애해 주시니, 대장군님 말씀대로 인연인가 합니다."

향란은 아직도 제 정신이 아닌 듯 들뜬 목소리로 말했다.

그날 밤, 송유인은 몇 번이나 향란의 풍만하고 향기로운 몸을 탐했다.

그리고 다음날도, 또 그 다음날도 향란의 집을 찾아가, 마음껏 열락(悅樂)을 누렸다. 송유인으로 인해 뒤늦게 합환(合歡)의 쾌락을 알게 된 향란은 이제 송유인 없이는 살 수 없게 되었다.

어느 날, 향란의 집을 나온 송유인은 서둘러 그의 단골 기생집인 동부 만전방의 만월각으로 발걸음을 제촉했다. 길을 가는 동안 그는 몇 번이나 회심의 미소를 지었다. 모든 것이 그의 생각대로, 아니, 생각했던 것보다 더 순조롭게 진행되었기 때문이었다.

"강팔이와 그 패거리들이 와 있지?"

만월각에 도착한 송유인이 중노미에게 그렇게 말하자 중노미가 그를 외따로 떨어져 있는 방으로 안내했다. 방 안에서 술을 마시며 노름을 하고 있던 사내들이 송유인을 보고서 자리에서 일어났다. 십여 일 전 향란의 집에 분탕질을 치러 들어갔다가 송유인에게 내쫓긴 그 사내들이었다.

"오셨수?"

"어서 오시우!"

그들은 송유인에게 꾸벅꾸벅 머리를 숙여 인사를 하는 체했으나, 그 태도가 여간 불손한 게 아니었다.

"그간 잘들 지냈나?"

송유인의 말에,

"젠장, 무슨 발길질을 그렇게 무지막지하게 합니까? 쉰네는 갈비뼈가 모두 부러진 줄 알았수다!"

한 사내가 대뜸 볼이 부어 말했다.

"소인은 쇠뭉치로 얻어맞은 것처럼 지금까지 뒤통수가 얼얼하우다!"

"이 강팔이는 마루로 나가떨어질 때 정말 죽는구나 하는 생각이 들었수다! 아무리 실감있게 한다고는 하지만, 그렇게 인정사정없이 사람을 치는 법이 어디 있수까?"

그들은 다투어 불퉁스러운 목소리로 불평을 토해냈다.

"주먹질로 밥 먹고 사는 놈들이 그만한 일에 엄살을 떨기는!"

송유인이 코웃음을 치며 말했다.

"대장군님, 엄살이 아니우다! 정말 죽는 줄 알았다니까요! 이렇게 상처가 나고 멍이 들지 않았수까?"

한 놈이 찰과상이 난 팔과 퍼렇게 멍이 든 얼굴을 송유인의 앞으로 들이대며 말했다.

"그래, 고생 많았다! 그 대가로 지금부터 내가 걸판지게 한 상 사겠다! 계집까지 붙여 줄 테니, 마음껏 놀아 봐라!"

송유인은 품에서 은병 한 개를 꺼내서 강팔이에게 던져주며 호기를 부렸다. 그리고 강팔이를 밖으로 불러내서 은밀하게 말했다.

"내일 저녁 한밤중에 너 혼자 내 집에 들러라! 매우 중요한 일이니, 저놈들에게도 모르게 해야 한다. 우리 집 밖 공터에 와서 기다리고 있으면 내가 나가겠다. 조금이라도 차질이 있어선 안 된다! 내일 일이 잘 끝나면 이번에는 은병 두 개를 주겠다."

"은병 두 개를 주신다굽쇼? 예, 알았수다! 쥐도 새도 모르게 가겠수다!"

"이건 저놈들 몰래 네 몫으로 주는 것이다."

송유인은 품에서 은병 한 개를 꺼내서 강팔이에게 건네주었다.

송유인의 아버지 송천수는 본래 신분이 미천한 군졸이었는데, 용맹이 뛰어나 응양군에 뽑히게 되었다. 의종이 태자로 있었을 때 부왕인 인종(仁宗)의 명을 받고서 서북면을 순시하게 되었는데, 송천수가 호위병으로 태자를 따라가게 되었다. 태자가 국경을 순시하러 왔다는 것을 정탐한 야인(野人)들은 어느 날 밤 수자리 서는 군졸들 모르게 국경 깊숙이 침투하여, 태자를 습격하였다. 불시에 야습을 당한 태자 일행은 크게 당황해서 걷잡을 수 없는 혼란에 빠졌고, 경황 중에 모두들 뿔뿔이 흩어졌다. 태자는 숙소를 나와 어둠 속으로 무작정 도망쳤는데, 그때 태자를 호위하는 병사가 송천수밖에 없었다. 몇 명의 오랑캐가 두 사람을 바짝 뒤쫓아오자 송천수가 태자에게 말하기를,

"태자마마, 어서 피하시옵소서! 소신이 여기에서 죽기로 도적들을 막을 것이니, 그 사이 멀리 피신하셔서 옥체를 보중하소서! 목숨을 보중하시면 소신의 처자가 굶지나 않게 은혜를 베풀어 주시옵소서!"

하고, 뒤돌아서서 야인들을 향해 달려가, 사력을 다해 칼을 휘둘렀다. 송천수는 그날 온몸이 난자될 때까지 사납게 분전하다가 장렬하게 죽었고, 그 틈을 타 태자는 가까스로 몸을 빼쳐서 살아날 수 있었다. 송천수의 희생으로 목숨을 건진 태자는 그의 시신을 거두어서 후히 장례를 지내 주었고, 그의 가족들에게 적지 않은 전답을 하사

했다. 그리고 임금이 된 후에도 송천수의 은혜를 잊지 않고 있다가 송유인이 열다섯 살이 되자 산원(散員)으로 임명하고, 곧바로 태자부(太子府)의 지유(指諭)로 파격적인 승차를 시킨 뒤 곁에 두고 총애했다.

아버지 덕택에 태자부의 지유가 된 송유인은 왕족과 권문세가들의 생활을 보고 세상이 얼마나 불공평하고 그간 자기가 얼마나 비참하게 살아왔는가를 절실하게 깨달았다. 왕족과 귀족들이 백옥루에서 노니는 신선들이라면 백성들은 그들을 위해 뼈빠지게 일을 하는 마소 같은 존재였다. 대다수의 양민과 천민 들이 평생 고된 노역에 시달리며 비참하게 살아가는 데 비해 몇 안 되는 귀족이나 벼슬아치 들은 일하지 않고서도 온갖 부귀영화를 누리며 살고 있었다. 세상에는 남을 위해 생산에 종사하는 사람들과, 그 생산된 것을 향유하는 사람들로 나뉘어져 있고, 송유인은 자기가 비로소 남을 위해서 일하는 무리에서 빠져나왔다는 것을 깨달았다. 그는 이제 다시는 남을 위해 일하는 사람이 되지 않으리라 굳게 결심했다.

그러나 비록 하루아침에 산원이 되고 지유가 되었다 하나, 그는 조정을 좌우하는 권귀(權貴)들에 비하면 여전히 미천하고 가난했다. 송유인은 그들 권귀들과 같이 되기 위해 권문세가에 장가를 들 결심을 했다. 그것만이 일시에 부귀를 손아귀에 넣고, 그의 미래를 확고하게 보장할 수 있는 지름길이란 생각이 들었다. 그러나 그는 곧 그게 하늘의 별따기란 것을 알게 되었다. 개경의 내로라하는 갑족들은 남들이 감히 넘보기 어려운 높은 벽을 쌓아 놓고서 자기들끼리 인척을 맺고 있었고, 그 테두리 밖에 있는 사람이 끼어들 수 있는 틈은 전혀 보이지 않았다.

송유인이 개경 갑족 집안에 장가를 못 들고 상심해 있을 때 서덕언이라는 사람이 죽었다는 소문이 돌았다. 서덕언은 그 신분이 평민이었으나 뛰어난 상재(商才)를 발휘하여 송 나라와 왜(倭), 남방의 여러 나라와 무역을 터서, 고려 제일의 부자가 되었다는 사람이었다. 벽란도

앞바다가 그의 배로 가득 차고, 포구에 있는 수십 채의 곳집에는 다른 나라에서 가져온 온갖 진귀한 물건들이 산처럼 쌓여 있다는 소문의 주인공이 바로 서덕언이었다. 그의 저택은 왕궁에 못지않고, 가장집물은 왕궁보다 더 사치스럽다는 소문이 파다했고, 심지어 그의 저택 안 뒤란에는 벽에 온통 금칠을 한 불당 안에 순금으로 된 부처님이 봉안되어 있다는 얘기도 나돌았었다.

서덕언이 죽자 그에 못지않게 사람들의 입에 오르내린 사람은 그의 젊은 부인 전순월이었다. 서덕언은 중년에 부인을 사별하고 다시 젊고 아름다운 처녀를 후처로 맞아들였는데, 그녀가 서른이 채 못 되어서 거만의 재산을 상속받은 미망인이 되었기 때문이었다.

송유인은 그 소문을 들은 순간 무슨 계시라도 받은 듯 머릿속이 환해졌다. 불현듯 전순월을 손에 넣어야겠다는 생각이 떠올랐던 것이다. 그보다 나이가 예닐곱 살 많고, 한번 혼인한 여자인 데다가 신분 또한 미천한 여자이긴 하지만 그녀의 엄청난 재산은 그러한 그녀의 결함을 덮어주고도 남았다. 그리고 그러한 그녀의 결함이 그녀를 손에 넣는 데에는 오히려 도움이 되리란 생각까지 했다.

송유인은 전순월의 친정집이 있는 곳을 알아냈다. 그리고 말 매끄럽기로 이름난 매파에게 후한 예물을 들려서 전순월의 친정어머니를 찾아가도록 했다.

"송유인 나으리의 얼굴이 관옥으로 깎아 놓은 듯 반듯하고, 풍채가 헌칠하기 또한 신선과 같소. 그리고 그의 벼슬이 태자부의 지유라오. 다음 번 임금이 되실 태자 마마께서 사시는 곳이 태자부이니, 태자 마마의 신임이 얼마나 돈독하겠소이까? 앞으로 태자마마께서 임금이 되시면 나으리가 조정을 우지좌지할 대감이 될 것이오. 그런 사람이 예전에 우연히 이 댁 따님을 보고서 그간 속을 태워 오다가, 따님이 혼자 되었다는 말을 듣고 청혼을 했소이다. 따님이 혼자 된 것은 안타까운 일이나, 그렇다고 나이 30도 안 된 젊은 사람이 평생 독수공방을 하겠소? 아무래도 송유인 나으리와 이 댁 따님이 전생부터 인연이 남다른 것 같소이다."

매파는 온갖 달콤한 말로 전순월의 친정어머니를 설득했고, 그녀의 친정어머니 또한 젊은 딸이 홀몸이 된 것을 안타깝게 여기고 있었던 터라 매파의 말을 흥감해서 받아들였다. 신랑 될 젊은이가 총각인 데다가 태자부에 출사하는 촉망받는 벼슬아치라니, 이보다 더 좋은 혼처가 또 어디 있겠는가.

"우선 내가 신랑 될 사람을 한번 보겠네."

전순월의 어머니가 매파에게 말했다.

전순월의 친정어머니는 송유인을 보자마자 한눈에 혹했다. 옥골선풍이란 말이 있다더니, 바로 이런 사람을 이르는 게 아닌가! 그녀는 송유인을 사윗감으로 뿐만 아니라 한 남자로서도 너무 탐이 났다. 그녀는 곧바로 딸을 찾아가 송유인이 청혼을 해 왔음을 알리고, 그녀에게 개가할 것을 권했다.

"어머니, 상복을 입고 있는 딸을 찾아와서 그런 말씀을 하시다니요? 누가 들을까 무섭습니다. 다시는 그런 말씀 마세요."

전순월은 놀란 얼굴로 말했다.

"죽은 사람은 죽은 사람이고, 산 사람은 다시 살 길을 찾아야지. 앞길이 구만 리 같고, 딸린 자식도 없는 네가 평생을 혼자 살 수는 없는 것 아니냐? 그 사람이 총각에, 인물 좋겠다, 벼슬까지 높겠다, 게다가 예전에 네 모습을 보고서 그간 마음속으로 너를 은애해 왔다니, 이보다 더 좋은 자리가 어디 있겠느냐? 네가 이제야 백년해로할 진짜 배필을 찾은 것이다."

친정어머니는 여러 가지 말로 딸을 설득했으나 전순월은 그녀의 말을 들은 척도 하지 않았다. 그러나 그녀의 어머니는 거듭거듭 딸을 찾아갔다. 송유인이 갖가지 값진 선물로 그녀의 어머니를 구워삶으며 집요하게 부탁을 했기 때문이었다.

"그럼 혼인은 안 해도 좋으니, 한 번 만나 보기라도 해라! 네가 좋다고 저리 숨이 넘어가는 사람한테 너무 야박한 것 아니냐?"

열 번 찍어 안 넘어가는 나무 없다고 몇 달 후에 송유인은 전순월과 선을 보게 되었다.

"아씨를 이리 뵙게 되었으니, 이제 저는 죽더라도 한이 없습니다."

"…제가 무엇이라고, 그런 말씀을 ….."

"오래 전에 아씨를 뵌 적이 있었는데, 그때부터 제 마음속에 아씨가 있었습니다. 아씨가 서덕언 나리와 혼인하자 상심하여 지금까지 혼자 지냈습니다."

전순월은 송유인의 얼굴과 풍채를 보자마자 마음이 흔들렸다. 관옥 같은 얼굴에 당당한 풍채가 가히 대장부다웠다. 그러한 그가 예전부터 그녀를 마음에 두고 있었다니! 그녀는 단번에 송유인에게 사로잡힌 몸이 되었다.

두 사람은 곧 혼인을 했고, 송유인은 그녀와 그녀의 막대한 재산을 동시에 손아귀에 넣었다.

송유인은 무반 출신이었지만 무반 사람들과 사귀기보다는 문신들을 찾아다니면서 그들과 교유하기에 힘썼다. 조정에서 무반들이 찬밥 신세라는 걸 알고서 권세를 쥐고 휘두르는 권신들과 가깝게 지냈던 것이다. 물론 한미한 평민에서 몸을 일으킨 송유인이 조정의 권신들에게 접근하기는 쉽지 않았다. 그러나 그는 아내가 지참해 온 막대한 재산을 물 쓰듯이 쓰며 권신들의 환심을 샀고, 그 덕택에 젊은 나이에 대장군의 자리에까지 승차하게 되었다. 만금이 있으면 만 리 밖에 있는 적국 임금의 수급도 베어 올 수 있고, 역적질을 하다가 죽을 구멍에 떨어진 자식도 살려내는 게 세상 이치 아니던가. 거만의 재산을 가진 그의 입지는 갈수록 탄탄해졌고, 그의 전도는 양양했다.

그런데 정변이 일어났다.

만인지상의 지존으로 군림하던 의종이 하루아침에 죄인이 되어 멀리 남쪽 바닷가 거제로 귀양을 가고, 그가 철석같이 믿었던 권신들이 추풍낙엽처럼 죽음을 당하거나 권좌에서 쫓겨났다. 그리고 그가 무시하고 상종도 하지 않았던 무반들이 권력을 손아귀에 넣고서 세상을 호령하기 시작했다.

송유인은 망연자실했다. 그가 딛고 서 있던 땅이 갑자기 무너지며 끝없는 나락으로 추락하는 듯한 느낌에 정신을 차릴 수가 없었다. 그러나 마냥 망연자실하고 앉아 있을 수만은 없었다. 염량세태에 날카로운 촉수를 지닌 그는, 자기가 그간 어렵게 쌓아올린 지위는 물론 목숨마저 위태롭게 되었다는 걸 본능적으로 느꼈다. 그간 문신들과 교유하며 승승장구해 온 그를 무반들이 눈엣가시처럼 여겨왔다는 것을 그는 잘 알고 있었다. 임금 주변에 있던 내시와 문관들을 모조리 도륙한 무반들이 그를 그냥 둘 리가 있겠는가.

그는 정변이 나자 잽싸게 몸을 숨겼다가 살육의 피바람이 지나간 뒤에야 슬그머니 돌아왔다. 그러나 언제 또 숙청의 칼날이 그를 겨냥할지 몰라 전전긍긍했다. 그는 초조와 불안 속에서 밤잠을 제대로 이루지 못하고 살길을 찾아 궁리에 궁리를 거듭했다. 그리고 문득 정변의 우두머리인 정중부 대감의 딸 중 한 명이 연전(年前)에 남편과 사별하고 홀몸이 되었다는 것을 생각해 냈다.

정중부의 딸이라! 그녀를 손아귀에 넣을 수만 있다면 무엇이 무섭겠는가! 다시 전보다 더 든든한 날개를 달고 날아오를 수 있지 않겠는가! 그는 쾌재를 불렀다. 하늘이 무너져도 정신만 제대로 차리면 솟아날 구멍이 있다더니!

그는 정중부의 딸에 대해 상세한 것을 알아낸 다음, 치밀하게 그녀의 몸과 마음을 사로잡을 계책을 세우고, 곧바로 그 계책을 실행에 옮겼다.

이튿날 밤 사경(四更) 무렵이었다.

사위가 모두 깊은 잠에 빠져 있는데 시커먼 그림자 하나가 송유인의 사랑채에서 나와, 안채를 향해 살금살금 다가갔다. 그림자는 주의 깊게 사방을 살핀 다음 날렵한 걸음으로 이 집 마님인 전순월이 거처하는 안방 마루로 올라섰다. 그림자는 방문 곁에 붙어서서 잠깐 방 안의 기색을 살피다가 소리 없이 문을 열고 안으로 들어갔다. 그리고 어둠이 눈에 익기를 기다려 아랫목에서 이불을 덮고 자고 있는 전순월에게 다가가, 슬그머니 이불을 들치고 그녀를 덮쳤다.

　"…언제 들어오셨어요?"

　전순월이 잠이 덜 깬 목소리로 물었다.

　"…응! …방금!"

　그림자는 서둘러서 그녀의 속곳을 벗기고, 그녀를 덮쳤다. 그 순간 전순월은 뭔가 낯설고 섬뜩한 느낌에 정신이 퍼뜩 났다.

　아니, 이럴 수가?!

　전순월은 그림자가 남편 송유인이 아니라는 것을 깨닫고 소스라쳐 놀라 외쳤다.

　"…다, 당신, 누구요?!"

　"아뭇소리 마랏! 소리치면 죽인다!"

　그림자가 그녀의 입을 막으며 낮게 으르렁거렸다.

　"당신, 누구요? 왜 이러는 게요?"

　전순월은 그림자를 힘껏 밀어내며 소리쳤다.

　"조용히 하는 게 피차 좋을 거야! 어차피 이리 된 것, 안방마님의 체통이 있는데, 집안 사람들이 알아서 좋을 게 있겠어? 클클클! 물 위에 배 지나가기란 말도 있잖아?"

　그림자가 의기양양한 목소리로 클클거리는데, 그 틈을 노려

　"이 짐승만도 못한 놈!"

　하고, 전순월이 그의 팔뚝을 힘껏 물어뜯었다.

　"아얏! 아이구! 이년이 어딜 물어?!"

그림자가 비명을 지르며 나가떨어지자 그 틈을 타서 전순월이 벌떡 몸을 일으켰다.

"도둑이야! 도둑 잡아라!"

그녀는 큰 소리로 마구 고함을 질렀다.

"도둑이야! 도둑이야!"

"어따, 그년 사납기가 새끼 난 암캐 같군!"

그림자는 후다닥 일어나서 밖으로 도망쳤다.

"도둑이다! 도둑이 들었다!"

갑작스러운 소란에 여기저기 방 안에서 사람들이 쏟아져 나왔다.

전순월이 허겁지겁 옷을 추스르는데, 송유인이 방으로 들어와, 불을 밝혔다.

"아니, 부인, 이게 어찌 된 일이오?"

송유인은 발가벗은 채 어쩔 줄 모르는 아내를 보고서, 눈이 화등잔 같이 커졌다.

"……."

전순월은 고개를 푹 숙인 채 아무 말도 못했다.

"…부인, 방금 그놈과 무슨 짓을 했소?"

"……."

"…그놈과 사통을 한 게요?"

송유인이 사나운 눈으로 그녀의 몸을 훑어보며 말했다.

"…사통을 한 게 아니라…."

"사통을 한 게 아니라고? 그럼 그놈한테 강제로 당했단 말이오?"

"…잠결에…."

"어허! 이런 변고가 있나?"

"……."

"사대부 집안의 아녀자가…. 혹 부인이 그놈과 눈이 맞아 그놈을 방으로 끌어들인 게 아니오?"

송유인이 찬바람이 나는 듯한 목소리로 윽박질렀다.

"무슨 그런 말씀을…."

전순월이 항변하듯 말했으나, 그녀의 목소리는 안으로 움츠러들어 잘 들리지 않았다.

"그게 아니라면 그놈이 왜 하필 부인 방으로 뛰어들었겠소? 부인이 그놈을 유혹했거나, 그놈에게 무슨 암시를 했거나 한 게 아니라면 그놈이 어찌 감히 내 집 안방에 뛰어들 생각을 했겠소?"

"제가 어찌…."

전순월은 더 이상 말을 잇지 못하고 울음을 터뜨렸다.

한동안 침통한 표정으로 말이 없던 송유인이 이윽고 무겁게 입을 열었다.

"…내 집 안방에서 이런 일이 일어나다니, …아무리 생각해도 용납할 수가 없소이다. 낯부끄러워서 아랫것들을 어찌 대하겠소? …날이 밝으면 연천에 있는 장원으로 내려가 있으시오. 내 다음에 다시 연락을 취하겠소."

"나으리…."

전순월의 입에서 오열이 터져 나왔다.

송유인은 그런 아내를 더 보고 있을 수가 없어서 벌떡 자리에서 일어섰다. 그가 몸을 일으키는 바람에 촛불이 출렁 흔들리고, 흔들리는 촛불을 따라 벽에 비친 전순월의 그림자도 함께 출렁거렸다. 목소리를 죽여 오열하는 아내를 내려다보며 송유인은 문득 가슴 속으로 차가운 성엣장이 밀려드는 듯한 느낌에 자기도 모르게 흠칠 몸을 떨었다. 내가 이런 놈이었나! 그간 아내 전순월은 그에게 매우 헌신적이었다. 그를 존경하고, 그의 말을 중하게 여겨 늘 순종했다. 부지런하고 성실했으며, 아랫사람들에게 너그러웠다. 그녀는 막대한 재산을 지참금으로 가져왔으나 그것을 자랑하거나 유세를 부리지 않았고, 그가 그 재산을 마음대로 썼으나 한 번도 싫은 내색을 하지 않았다. 성품이 조용하고 몸가짐이 조신해서 아내로서 조금도 부족함이 없었다.

"미안하오."

송유인은 자기도 모르게 그렇게 말하고, 안방을 나와, 사랑채로 갔다.

"소인의 솜씨가 어떻수까? 흐흐흐!"

사랑채 그의 거처로 들어가자 어둠 속에서 두억시니 같은 그림자가 불쑥 모습을 드러내며 의기양양하게 말했다.

"강팔이 네 이놈, 내 아내에게 무슨 짓을 한 것이냐?"

송유인이 썰렁한 목소리로 말했다.

"클클클! 나으리가 시킨 대로 확실하게 했습지요!"

"이놈, 시킨다고 무슨 일이나 한단 말이냐? 내 아내를 범하고도 네놈이 살기를 바랐더냐?"

송유인이 으르렁거리듯 말했다.

"마님을 범한 게 아니라 소인은 나으리가 시킨 대로 했을 뿐이우다! 이제 약속한 은병이나 주십시오! 클클클!"

"은병? 옛다! 이놈, 이것이나 받아라!"

송유인이 옷소매에서 예리한 단도를 꺼내어 강팔이의 가슴에 깊숙이 박아 넣었다.

"윽! …나으리, 어찌… 이러십니까?"

강팔이가 엉겁결에 그의 팔을 움켜쥐며 부르짖었다. 공포와 고통으로 그의 눈동자가 금방이라도 밖으로 튀어 나올 것같이 커졌다.

"네놈은 나에 대해 너무 많은 것을 알고 있다. 사냥이 끝나면 사냥개가 솥 안에 들어간다는 말도 못 들었느냐?"

송유인이 그렇게 말하고는 칼을 뽑자 강팔이가 무섭게 일그러진 얼굴로 방바닥에 털썩 쓰러졌다.

그는 충직한 하인 두 명을 은밀하게 불러서 말했다.

"놀라지 말고 내 말을 잘 들어라! 방금 이놈이 사랑채에 숨어 있다가 나를 죽이려 했다. 이놈이 안방에서 마님을 범한 바로 그 놈이 분명하다. 내가 먼저 이놈을 죽였기에 망정이지 자칫 잘못했다간 큰 화를 당할 뻔했다! 그러나 관가에 신고를 하면 조사를 받아야 할 테고, 그리 되면 결국 마님께서 이놈에게 봉변을 당한 것도 밝혀지고 말 것이다! 그런 소문이란 금세 널리 퍼지게 마련 아니냐. 그리 되면 내가 이 개경에서 얼굴을 들고 다닐 수 없게 될 텐데. …이 일을 어찌하면 좋겠느냐?"

"…소인들에게 맡겨 주십시오. 나으리께 누(累)가 되지 않게 감쪽같이 처리하겠습니다요."

이튿날 아침 가마 한 채와 세간살이를 실은 우마차 10여 대(隊)가 송유인의 집을 나와, 성 밖으로 나갔다. 가마에는 송유인의 부인 전순월이 타고 있었고, 우마차에 실은 것은 그녀가 연천에서 사용할 가집(家什)들이었다. 연천에는 전순월의 넓은 장원이 있었다. 성문을 나설 때는 검문을 하는 것이 관례였으나, 대장군 송유인의 내실이 타고 있다는 말에 수직하는 위사들은 짐을 보지도 않고 통과시켜 주었다.

연천으로 가는 으슥한 산모롱이에서 우마차 대열의 맨 마지막 수레가 멈추어 섰다.

"바퀴가 고장 난 것 같다. 금방 뒤따라 갈 테니, 먼저 가거라!"

수레 대열이 모롱이를 돌아가길 기다려 하인 두 명이 우마차 밑바닥에 실려 있던 가마니를 꺼내서, 사람들의 눈에 띄지 않는 산 속에 암매장했다. 강팔이의 시체였다.

송유인은 정중부가 퇴궐하기를 기다려 술시쯤에 정중부의 저택을 방문했다. 창검을 들고 수직을 서던 위사들이 정중부의 저택 주위를 삼엄하게 경계하고 있다가, 그가 다가가자 앞을 가로막았다.

"이 대장군의 군복이 보이지 않느냐? 정중부 대감께 용무가 있어서 왔으니 비켜서라!"

"이 시간에 무슨 용무가 있어서 왔단 말이오? 용무가 있으면 내일 낮에 중방으로 가서 대감 어르신을 뵈면 될 것이오! 우리 대감 어르신 께서는 밤에는 잡인을 만나지 않소이다!"

군졸 중의 한 명이 대장군쯤은 별 것 아니라는 듯 거만스러운 어조로 말했다.

"잡인이라니? 이놈이!"

송유인은 군졸의 뺨을 사정없이 후려치고는,

"이놈, 한낱 보잘것없는 군졸 나부랑이 주제에 이 나라 대장군을 어찌 보고서 건방을 떠느냐? 당장 비키지 않으면 목을 베겠다!"

하고 으름장을 놓았다.

"왜 이러십니까? 우리는 정중부 대감 어르신의 명을 따랐을 뿐입니다!"

송유인의 호통에 기세가 한풀 꺾인 군졸이 불퉁스럽게 말했다.

"이놈, 대장군인 내가 이 시간에 정중부 대감을 찾아뵐 적에는 그만한 까닭이 있을 게 아니냐? 당장 비키지 못할까?"

"안 됩니다! 어떤 사람도 그냥 들여보내서는 안 된다는 엄명이 있었습니다! 대장군님이 그냥 안으로 들어가시면 우리들이 엄중한 문책을 당합니다! 꼭 대감 어르신을 뵈시려면 관등 성명과 용무를 밝혀 주십시오! 저희가 들어가서 여쭙고, 허락이 떨어지면 들어가십시오."

"이놈이 아직도?!"

송유인이 눈을 부릅뜨고 다시 그에게 발길질을 했다. 그러나 그는 의외로 완강하게 버티며 앞을 막았다.

"아무리 그러셔도 안 됩니다. 대감의 아드님이신 정균 나으리께서 그냥 들여보냈다가는 우리들의 목을 베겠다고 하셨습니다!"

"나는 좌위영 대장군 송유인이다! 용무는 군의 기밀이라 밝힐 수 없으니, 그렇게 아뢰어라!"

송유인은 어쩔 수 없이 관등과 성명을 밝혔고, 군졸 두 명이 집 안으

로 들어갔다가 한참 후에 나와서,

"대감 어르신께서 바쁘셔서 만나시기가 어렵답니다."

하고 말했다.

"다시 들어가서 아뢰어라! 정중부 대감의 안위와 관계된 중대한 일이라서 꼭 뵈어야 한다고!"

군졸이 다시 집 안으로 들어갔다가 한참 후에 나와서 말했다.

"모든 무장을 해제하고 사랑으로 듭시랍니다."

송유인은 어쩔 수 없이 허리에 찬 검을 풀었다.

"대장군님, 죄송합니다."

검을 맡겼음에도 불구하고 군졸들은 그의 몸을 샅샅이 더듬으며 숨겨 놓은 무기 같은 게 없는지 철저하게 검색하고 나서, 그를 사랑채로 안내했다.

사랑으로 들어간 송유인은 정중부가 나오길 기다렸다. 그러나 정중부는 좀처럼 나타나지 않았다. 송유인은 졸 듯이 타고 있는 호젓한 촛불을 바라보며 마냥 정중부를 기다리고 있을 수밖에 없었다.

해시(亥時)가 되어서야 사랑 밖에서 인기척이 났다. 인기척을 느낀 송유인은 자리에서 일어나 밖으로 나갔다. 정중부가 자기 또래의 젊은이와 함께 사랑채로 들어서고 있었다. 송유인은 그 젊은이가 정중부의 아들 정균이라는 것을 한눈에 알아챘다. 그는 마루 밑으로 내려가 머리를 조아리며,

"소인, 좌위영에서 대장군으로 있는 송유인이옵니다."

하고 말했다.

정중부가 흘낏 송유인을 훑어보더니,

"안으로 들어가세."

하고, 마루로 성큼 올라섰다.

송유인은 정중부와 정균을 따라 방으로 들어갔다.

"나한테 할 말이 있다니, 무엇인가?"

정중부가 방에 앉자마자 물었다.

"쉬시는 시간인데, 송구하옵니다. 우선 절 받으시옵소서!"

송유인이 머리를 조아리며 공손하게 말했다.

"절은 무슨? 그래, 할 말이 무엇인가?"

정중부가 귀찮다는 얼굴로 다시 물었다.

"우선 인사를 여쭙고 말씀 올리겠습니다."

송유인은 두 무릎을 꿇고 두 팔을 방바닥에 댄 다음 머리를 숙여 방바닥에 대고서 손바닥을 위로 펴보이는 오체투지의 큰절을 올렸다. 오체투지는 중생이 부처님에게 귀의한다는 뜻으로 올리는 가장 극진한 경례로서 부처님 외에는 누구에게도 올리지 않는 절이었다. 그는 다시 정균에게도 똑같이 오체투지의 절을 올렸다. 놀란 정균이 엉겁결에 엉거주춤한 자세로 그에게 맞절을 했다.

"오체투지로 절을 하다니, 인사가 지나치지 않은가? 그대는 과공비례(過恭非禮)라는 말을 모르는가?"

송유인이 몸을 일으키자 정중부가 마땅찮다는 표정으로 나무라듯 말했다.

"나라를 책임지고 계시는 지존(至尊)께 이런 절이 어찌 과공이 되겠습니까?"

"…지존이라니? 그런 말은 임금께 쓰는 게 아닌가?"

"대감께서는 실덕한 폐주(廢主)를 내쫓고 어지러운 조정을 바로잡은 다음, 만기(萬機)를 좌우하고 계시니, 당연히 지존이시지요."

"폐하께서 엄연히 계시는데, 그 무슨 당치 않은 말인가?"

"지금 임금이야 대감께서 등극할 준비를 갖추는 동안 잠깐 상징적으로 그 자리에 세워 놓은 꼭두각시가 아닙니까?"

"뭐라고? 이놈! 네놈이 못하는 말이 없구나! …네놈이 정녕 나를 시험코자 함이렷다? 내 당장 네놈의 목을 베어서 다시는 그 따위 요망한 혀를 놀리지 못하게 하겠다!"

정중부가 얼굴에 노기를 띠고 자리를 박차고 일어나, 등 뒤쪽 벽에 걸려 있는 검을 뽑아들었다. 시퍼렇게 날이 선 칼에 송유인은 오싹 소름이 끼쳤다. 그러나 그는 태연한 체하며 눈을 똑바로 뜨고 정중부를 응시하며 말했다.

"베시려면 베십시오! 소인은 대감을 새로운 왕조를 개창할 창업주(創業主)로 생각해서 몇 마디 고언을 드리러 왔으나, 대감께서 소인의 충정을 받아주시지 않고 소인을 죽이신다면, 죽음을 달게 받겠습니다."

"이놈! 창업주라니? 그 무슨 당치 않은 말이냐? 나는 다만 폐신(嬖臣)들에 둘러싸여 사직을 위태롭게 한 암군(暗君)을 제거하고 유신을 하려 했을 뿐, 추호도 다른 생각을 가져 본 적이 없다!"

"대감께선 그런 욕심이 없으셨을지라도 사세는 이미 돌이킬 수 없게 되었습니다. 만약 대감께서 끝내 창업주의 대임(大任)을 사양하신다면 큰 화를 면치 못할 것입니다."

"뭐라구? 내가 큰 화를 면치 못해?!"

"그렇습니다! 대감은 물론이고, 가문 전체가 멸문지화를 당할 것입니다! 한번 호랑이의 등에 올라타면 내려오기가 어렵습니다. 내려오자마자 호랑이에게 변을 당하기 십상 아니겠습니까?"

"듣자듣자 하니 네놈이 못하는 소리가 없구나! 내 네놈을 단칼에 베어 다시는 그 요망스런 구습을 놀리지 못하게 하겠다!"

불같이 노한 정중부가 검을 휘두르려 하자 정균이 자리에서 일어나 그의 앞을 가로막았다.

"아버님, 잠깐 노여움을 거두시고 이 자의 말을 들어 보시지요. 뭔가 말에 뼈가 있는 것 같습니다. 우선 좌정하시지요."

아들의 말에 정중부는 못 이기는 척 자리에 앉았다.

"이놈, 허튼 소리를 지껄였다간 살아남지 못하리라!"

"대감께선 이미 사나운 호랑이의 등에 올라타셨습니다. 이제 호랑이에게 물려죽지 않으시려면 그 호랑이를 죽이는 수밖에 없습니다."

"이미 밤이 깊었다. 번다하게 빗대지 말고 골자만 말하라."

"알겠습니다. 제왕이 덕을 잃으면 나라가 어지러워지고, 백성의 마음이 그 나라를 떠나게 되는 것은 고금의 이치입니다. 그러한 때를 난세라 하는데, 난세가 되면 뭇 영웅들이 몸을 일으켜 패권을 다투게 되고, 최후의 승리자가 새로이 천하의 주인이 되는 것입니다. 이제 왕씨가 덕을 잃어서 혁명이 일어났으니, 새로운 왕조가 서는 것은 이미 정해져 있는 일입니다. 대감께서는 이번 혁명을 영도하셨으니, 천명(天命)이 대감께 있다고 하겠습니다. 그러나 만약 대감께서 이 결정적인 순간에 보좌에 오르는 것을 주저하신다면, 그 틈을 타서 다른 사람이 그 자리를 차고 앉을 게 분명합니다. 그리 되면 대감께서는 그 사람에게 희생되는 첫 번째 사람이 될 것이 분명합니다."

"누가 감히 나에게 칼을 뽑는단 말인가?"

"권력이란 얻기보다 지키기가 더 어려운 것 아니겠습니까? 대감께서 보좌에 오르지 않으시면 언제 어떤 자가 대감을 역적으로 몰아서 타도하고, 그 자리에 앉을지 알 수 없습니다."

"…그대가 그렇게 말할 만한 무슨 기미나 물증을 가지고 있는가?"

"서리가 내리면 곧 눈이 내릴 것을 안다는 말이 있습니다. 대감과 함께 거사를 한 사람 중에 요즈음 욱일승천하는 사람들이 있다는 말을 들었습니다만, …그들 젊은 무반들의 야심이 대감 밑에서 지금의 쥐꼬리 같은 권력을 누리는 데에서 그치겠습니까?"

"그건 또 무슨 말인가?"

"이의방과 이고가 서로 다투어 가며 세력을 형성하여, 조정의 문무백관들이 두 사람을 중심으로 차츰 파당을 이루고 있는 것을 모르지는 않으시겠지요? 그들이 무엇 때문에 그렇게 눈이 시뻘개져서 사람들을 불러 모은다고 생각하십니까?"

"…이의방과 이고가 …사람을 모아 파당을 이룬다?"

"이틀 전에도 이의방의 아우와 문극겸의 딸이 혼인을 했습니다. 이의방의 형인 이준의가 좌승선급사중의 자리에 있고, 문극겸이 우승선어사중승의 자리에 있는데, 이제 문극겸과 이의방이 사돈이 되었으니, 어명을 출납하는 좌우 승선이 모두 이의방의 사람들로 채워진 것이 아닙니까? 문극겸이 누구입니까? 거제로 쫓겨간 폐왕에게도 소신을 굽히지 않고 바른 말을 해서 그 이름을 삼한에 떨친 자가 아닙니까? 그런 문극겸이 이의방의 사람이 되었다면 이의방은 천군만마를 얻은 셈이 아니겠습니까? 이렇게 단 기간에 이의방이 세력을 확장한다면 머지않아 그 위세가 대감을 능가할 수도 있을 것입니다."

"……."

정중부의 얼굴이 긴장으로 딱딱하게 굳어졌다.

그는 이틀 전 이의방의 집에 구름처럼 몰려들었던 사람들을 생각했다. 이의방은 아우의 혼사를 가족끼리 조용하게 치르겠다면서 사람들을 초대하지 않았다. 그러나 정중부와 정균은 이의방의 집을 찾아갔다. 목숨을 걸고 거사를 함께 한 이의방의 집안에 혼사가 있다는데 모른 체할 수 없었다. 그런데 뜻밖에도 이의방의 집은 조정의 벼슬아치들로 발 디딜 틈이 없이 북적거리고 있었다. 위로는 문하시중과 중서령으로부터 미관말직에 이르기까지 조정의 문무백관이 그의 집에 와 있었다. 정중부는 속으로 크게 놀랐다. 이의방은 이미 예전의 이의방이 아니었다. 얼마 전까지 보잘 것 없는 일개 산원이었던 이의방이 자기에 못지않은 권력의 핵심으로 부상했다는 것을 실감할 수 있었다.

"앞으로 대감께서 계속 권세를 유지하시려면 보좌에 앉는 방법밖에 다른 방도가 없습니다. 그리고 누구한테도 권력을 주지 않고 손수 권력을 휘두르셔야 합니다. 그렇지 않으면 언제 어떤 자에게 숙청을 당할지 알 수 없습니다. 사세가 이러한데도 대감께서 호랑이 등에 올라탄 것이 아니라고 부정하시겠습니까?"

"……!"

"대감께서 호랑이에게 물려죽지 않으려면 역성혁명(易姓革命)을 완수하는 것밖에 다른 방법이 없습니다. 그리고 역성혁명을 완수하려면 그 일을 추진할 만한 유능한 인물들을 대거 발탁해서 대감의 사람이 되게 해야 합니다. 그들을 조정의 요직에 포진시켜 대감의 울타리가 되게 하고, 대감의 권력을 넘볼 수 있는 야심가들을 빠짐없이 감찰해야 합니다. 비록 이의방과 이고 등이 이번 거사를 함께 한 동지들이라 하나, 거사가 끝난 지금 그들은 이제 동지가 아니라 대감을 위협하는 잠재적인 적이 되었습니다. 그들이 목숨을 내놓고 거사에 앞장선 까닭이 무엇입니까? 대감에 대한 충성심 때문입니까? 아니면 권력을 거머쥐려는 욕망과 의지 때문입니까? 둘도 없는 친구이고 동지였던 이의방과 이고가 지금 서로 다투는 까닭이 어디에 있습니까? 권력을 향한 그들의 의지와 욕망은 남다른 바가 있고, 그 때문에 젊고 미천한 그들이 지금의 위치에 오르게 된 것입니다. 그들의 목표가 더 높은 데 있음은 그들이 지금도 앞다투어 세력을 형성하고 있는 것에서 훤히 알 수가 있습니다. 그들이 더 위로 오르려면 가장 먼저 걸림돌이 되는 분이 바로 대감이십니다. 대감께서 그들을 믿고서 무방비 상태로 계시다가는 돌이킬 수 없는 화를 당하실 수도 있습니다."

"…다른 자들은 몰라도 이의방과 이고는 아버님과 함께 목숨을 내놓고 거사를 한 동지들로서, 죽고 살기를 함께 하기로 맹세한 사람들이오. 그들이 어찌 아버님께 칼을 들이대겠소이까?"

정균이 그럴 리 없다는 듯 말했다.

"그건 권력을 잡기 전의 일이고, 이제 권력을 잡았으니, 새로운 투쟁이 시작된 것이지요. 권력이란 휘두르면 휘두를수록 더욱더 큰 권력을 누리고 싶어지는 마성(魔性)을 지녀서, 결코 중간에 멈출 수 있는 것이 아닙니다. 믿는 도끼에 발등 찍힌다는 말이 왜 있겠습니까? 전에 태봉국의 궁예를 보십시오. 그가 누구에게 나라를 빼앗겼습니까? 태조 왕건은 궁예가 가장 신임하고 사랑했던 궁예의 신하였습니다."

송유인의 말은 낮고 조용했으나, 무서운 설득력으로 정중부와 정균의 마음을 흔들어 놓았다.

"……."

"……."

"저는 평소에 대감을 남다른 분으로 우러러 보아왔습니다. 대감의 풍채가 유난히 웅위하고 청수(淸秀)할 뿐만 아니라 기개가 준일하고 호방하여, 가히 제왕의 풍도를 갖춘 분으로 생각해서, 멀리서나마 존경해 왔습니다. 옛날부터 여항간에 송악의 지기가 다하면 왕씨를 대신해서 정씨가 새로운 나라를 세운다는 참언(讖言)이 은밀하게 전해져 왔었는데, 이는 천기를 미리 알아본 이인(異人)이 대감과 이 정씨 가문에 천명이 있음을 예언한 것 아니겠습니까? 참으로 신묘하기 짝이 없는 일입니다."

"…천명이 정씨에게 있다니! 그 무슨 당찮은 말인가?"

정중부가 다시 꾸짖듯 말했으나, 그 어조는 완연히 부드러웠다.

"이제 대감께 바야흐로 때가 이르렀습니다. 물 들어올 때 배 띄워야 한다고, 지금 이 때를 놓치면 천추의 한을 남기고 말 것입니다! 대감께서 소장을 거두어 주십시오! 믿고 거두어 주신다면 소장이 앞으로 대감의 말머리를 잡고 길라잡이 노릇을 하겠습니다."

말을 바친 송유인은 자리에서 일어나 다시 정중부에게 오체투지로 큰절을 올렸다. 그는 머리를 방바닥에 댄 채 일어나지 않고서

"대감께 견마지로를 다하겠으니, 부디 소장을 슬하에 거두어 주시길 앙망하옵니다."

하고 다시 간절한 어조로 말했다.

"……!"

정중부는 엎드려 있는 송유인을 한동안 굽어보고 있다가, 이윽고 말했다.

"그만 일어나라."

"고맙습니다."

송유인이 비로소 몸을 일으켜 앉았다.

"그대의 말에는 제법 간절함이 있으나, 그대의 충심(衷心)을 무엇으로 믿겠는가?"

"…실은 소장이 대감 영애이신 향란 아씨와 인연을 맺었습니다."

송유인은 차마 말씀드리기가 어렵다는 듯 난처하고 송구스러운 표정으로 고개를 숙였다.

"향란이와 인연을 맺다니…그게 무슨 말인가?"

정중부가 의아스러운 얼굴로 물었다.

"송구한 말씀이오나, 부부의 인연을 맺게 되었습니다."

"뭐라?! 부부의 인연을 맺었다?!"

정중부가 놀라서 외쳤다.

"어떻게 그리 되었단 말이오? 자초지종을 상세하게 말해 보시오!"

정균이 말했다.

송유인은 우연히 무뢰배들에게 봉변을 당할 뻔한 향란을 구해주고, 그로 인해 두 사람이 인연을 맺게 되었음을 그럴싸하게 아뢰었다.

"…그 일로 인해 두 사람이 정분이 났단 말인가?"

"송구하옵니다."

"그대는 이미 혼인하여 아내가 있을 게 아닌가?"

"…부끄러운 일이지만 실은 아내가 실덕을 해서 집에서 내쳤사옵니다."

"지금 혼자 산단 말이지?"

"그렇습니다. 저를 사위로 받아 주신다면 그 은혜 뼛속에 새겨 평생 대감을 하늘로 뫼시고 살겠습니다."

정중부는 다시 지그시 눈을 감고 생각에 잠겼다. 한동안 침묵이 방 안을 무겁게 짓눌렀다.

정균이 침묵을 깨고 입을 열었다.

"아버님, 우선 이 사람을 돌려보내고, 향란이를 불러봄이 어떻겠습니까?"

"그게 좋겠다. …그대는 그만 돌아가 보게."

송유인은 정중부에게 다시 큰절을 하고 그의 집을 나왔다.

며칠 후, 송유인은 향란과 혼인을 하고 정중부의 사위가 되었다. 그리고 곧바로 정중부의 참모 중의 참모로 자리잡았고, 얼마 지나지 않아서 새로운 조정의 권력을 주무르는 핵심 실세의 한 사람으로 부상(浮上)하게 되었다.

3. 삼한 갑족(三韓甲族)

이의방이 중방에서 나와 퇴궐하려는데, 산원 조정순이 밖에서 기다리고 있다가 머리를 조아리며 말했다.

"전중감 대감, 이제 퇴궐하시렵니까?"

"그렇네."

"오늘은 잠깐 다른 데를 들렀다가 가시지요."

"다른 데라니?"

이의방이 걸음을 멈추고 조정순에게 물었다.

"어제 말씀 드린 김인명 대감이 기다리고 계십니다."

"…내가 시간이 없다고 하지 않았나?"

"대감을 만나 뵈려는 김인명 대감의 정성이 이만저만 아닌데, 잠깐 시간을 내 주시지요."

"요즈음 나를 보자는 사람이 어디 한둘인가? 그들을 다 만나려면 내 몸이 열 개라도 부족할 게야."

"물론 그렇습지요. 그러나 아무리 바쁘셔도 만나 볼 사람은 만나 보셔야 하지 않겠습니까?"

"그 사람이 무엇 때문에 나를 그렇게 만나고자 한단 말인가?"

"그야 …대감께 인사를 드리려는 게 아니겠습니까?"

"개경에서도 권문세가로 이름이 떠르르한 김인명 대감이 나 같은 무부(武夫)한테 인사를 드리다니?"

"너무 사양하시는 것만이 능사가 아닙니다. 앞으로 대감께서 큰일을 하시려면 개경의 토박이 갑족들과도 가까이 지내시는 게 유리하지 않겠습니까? 그들이 지금은 날벼락을 맞아 고개를 숙이고 있지만, 여러 대(代)를 내려오면서 비축한 힘은 결코 만만치 않습니다. 특히 그들은 엄청난 장원을 지닌지라 그 재력은 왕실을 능가할 지경입니다. 이미 대감이 칼자루를 쥐신 이상 그들을 적으로 돌릴 필요가 어디 있겠습니까? 대감께서 끝내 그들을 내치신다면 그들은 다른 사람에게 접근할 것입니다."

"다른 사람이라니?"

"정중부 대감도 계시고, 위위경 이고 대감도 계시지 않습니까?"

"…알았으이! 혹 무슨 위험은 없겠지?"

"그런 걱정은 마십시오. 추호라도 위험이 있는 자리라면 제가 어찌 대감을 뫼시고 그런 자리에 나가겠습니까?"

"그래도 늘 철저한 경비가 있어야 하네."

이의방은 못 이기는 척 말하고 앞장을 섰다.

조정순이 저만치 기다리고 있던 군졸들에게 손짓을 하자 여섯 명의 군졸들이 달려와, 이의방을 호위했다.

조정순은 이의방이 산원으로 있던 부대의 하급 군졸이었는데, 눈치가 빠르고 영리해서 이의방의 눈에 들었다. 이의방은 그런 조정순을 그의 당번병으로 임명하고 늘 곁에 두었는데, 조정순은 당번병 노릇을 하면서 이의방이 몇 명의 무반들과 함께 은밀하게 무슨 일인가를 도모하고 있다는 것을 눈치채게 되었다. 긴장된 얼굴로 누군가를 부지런히 만나러 다니고, 몇 명의 무부들과 수시로 만나 경계하는 얼굴로 뭔가를 수군거리고…. 뭔가 예사롭지 않은 일을 꾸미고 있는 게 분명했다. 조정순은 촉각을 곤두세우고 이의방과 그의 무리들이 획책하고 있는 일이 무엇인가를 탐색했다. 그리고 마침내 그들이 조정의 권신들을 주륙하고 권력을 잡으려는 무서운 거사를 추진하고 있다는 것을 알아냈다. 그는 크게 놀라고 긴장했다. 자기 앞에 엄청난 기회와 위험이 동시에 다가와 있다는 것을 깨달았기 때문이었다. 그는 여러 날 생각한 끝에 은밀하게 이의방에게 말했다.

"산원님, 너무 냄새가 납니다. 거사를 서두르지 않으면 위험합니다."

"그게 무슨 말이냐?"

이의방이 눈을 무섭게 부릅뜨고 묻자

"눈치가 있는 사람이라면 정중부 상장군의 주변에 무반들이 몰려들어서 무언가 수상쩍은 일을 꾸미고 있다는 것을 알아차릴 것입니다. 서두르지 않으면 거사 전에 들통이 나서, 저잣거리에 목이 매달릴 수도 있습니다."

"그것을 네가 어떻게 알았느냐?"

이의방은 금방이라도 칼을 뽑아 그를 베어 버릴 기세로 물었다.

"저에게도 눈이 있고 귀가 있습니다. 늘 산원님의 심부름을 도맡아 하는 제가 그걸 모른다면 말이 되겠습니까. 산원님, 산원님께 제 목숨을 맡기겠습니다. 저를 믿고 저에게 임무를 주십시오. 비밀은 끝까지 지키겠습니다."

"…네가 …제법이구나! 네 진정 네 목숨을 나에게 맡기겠느냐?"

"오늘날 조정을 좌우하고 있는 권신과 내시 들에게 분노를 느끼지 않을 무부가 어디 있겠습니까? 저를 믿어 주십시오."

그렇게 해서 이의방의 수족이 된 조정순은 이의방이 시킨 갖가지 일을 기민하게 해 내서 그의 깊은 신임을 얻었다. 그러면서도 그는 형세가 불리하게 돌아가면 곧바로 그들의 음모를 조정에 고해서 제 목숨만은 구해 내려는 생각을 마음속 깊숙이 감추고 있었다. 역적모의를 발고하면 나라에서 큰 상과 함께 벼슬을 내리지 않겠는가. 양쪽을 잘 저울질해서 마지막 순간에 유리한 쪽에 몸을 던질 속셈이었다.

거사가 성공하자 이의방은 한낱 병졸에 지나지 않았던 조정순을 산원(散員)으로 승차시키고, 그에게 자기의 신변을 보호하는 호위 책임을 맡겼다. 파격적인 승차를 한 조정순은 여섯 명의 군졸을 거느리고 이의방이 출근하고 퇴근할 때마다 그의 행차를 호위했다. 그뿐 아니라 저잣거리에 떠도는 풍문과 백성들의 민심, 귀족들의 동향, 무반들의 분위기 등을 부지런히 수집해서 이의방에게 귀띔해 주고, 이의방이 해야 할 일들을 조심스럽게 조언했다. 그가 귀띔해 준 정보는 신빙성이 있었으며, 그의 조언은 제법 쓸모가 있었다. 이의방은 그의 말에 귀를 기울이게 되었고, 그는 자연스럽게 이의방이 미덥게 생각하는 참모 중의 하나가 되었다.

조정순은 이의방을 남부 전순방에 있는 영주산장으로 안내했다. 영주산장은 빼어난 조경과 웅장하고 화려한 누각, 아리따운 기녀들과 진귀한 술과 음식으로 이름이 널리 알려진 기루로서, 이의방 같은 무부로서는 한 번도 와 본 적이 없는 곳이었다.

"김인명 대감을 뵈러 왔다."

조정순이 문을 지키고 있는 중노미에게 말하자, 중노미가

"진작부터 기다리고 계십니다. 저를 따라 오십시오."

하고, 앞장섰다.

대문을 들어서자 조그마한 동산에 기묘한 갖가지 바위와 진귀한 나무들이 서 있고, 길을 따라 맑은 물이 흐르는 수로가 나 있었으며, 물에서는 크고 작은 잉어들이 노닐고 있었다. 동산 앞으로 제법 넓은 연

못이 펼쳐져 있고, 연못 가운데에 작은 동산이 섬처럼 서 있었다. 누각은 산등성이 이곳저곳에 띄엄띄엄 몇 채가 서 있고, 섬 안에도 한 채의 누각이 소나무에 가려져 있었다. 섬으로 통하는 길은 널빤지로 만들어진 좁은 구름다리였는데, 구름다리 입구에 《瀛洲山莊(영주산장)》이라는 현판이 붙어 있었다.

"저 영주산장에서 대감들께서 기다리고 계십니다."

구름다리 입구에서 중노미가 섬 안의 누각을 가리키며 말했다. 낙락장송과 괴석이 어우러진 속에 서 있는 영주산장은 제법 탈속한 운치가 있었으며, 가까이 가자 늦가을 솔바람 소리가 한층 삽상한 느낌을 자아냈다.

"손님이 오셨습니다."

중노미가 누각 앞에서 공손하게 아뢰자 곧바로 방문이 열리더니, 중늙은이 세 명이 밖으로 나왔다. 세 사람은 50여 세쯤 되어 보이는 얼굴이었는데, 모두 화려한 의관과 혁대를 걸치고 있었다.

"대감, 전중감 이의방 대감께서 납시셨습니다."

조정순이 세 사람에게 머리를 조아린 다음 말하자

"전중감 대감께서 국사에 여념이 없으실 텐데 이렇게 시간을 내 주시니 참으로 광영이로소이다. 나는 전(前) 문하시랑 평장사 김인명이외다."

"참지정사를 지낸 권문유라는 사람이오. 이렇게 뵙게 되어 반갑소이다."

"지문하성사를 지냈던 이지준이외다. 뵙게 되어 광영이로소이다."

세 사람은 정중하게 머리를 숙여 인사를 했다.

"이의방이라 하오. 대대로 개경의 갑족이신 귀하신 분들을 이렇게 뵙게 되어 영광스럽소이다."

이의방이 뻣뻣한 목소리로 말했다.

"날씨가 차갑소이다. 어서 안으로 드시지요."

김인명이 다시 온화한 얼굴로 말했다. 이의방이 세 사람과 함께 방으로 들어가자 조정순이 군졸들을 돌아보며

"수상한 놈들이 얼씬거릴지도 모르니, 주위를 철통같이 경비하라!"

하고, 큰 소리로 말했다.

이의방이 방으로 들어가자마자 곧 주안상이 뒤따라 들어왔다. 상다리가 휘어질 듯 온갖 진수성찬이 가득하고, 갖가지 명주가 즐비하게 놓여 있었다.

김인명이 만족스런 미소를 띠고 점잖게 입을 열었다.

"영주산이란 옛날 진 나라 때 서불이라는 도인이 삼백 명의 동남동녀를 거느리고 찾아갔던 삼신산(三神山) 중의 하나라고 하오. 천하를 통일한 뒤 아방궁을 지어 놓고서 온갖 권세와 부귀영화를 누렸던 진시황이 그 부귀영화를 천년만년 누리기 위해 불로초와 불사약을 구하려고 서불을 영주산으로 보냈다는 이야기외다. 이곳 이름이 공교롭게도 영주산장이니 우리도 잠깐 번거로운 세사를 잊고 신선이 된 듯 즐겨 봄도 또한 뜻 있는 일이 아니겠소이까? 오늘은 전중감 대감이 주빈이시니, 먼저 한 잔 권해 올리겠소이다."

김인명이 술잔에 술을 가득 따라서 이의방에게 권했다.

"이렇게 환대를 해 주시니 고맙소이다. 그런데 저한테 할 말씀이 있으신 것 같은데, 먼저 말씀을 하시지요."

이의방이 긴장을 풀지 않고 딱딱한 얼굴로 말하자 권문유가

"특별히 드릴 말씀이 무엇이겠소이까? 이제 대감과 같은 젊고 용기 있는 장군들이 정중부 대감을 모시고 혁명을 해서 일부 사특한 내시들을 내쫓고 조정을 유신했으니, 그 성공을 감축드리고 노고를 위로해 드리고자 작은 주연을 마련했을 뿐 다른 뜻은 없소이다. 자, 내 술도 한 잔 받으십시오."

하고, 술잔을 권했다. 그러자 이지준이 권문유의 뒤를 이어

"그렇소이다. 오늘 우리가 이렇게 자리를 마련한 것은 조정을 유신

하기 위해 노고가 크신 대감께 조금이나마 위안을 드리고자 함이지 다른 뜻은 없으니, 소례를 허물하지 마시고 대례로 받아 주시면 고맙겠소이다."

하고, 또 술을 권했다.

"오늘 대감들께서 베푼 호의는 잊지 않겠소."

이의방은 세 잔의 술을 거푸 마신 다음 세 사람에게 술을 권했다.

"과연 배포 큰 영웅이라 술 마시는 것도 호쾌하기 짝이 없구려. 자고로 영웅은 호색이라 했으니, 여자가 없고서야 무슨 주흥이 나겠소? 내 특별히 전중감 대감을 위해 오늘 장안의 일색들을 불러 놓았으니, 주인공인 대감께서 선을 한번 보시구려!"

김인명은 그렇게 말하고, 중노미를 불러 기녀들을 들어오게 했다.

김인명의 말이 떨어지기 무섭게 네 명의 기녀들이 방으로 들어왔다. 모두들 하나같이 화사한 비단으로 단장을 한 젊고 고운 여자들이었는데, 그 중에 한 여자에게 이의방의 마음이 끌렸다. 이의방이 자기도 모르게 그녀에게서 눈을 떼지 못하고 있는데, 김인명이 눈치를 채고 빙긋이 웃으며 말했다.

"전중감 대감, 저 아이로 하여금 대감을 모시게 하면 어떻겠소이까? 저 아이는 아직 남녀간의 운우지정을 모르는 숫처녀인데, 이제 막 파과지년(破瓜之年)이 되었으니, 오늘밤 대감이 머리를 올려 주는 것 또한 인연이 아니겠소이까?"

"…그야 뭐…."

김인명의 말에 그 기녀가 얼굴을 바알갛게 붉히며 고개를 숙였는데, 가지런한 아미에 초롱하게 큰 눈, 반듯하고 오똑한 코와 붉은 입술, 맑고 흰 살색 등이 드물게 보는 미색이었다.

"너도 이번에 혁명을 주도한 이의방 대감의 명성은 들었겠지? 이 분이 바로 그 이 대감이시니라. 이 대감께 인사를 올려라."

이지준의 말에 기녀는 이의방을 향해 큰절을 올리고는,

"송향이라 하옵니다. 대감의 존성대명을 익히 들었사온데, 오늘 이렇게 인사를 드리게 되오니, 더한 광영이 없습니다."

하고, 이의방의 옆에 와서 앉았다. 송향의 뒤를 이어 세 기녀도 차례로 인사를 올리고 세 대감의 옆에 자리를 잡았다.

"얘, 송향아, 대감께 술을 따르고 권주가를 불러라. 오늘같이 즐거운 날 풍류가 없어서야 되겠느냐?"

권문유의 말에 송향이 이의방의 잔에 술을 따르며

"만수무강하시옵소서. 비록 서툰 솜씨지만 소녀가 대감의 만수무강을 축수하는 송축가를 부르겠나이다."

하고 자리에서 일어났다. 그녀는 저만치 놓아 둔 가야금을 가져와 뜯으면서 노래를 불렀다.

> 아름다운 술잔에 존경과 정성 담아
> 오래 기다리던 임에게 바치오니
> 하늘엔 수성(壽星)이 휘황하게 반짝이고
> 지상엔 축수하는 노래 소리 드높아라.
> 큰 뜻 이루어 공명이 빛나는데
> 귀한 벗님네들 자리에 가득하니
> 아니 마시고 어이 하리오.
> 이 술 한 잔에 수(壽)는 송악(松嶽) 같고
> 복은 예성강 강물처럼 다함이 없으리라.

송향의 목소리는 맑고 영롱해서 옥이 구르는 것 같았고, 그 의취(意趣)가 제법 그윽하여 사람들의 심금을 울렸다. 갑자기 심한 갈증을 느낀 이의방은 단숨에 술잔을 비웠다. 이의방이 잔을 비우자 송향이 다시 그의 잔에 술을 따랐다. 이의방은 그녀가 권하는 대로 사양하지 않고 계속 잔을 비웠다.

기녀들이 다투어 노래를 부르고 한참 술자리가 무르익었을 때였다.

"전중감 대감, 우리가 대감께 사찰을 하나 지어 드릴까 하는데, 어떻소이까?"

하고 김인명이 물었다.

"사찰이라니? 그게 무슨 말씀이오?"

너무 엉뚱한 말에 이의방이 의아한 눈길로 물었다.

"대감께서 이번에 혁명을 하시느라고 피치 못하게 적지 않은 사람의 원한을 샀을 것이외다. 이번 정난에 목숨을 잃은 사람이 한둘이 아니지 않소이까? 물론 그들이 모두 그럴 만한 까닭이 있어서 그런 업보를 당한 것이겠으나, 아무리 그렇더라도 원업(冤業)은 원업인지라 그 원업을 풀지 않으면 대감과 대감의 집안에 좋을 것이 없지 않겠소이까? 원업을 푸는 데는 사찰을 지어서 공덕을 쌓는 것보다 더 좋은 방법이 없소이다. 정성을 모아 사찰을 세우고, 부처님을 주조하고, 부처님의 후령통(喉嶺筒)에 해원문을 복장(伏藏)하는 것이야말로 원업을 풀고 복을 짓는 가장 확실한 방법이 아니겠소이까?"

"…사찰을 짓는다는 게 보통 일이 아닌데, 나에게 이다지도 후한 호의를 보이는 까닭이 무엇이오?"

"솔직하게 말씀드리자면, 우리 또한 그간 우리들이 지은 원업을 풀고 복을 짓기 위함이외다. 그간 우리 귀족들이 무반을 지나치게 홀대해서 무반들의 봉기가 일어났으니, 이 또한 자업자득이 아니겠소이까? 이제 결자해지하는 심정으로 재력이 좀 있는 우리가 대감을 위해 사찰을 지어 드리려 하는 것이니, 우리의 뜻을 거절하지 말아 주십시오. 이를 통해 대감과 우의를 나누려는 것 외에 다른 뜻은 없소이다."

"그렇소이다. 맺힌 것은 풀고 막힌 것은 통하게 하는 것이 정사(政事)의 대통 아니겠소이까?"

"이번에 함께 혁명을 하신 무반 중에도 만만치 않은 야심을 가지고 세력을 형성하여 대감에게 맞서려는 사람도 있다는 소문을 들은 적이 있소이다. 우리 같은 사람의 귀에 그런 소문이 들어올 정도라면 꽤 갈 등이 심각한 듯한데, 우리가 대감을 후원해 드린다면 조금이나마 힘 이 될 수도 있지 않겠소이까?"

김인명과 권문유, 이지준이 번갈아 가며 말했다.

"…나 같은 사람을 그렇게 생각해 주시니, 황감할 따름이오. 내 세 분 대감의 호의는 잊지 않겠소이다."

"역시 전중감 대감은 마음이 확 트인 대장부이시구려! 그럼 당장 내 일부터 이 대감의 원찰을 짓도록 하겠소이다. 자, 그런 의미로 우리 건배합시다!"

김인명이 흔쾌한 얼굴로 술잔을 들고 외치자 이의방과 권문유, 이 지준이 술잔을 부딪히고 모두들 단숨에 술을 들이켰다.

밤이 깊어갈수록 술잔이 어지럽게 오가고, 풍류 소리 또한 드높아 갔다.

이의방이 세 사람과 술을 마시고 있을 때 조정순 또한 그곳에서 멀 지 않은 다른 누각에서 기녀를 옆에 끼고 술을 마시고 있었다.

"너 내가 누구인지 잘 모르지? 내가 바로 이번에 조정을 뒤집어엎고 정권을 쥔 장군들 중에서도 가장 실력자인 이의방 대감의 경호 책임 군관이다! 내 말 한 마디면 어제까지 내로라하는 귀족들과 대신들이 줄줄이 오라를 차고, 내 비위가 상하면 귀양을 보내거나 목숨까지 끊 을 수도 있다! 이제 임금은 허수아비고 실권은 우리 무반이 쥐었다는 말을 너희들도 들었겠지? 지금 저쪽 방에서 늙은 대감들이 우리 이의 방 대감을 대접하고 있는 것도 우리 대감과 선을 대려는 수작이 아니 겠느냐? 내가 지금은 산원이지만 그러나 나 또한 이 자리에 오래 있 지는 않을 것이다!"

그는 기고만장해서 마음껏 큰소리를 치면서 기녀의 몸을 마구 주물 러대며 연신 술잔을 비웠다.

밤이 이슥해지고 이의방이 정신을 차리기 어려울 정도로 몹시 취하
자 김인명이 송향에게

"이 대감이 취하신 것 같다. 이 대감을 모시도록 해라!"

하고는 자리에서 일어섰다.

다음날 새벽 심한 갈증에 눈을 뜬 이의방은 뭔가 낯선 느낌에 불쑥
몸을 일으켰다. 놀랍게도 그의 옆자리에 여자가 누워 있었다.

"넌 누구냐?"

이의방이 묻자

"송향이옵니다. 소녀가 기억나지 않으십니까?"

여자가 윗몸을 일으키며 말했다.

"…네가 웬일이냐?"

"대감을 뫼시라는 분부를 받았사옵니다."

"이 곳은 어디냐? 영주산장이냐?"

"아니옵니다."

"그럼 어디냐?"

"이곳은 남부 덕수방, 전중감 대감의 저택이옵니다."

"…내 저택이라니? 그게 무슨 말이냐?"

"어제 그 세 분께서 대감을 위해 마련해 둔 저택이라 하옵니다."

"…그들이 공연한 짓을 했구나!"

"어젯밤 일이 생각나지 않으시옵니까? 이제 소녀는 대감의 계집이
옵니다."

송향이 그의 가슴에 가만히 얼굴을 묻으며 속삭이듯 말했다. 여자
의 향긋한 살냄새가 훅 콧속을 끼치자 이의방은 걷잡을 수 없이 솟구
치는 욕망에 사로잡혀 불쑥 몸을 일으켰다. 그는 마치 사나운 맹수처
럼 송향을 향해 달려들었다.

그날부터 송향은 이의방의 측실이 되었다.

제4장

계암 스님

1. 녹림당(綠林黨)

　정중부의 거사가 일어났던 8월 하순경 망이와 정첨은 공교롭게도 개경을 떠나 양주 왕방산에 있는 이광의 산채에 와 있었다.

　그 며칠 전에 이광의 산채 사람 기태가 응양군 군영으로 망이를 찾아와서 말했다.

　"계암 스님이 오랜만에 산채에 오셨수다. 이광 두령이 망이 장사와 정첨 장사에게 전하라 해서, 두령의 말씀을 전하러 왔수다."

　망이와 정첨은 응양군 장교가 된 뒤 그간 몇 차례 군에 휴가를 내고 이광을 만나러 왕방산엘 들렀다. 이광 두령과 진일규 의원을 볼 겸 혹 계암 스님을 뵐 수 있을까 해서였다. 망이와 정첨이 몇 번 헛걸음을 하자

　"계암 스님이 오시면 내가 개경으로 사람을 보내겠소."

　이광이 그렇게 말했었다.

　망이는 곧바로 정첨을 찾아갔다. 두 사람은 각자 그럴싸한 사유를 달아 휴가를 내고, 기태와 함께 왕방산으로 갔다. 마침 계암은 동굴 밖 공터에 나와서 이광 두령과 이야기를 나누고 있었다.

　"스님께 인사 올립니다. 저는 망이라 합니다."

　"저는 정첨이라 합니다."

　두 사람은 계암 스님께 정중하게 합장 배례했다.

　"소승은 계암이라 하오."

　계암 스님도 합장하며, 맞절을 했다.

　"이광 두령에게 두 분의 말씀을 들었소이다."

계암 스님이 얼굴 가득 온화한 미소를 띠고 말했다.

"저희도 스님을 뵙고 싶었습니다."

망이가 계암을 보며 말했다.

계암은 한눈에 망이가 웅위한 풍채와 범상치 않은 기백을 지닌 젊은이임을 알아보았다. 그는 그간 비범한 젊은이들을 적지 않게 보아왔으나, 망이 같은 사람을 본 적은 없었다. 한마디로 콕 찍어 말할 수는 없었으나, 이 젊은이는 사람들을 감복(感服)케 하는 어떤 강력한 친화력과 견인력을 가지고 있는 것 같았다. 망이와 계암 스님은 별 말을 주고받지는 않았으나, 심심상인으로 서로의 마음을 알 것 같았다. 며칠 지나지 않아 망이와 정첨, 이광, 계암 스님은 간담상조하는 사이가 되었다.

어느 날 정첨이 말했다.

"진일규 의원(醫員)님은 잘 지내고 계시지요?"

"잘 지내고 계시오! 수진 아가씨도 제 정신이 돌아왔고요."

"진일규 의원이라니? 이곳에 의원이 있소?"

계암 스님이 의아스런 얼굴로 물었다. 정첨이 개경에서 있었던 이야기를 했다.

"딸의 복수를 위해 권세가들의 자식들을 넷씩이나 죽이고 도망치다니, 대단한 인물이오."

정첨의 얘기를 듣고 난 계암 스님의 말이었다.

"말이 난 김에 내일 진 의원을 만나러 가 봅시다."

이광 일행은 다음날 골짜기를 몇 개 넘어 진일규 의원이 화전을 일구며 살고 있는 움막집을 찾아갔다.

이광은 그때 진일규의 식구들이 왕방산으로 도망쳐 오자, 그들을 두어 달 산채에 머무르게 했다. 그리고 물이 좋고 화전을 이룰 만한 이 골짜기에 띠집을 지어, 진일규 일가를 옮겨가게 하고, 그의 일가가 자립하여 살 수 있도록 지금까지 많은 도움을 주었다. 이광은 그의 부하들과 함께 집터의 땅을 고르게 정리하고, 나무를 베어다 집을 짓고 띠로 지붕을 잇는 등 모든 수고를 아끼지 않았고, 진 의원의 가솔들이 새로 지은 띠집으로 옮겨간 뒤에도 며칠 간격으로 진일규네를 드나들며 불편한 일을 도맡아 해주고, 곡식과 의복, 생활에 필요한 소소한 가장집물과 재물 등을 다 마련해 주었다. 이광은 망이와 정첨의 부탁으로 그에게 온 사람들을 소홀히 할 수 없기도 했지만, 그의 마음을 더욱 움직인 것은 진 의원의 딸 수진이었다. 산 속에 홀로 핀 도라지꽃처럼 청초한 수진이 넋을 놓아버린 모습을 본 순간부터 그는 너무나 가슴이 아팠다. 이렇게 고운 처자가 그런 몹쓸 변을 당하다니!

이광 일행이 진일규의 띠집 가까이 가자 멍! 멍! 멍! 개가 짖었다. 손바닥만한 마당에 닭 여남은 마리가 노닐고 있었다. 개 짖는 소리에 집 주위의 새로 일군 밭에서 일을 하고 있던 진일규가 일을 멈추고 달려왔다.

"…아니, 이게 누구요? 이런?!"

진일규가 놀라 어쩔 줄을 몰랐다.

"진 의원님, 우릴 알아보시겠소?"

망이가 말했다.

"어찌 망이 교위와 정첨 교위를 몰라볼 수가 있겠소이까? 내가 이리 살고 있는 것도 두 분 덕인데요."

진일규는 계암 스님과도 인사를 나누고, 밭에서 일을 하고 있는 부인과 행랑아범을 불러, 인사를 시켰다.

그들은 마당가 소나무 밑에 멍석을 깔고 앉았다.

"이제 삶이 많이 안정되었습니다?"

망이가 말했다.

"보시다시피 화전도 일구고, 산에 약초도 캐고 하여 입에 풀칠은 하고 있소이다. 그 동안 여러 가지로 세세히 보살펴 주신 이광 두령의 은혜가 실로 크오이다."

진일규는 그간 주로 화전을 일구어 곡식을 심고, 시간 나는 대로 산을 돌아다니며 여러 가지 약초를 캐서 말렸다. 그리고 행랑아범을 시켜 그것을 저자에 내다팔고, 필요한 것을 사오도록 하여 생계를 유지했다. 그러나 그의 산 속 삶을 지탱시켜 준 데에는 실로 이광의 덕이 컸다.

"잠깐만 기다리시오. 내 간단한 주안상을 마련하리다."

한참 후에 진 의원의 딸 수진이가 화주 두 병과 갓 삶아 김이 무럭무럭 나는 닭 두 마리를 소반에 받쳐들고 왔다. 수진이는 멍석 위에 상을 놓고, 다소곳이 허리를 굽혀 손님들에게 인사를 올렸다.

"제 딸 아이입니다. 여러분의 은혜로 다시 사람 구실을 하게 되었습니다."

망이와 정첨은 수진이를 보고 크게 놀랐다. 예전에 폭행을 당해 넋이 나가버렸던 처자가 참하고 아리따운 처자가 되어 있는 게 아닌가.

수진이 돌아가자 그녀의 뒷모습을 한참 바라보고 있던 이광이 말했다.

"그간 따님을 위해 진 의원님의 노고가 크셨지요."

"이광 두령의 자상한 보살핌 덕이지요. 친오라버니처럼 보살펴 주셨으니까요. 수진이가 이광 두령을 친오라버니처럼 따릅니다."

"이광 두령도 수진 아가씨를 남달리 생각하는 것 같습니다."

계암 스님이 너털웃음을 터뜨리며 말했다.

"아니, 스님, 그 무슨 말씀이십니까?"

이광이 당황해서 얼굴이 빨개졌다.

"숨길래야 숨길 수 없는 것이 남녀간의 마음입니다. 아까 아가씨를 바라보는 이 두령의 눈을 보고 내 단번에 알아봤습니다. 하하하!"

"…저는 그냥 누이같이 …."

"그러시겠지요! 남녀간의 인연은 세상에 가장 아름다운 축복입니다! 그리 무안해 할 건 없어요! 하하하!"

"그런데 스님은 혼인도 안 하신 분이 어찌 그런 일까지 다 아십니까?"

정첨이 미소를 띠며 말했다.

"중이 제 머리는 못 깎지만 남의 머리는 잘 깎아야지요. 하하하하!"

"그런데 이런 산 속에 웬 화주가 다 있습니까?"

이광이 화제를 돌렸다.

"이곳에서 30리쯤 떨어진 율림리라는 마을에 유진제라는 사람이 삽니다. 그의 병을 고쳐줬더니, 그의 아들이 억지로 안겨 주어서…."

"아니, …병을 고쳐 주다니요?"

망이가 의아해서 물었다.

"…여러분도 아시다시피 그때 개경에서 제 딸이 못된 놈들에게 봉변을 당했을 땐 제가 눈이 뒤집혔습니다. 수진이는 저에게 하나밖에 없는 금지옥엽이었으니까요. 저는 그놈들이 제 아비들의 권세를 믿고 그런 못된 짓을 했으니 그만한 응보를 받아야 한다고 생각했습니다. 그러나 이곳에 와서 수진이도 제 정신이 돌아오고, 저도 마음이 진정되어 다시 생각해 보니, 저 또한 큰 죄를 지었다는 것을 깨달았습니다. 의원이란 사람을 살리는 일을 하는 사람인데, 그런 무지막지한 살변을 저질렀으니, 무슨 할 말이 있겠습니까? …제 죄가 크고 무겁습니다. 그러나 이미 엎어진 물을 주워 담을 수도 없고…. 제가 죄닦음을 한답시고 닷새에 한 번씩 산을 내려가 마을 마을을 돌아다니면서 너무 가난해서 의원도 못 찾아가는 어려운 사람들을 봐 주고 있습니다. 유진제라는 사람은 그 고을 호족이지만 의원이 못 고친 병을 제가 봐 주었더니, 그 아들이 사례를 한 것이지요."

"정말 훌륭합니다!"

"역시 진 의원님은 대단하시군요!"

망이와 정첨이 감탄을 금치 못했다.

그들은 화주를 나누어 마시면서 여러 얘기를 나누었다. 특히 질병과 약초에 관심이 많았던 계암 스님은 진일규 의원과 갖가지 약초들에 대해 이야기꽃을 피웠다.

"내 오늘 여러분의 말씀을 듣고, 여러분이 세상에 대해 지닌 뜻을 알게 되었소이다. 내 비록 숨어사는 필부에 지나지 않지만, 여러분이 부르시면 곧바로 달려가겠소이다."

헤어질 때 진일규 의원이 이광 일행에게 말했다. 그는 못 쓰게 되어 버린 말법 세상이 새로이 개벽을 해야 한다는 그들의 얘기에 전폭적으로 공감했고, 그들이 세상을 바꾸기 위해 일어선다면 기꺼이 동참하리라는 생각을 밝힌 것이다.

이광 일행은 해동갑해서 진 의원의 띠집을 떠났다.

다음날 한낮이었다.

"어떤 놈들이 산채로 쳐들어온다!"

산 밑 한길에 나가서 보초를 서고 있던 녹림당 2명이 숨이 턱에 닿게 달려와, 산채 사람들에게 알렸다.

"몇 명이나 되더냐?"

이광이 물었다.

"열댓 명 되어 보였수!"

"그놈들이 군졸 같더냐?"

"그렇게 보이지는 않았는데, 다들 흉기를 들고, 기세가 사나웠수!"

"다들 병장기를 지니고, 마당바위에 가서 놈들을 기다리자!"

이광의 말에 산채 사람들이 모두 무장을 하고 산 아래로 몰려갔다. 그들이 마당바위라 부르는 곳은 산채에서 활 한 바탕쯤 밑에 있는 널찍한 바위가 있는 곳으로서, 바위 앞에 약간의 공터가 있고, 주변에 수풀이 우거져서 매복하기 좋은 곳이었다. 이광의 무리가 마당바위에 이르자, 저만치 밑에서 힘꼴깨나 씀직한 사내들이 올라오고 있었다.

"이놈들! 남의 산에 허가도 없이 함부로 들어오다니! 무엇 하는 놈들이냐?"

산채 부두령 주질근이 목소리를 높였다.

"허가라니? 우리는 이 산에 호랑이가 있다기에 사냥을 하러 온 사람들이다!"

그들의 두목인 듯한 자가 호기롭게 외쳤다. 그의 말이 떨어지자마자 그들 무리 중에 몇 명이 활시위를 당긴 채 앞으로 나섰다. 그것을 본 이광의 졸개 중 활을 가진 자들이 재빨리 활시위를 당기며 앞으로 나와, 맞섰다.

"이놈들! 이 산에 사는 호랑이는 너희 같은 놈들이 감히 범접할 수 없는 영물이다. 다치기 전에 썩 내려가라!"

주질근이 다시 목소리를 높였다.

"보아하니 네놈들은 이 산 속에 숨어 사는 화적패들이 분명한데, 우리가 잠깐 이 산채를 빌려야겠다!"

"무엇이! 이놈들이 이거, 순 날도독놈들 아닌가?"

"진달 두령! 여러 말 할 것 없수다! 어차피 말로 되는 일이 아니니, 이놈들을 요절냅세."

무리 중에 하나가 창을 들고 썩 앞으로 나서며 말했다. 그의 말에 다른 자들도 모두 창이나 칼을 꼬나들고 앞으로 다가섰다.

그때 계암 스님이 앞으로 나서며 말했다.

"보아하니 서로 다른 처지도 아닌 것 같은데, 양쪽 사람들이 한꺼번에 맞붙으면 많은 사람이 죽거나 상할 것이오. 그러지 말고 양쪽에서 한 명씩 나와서 겨뤄보는 게 어떻겠소?"

"…좋다! 나와 겨룰 자가 나오너라!"

진달 두령이란 자가 칼을 좌우로 몇 바퀴 휘두르며 앞으로 나섰다. 이광이 몽둥이를 가지고 나서려할 때, 망이가 먼저 불쑥 앞으로 나갔다. 망이는 맨손이었다. 망이가 그렇게 나온 것은 혹시라도 이광이 조금이라도 다칠까봐 걱정이 되었기 때문이었다.

"나에게 지면 순순히 승복해라!"

망이가 말했다. 진달이는 망이의 거쿨진 풍채와 태연한 자세에 마음이 켕겼다. 그러나 미련한 곰이 날쌘 늑대를 어찌 당하랴! 더구나 이놈은 제 힘만 믿고 맨손으로 덤비는 게 아닌가!

"이놈, 아직 따끔한 칼맛을 못 봤구나! 감히 맨손으로 덤비다니!"

진달이가 단칼에 망이를 베어버릴 듯이 위맹스럽게 칼을 위에서 아래로 내려치며 달려들었다. 그러나 전광석화처럼 망이가 몸을 비틀어 칼을 피하며 손으로 진달이의 팔목을 후려쳤다. 진달이의 칼이 저만치 풀숲으로 날아갔다. 진달이는 잠깐 악연(愕然)하였다. 무슨 일이 일어났는지 잘 파악이 안 되었다. 그는 성난 멧돼지처럼 다시 망이에게 덤벼들었다. 그러나 다음 순간 망이가 그를 두 손으로 높이 들어올려 길가 억새풀 위로 던져 버렸다. 어이쿠! 진달이의 입에서 비명이 새나왔다. 진달이는 억새풀 위에 떨어져서도 잠깐 무슨 일이 일어났는지 갈피를 잡지 못했다.

"이놈들, 또 덤빌 놈이 있냐? 이 장사는 우리 두령의 벗이고, 천하 장사님이시다! 하룻강아지 범 무서운 줄 모른다더니, 네놈들을 이르는 말이 아니더냐? …어서 무기를 버리지 못할까?"

주질근이 앞으로 나서며 말했다.

망이의 무서운 힘을 본 진달이 패거리들이 하나 둘 손에 들었던 병장기를 내려놓았다.

"저들이 여기까지 왔을 때는 피치 못할 사정이 있어 보이는데, 얘기를 좀 들어봄이 어떠하오?"

계암 스님이 이광에게 말했다.

"이놈들, 너희들은 무슨 까닭으로 이 산으로 들어왔느냐?"

"…관병에게 쫓기다가 여기까지 오게 되었쉐다. 아까 산 입구에서 산속으로 도망치는 사람을 얕잡아보고 여기까지 오게 되었으나, 범보다 더 무서운 장사들이 계신 줄은 몰랐습네. 너그러이 용서해 주시면 바로 산을 내려가겠시다."

"무슨 까닭으로 관병에게 쫓긴단 말이냐?"

"그야 뻔한 일 아니겠시까? 우리 같은 놈들이 먹고 살려면 도둑질밖에 할 게 없는데, 그러다 보니 관(官)의 기찰(譏察)에 걸려 쫓겨 왔습네다."

"…우리도 세상에서 쫓겨 이렇게 산 속에 숨어사는 사람들이다. 너희들도 갈 곳이 없어 이런 구차한 산채에나마 몸을 의탁하려고 쳐들어온 모양인데, 이제 세상의 끝에까지 내몰린 우리들끼리 서로 살아남겠다고 칼질을 한다면 결국 다함께 죽을 수밖에 없을 것이다."

이광 두령의 말에 사람들의 표정이 착잡해졌다.

"갈 사람은 가고, 우리와 함께 있고 싶은 사람은 남아도 좋소!"

다시 이광이 말했다.

진달은 그때까지 억새풀 속에서 끙끙거리고 있었다. 풀숲에 떨어질 때 어디를 된통 다친 모양이었다. 그의 졸개들이 진달이를 부축해 나와, 잠깐 머리를 맞대고 의논을 했다.

"우리를 받아준다면 오늘부터 두령을 따르겠시다."

한참 후 진달이 졸개들의 부축을 받고 다가와서 계면쩍은 얼굴로 말했다.

"그럼 다 함께 산채로 올라갑시다!"

이광의 말에 사람들이 산채로 향했다.

"많이 다쳤수?"

졸개들의 부축을 받고 있는 진달에게 망이가 다가가, 물었다.

"어디를 좀 삐끗한 모양이외다!"

"미안하우!"

"아니라요! 아니라요! 내가 장사님을 몰라 뵀시다! 하룻강아지가 범 무서운 줄 몰랐습네다."

진달이가 진심으로 승복한 듯 고개를 조아리며 말했다. 그는 망이

180

처럼 날쌘 몸놀림과 무서운 힘을 지닌 사람을 본 적이 없었다. 지금까지 세상을 살아오면서 자기도 힘으론 남에게 뒤지지 않는다고 생각했지만, 정말 이런 사람이 있을 줄은 몰랐다. 더 이상한 것은 그런 망이에게 전혀 적개심이 느껴지지 않고, 마음속으로부터 진심으로 승복하는 마음이 우러난다는 것이었다. 세상이 넓다더니, 이런 사람이 다 있었나!

"나는 오늘 두령의 자리에서 물러나겠시다."

진달이 이광에게 머리를 숙이며 말했다.

"그 일은 차차 의논하기로 하고 우선 산채로 올라갑시다. 다행히 우리가 있는 동굴은 크고 넓어서 여럿이 함께 지내는데 불편함이 없소이다."

그날 밤 이광의 산채에선 새 식구들을 환영하는 잔치가 벌어졌다.

돼지고기와 닭고기, 여러 가지 산나물에 탁배기가 동이째 올라왔다. 사람들은 대여섯 명씩 무리를 지어 먹고 마시며 노래를 불렀다. 노래에 맞춰 춤을 추는 사람도 있었다.

가시리 가시리잇고 버리고 가시리잇고.
날러는 어찌 살라 하고 버리고 가시리잇고
잡사와 두어리마난 선하면 아니 올세라.
설운 임 보내옵나니 가시는 듯 돌아오소서.

이광은 계암과 망이, 정첨, 주질근과 함께 동굴의 상석에 앉아 술을 마시고 있었다. 술이 몇 순배 돌았을 때 망이가 말했다.

"저기 누워 있는 진달이도 불러오면 어떻겠수?"

"그럽시다."

이광이 흔쾌하게 대답하고, 주질근이 진달이를 데리러 갔다. 곧 주질근이 진달이를 부축하여 술자리로 데려왔다.

"탁배기나 한 잔 하우!"

이광이 진달이에게 술잔을 권했다.

"염치 없습네다."

진달이가 잔을 받으며 말했다.

"내 아까는 피치 못하게 힘을 썼으나, 미안하우! 많이 다쳤수?"

망이가 말하자,

"뼈가 부러지진 않은 듯하우! …나도 그간 힘꼴깨나 쓴다고 으시댔으나, 장사 같은 분은 생전 처음 봤시다!"

진달이가 진심으로 감탄하여 말했다.

"우리는 어차피 같은 처지요. 마음 편하게 지내시오."

이광의 말에 진달이가 고개를 숙이며 말했다.

"내 오늘 정말 장사들을 만났습네다."

술잔이 오가며 산 속 사람들의 잔치는 차츰 무르익어갔다.

> 정월 시냇물은 아으 얼자 녹자 하는데,
> 누리 가운데 나고서 몸이 홀로 지내는도다.
> 아으 동동다리 아으 동동다리.
>
> 이월 보름에 아으 높이 켠 등불답구나.
> 만인(萬人) 비취실 즛(자태)이로구나.
> 아으 동동다리 아으 동동다리
>
> 삼월 나면서 핀 아으 늦은 봄 달래꽃이여
> 남이 부러워 할 즛 지니고 나셨구나.
> 아으 동동다리 아으 동동다리.

"제가 이제 이 산채에 몸을 의탁했으니, 여러 장사님들의 이름은 알고 지내야 할 것 같습네다."

몇 잔의 술을 마신 진달이가 좌중을 둘러보며 말했다.

"나는 이곳 두령 이광이라 하오!"

이광이 먼저 말했다.

"나는 계암이라는 땡초외다."

"나는 망이라 하고, 이 사람은 정첨이유."

"그런데 세 분은 다 이곳 사람이 아닌 것 같시다?"

"눈썰미가 좋소. 이 계암 스님은 나의 스승이시고, 두 분은 왕성 응
양군의 장교인데, 잠깐 놀러 왔소."

이광의 말에 진달이의 얼굴이 변했다.

"…아니, 두 분이 경군 장교란 말이시까?"

"너무 놀라지 마시오. 우리를 잡아갈 사람은 아니니!"

이광이 웃으면서 말했다.

"…그게 아니라, 내 여기 오기 전에 들은 말이 있어서 그렇쉬다."

"…들은 말이 있다니?"

"우리는 본래 구월산에 있다가 관군의 토포(討捕)를 피해 도망쳐, 엉
겁결에 아래로 내려오게 되었습네. 낮에는 숲 속에 숨어 있다가 주
로 밤에만 움직였는데, 며칠 전 한밤중에 마전현(麻田縣)에서 호화스
런 가마와 우마차의 행렬을 만나게 되었지라요. 요즈음 수상쩍은 사
람 말고 한밤중에 길을 가는 사람이 어디 있겠쉬까? 우리가 옳다구나
하고 덮쳤더니, 놀랍게도 가마엔 조정 대신과 그의 부인이 타고 있고,
우마차엔 귀한 재물이 많이 실려 있지 않갔쉬까. 뜻밖에 생각지도 않
았던 큰 횡재를 했습지요. 그런데 그 대감이 말하길, 조정에 큰 변란
이 생겨서 향리로 피란을 간다는 것이었시다. 임금을 호위하는 무장
들이 들고 일어나, 대신이란 대신은 씨를 말리다시피 다 죽이고, 왕성
이 피바다가 됐다는 것이라죠."

"아니 그게 정말이오?"

좌중이 모두 놀란 얼굴로 물었다.

"…변란을 일으킨 대장이 상장군 정중부라는 말도 들었시다."

정중부! 정중부라니!

망이와 정첨은 크게 놀랐다. 정중부는 바로 응양군 최고 사령관이고, 그들의 상관 아닌가.

기어이 터지고 말았구나!

두 사람은 진작부터 응양군 내에 비밀조직이 있고, 그 비밀조직이 위로는 상장군부터 아래로는 대정에 이르기까지 상당한 숫자의 무장들이 가입해 있다는 걸 짐작했었다. 망이와 정첨도 중랑장 진준과 산원 김홍강을 통해 그 조직의 일원이 되었으나, 구체적인 조직의 상층부는 모르고 있었다. 조직의 안전을 위해 점조직(點組織)으로 운영되고 있었기 때문에 상세한 것은 알 도리가 없었다.

"두 분은 그간 무슨 낌새를 못 챘소?"

이광이 망이와 정첨에게 물었다.

"사실 그간 응양군 내에서 무슨 일을 꾸미고 있다는 건 알았소. 그러나 그들이 이렇게 빨리 움직일 줄은 몰랐소."

망이가 산원 김홍강과 중랑장 진준이 그들에게 접근해 왔던 일을 이야기했다.

"그럼 두 사람도 빨리 개경으로 돌아가 봐야 하는 것 아니오?"

이광이 망이와 정첨을 보며 말했다. 그러자 계암 스님이 말했다.

"…지금 돌아가면 두 사람 다 무자비한 피바람에 휘말려 살상을 하지 않을 수 없을 것이오. 그보다는 차라리 이곳에 좀 더 있다가 피바람이 잦아지면 가는 게 어떻겠소이까?"

"저도 스님의 말씀을 따르고 싶군요. 망이 장사의 생각은 어떠하오?"

정첨이 말했다.

"스님 말씀을 듣고 보니, 그게 좋겠습니다요."

망이도 흔쾌히 동의했다.

말없이 몇 잔 술이 더 돌았다.

"무신들이 정권을 잡았다면 세상이 바뀔까요?"

진달이가 계암 스님에게 물었다.

"…모르긴 몰라도 아마 어려울 것이외다. 저들 무반(武班)은 그간 문신들에게 당해온 차별과 멸시를 되갚아주고, 자기들이 권병(權柄)을 쥐기 위해 거사를 한 것이지, 백성들의 삶을 더 낫게 하기 위한 의도로 거병을 한 것은 아니라 생각하오. 저들의 관심은 그간 권력을 휘두르며 자기들을 무시해온 문관들에게 통쾌하게 복수를 하고, 자기들이 세상을 지배하는 것일 것이오. 그런 그들의 눈에 일반 백성들이나 천민들의 비참한 삶이 보일 리 있겠소? 따라서 세상이 바뀐다 하더라도 백성들의 삶은 달라질 것이 없을 것이외다. 어쩌면 무지막지한 무반들의 통치에 백성들의 삶이 더 어려워질 수도 있을 것이외다."

"세상이 더 나빠진다고요?"

망이가 의아해 물었다.

"그간 조정의 귀족들은 대대로 권력을 독점해온지라 엄청난 토지와 재물을 소유하고 있소. 그러나 이번 거사를 일으킨 무반들은 그러한 재산이 없을 것이고, 그 때문에 백성들을 더욱 가혹하게 착취할 수도 있지 않겠소이까?"

좌중은 계암의 말에 잠깐 묵연(黙然)하였다. 조정 대신들이 바뀐다 해도, 그것이 그들의 삶과는 아무 관련도 없고, 오히려 백성들의 삶이 더 어려워질 수도 있다는 말에 모두 할 말을 잃었다.

"여기 사람들은 곡절 없는 사람이 없수다. 진달 두령은 어쩌다가 산으로 들어오게 되었소? 그 이야기나 좀 들어봅시다."

한 동안 침묵이 이어지자, 이를 깨치려는 듯 이광이 술잔을 진달에게 돌리며 말했다.

진달이가 술을 마신 뒤 말문을 열었다.

2. 미륵의 씨앗

진달이는 해주의 양수척(楊水尺)이었다. 양수척이란 본래 북쪽 땅에서 흘러든 유목민으로서 민적(民籍)도 없고, 농토도 없는 떠돌이들인지라, 사냥을 하거나 소나 돼지를 잡아 팔거나, 가죽으로 피물(皮物)을 만들고, 버드나무 가지를 결어 공예품을 만들어 근근히 목숨을 부지해 온 족속이었다. 민적도 없고 농토도 없는 떠돌이들이라 나라에선 그들을 자국민으로 여기지도 않고, 보호도 해 주지 않았다. 의지가지가 없는 그들은 최하층 천민(賤民)으로서 온갖 천대와 불이익을 받으며 자기들끼리 폐쇄적인 삶을 연명해 왔다.

진달이는 해주 연안읍에서 대대로 도살(屠殺)로 생계를 유지하는 청개비의 아들이었는데, 자라면서 힘과 기백이 남달랐다. 그의 아비 청개비는 오랜 동안 소와 돼지를 도살하여 생활하면서 고을의 현청에 고기를 납품하는 일을 해 왔는데, 이광유라는 서리가 관청의 식품을 관장하는 관리로 오면서 사사건건 트집을 잡으며 심술을 부렸다. 이광유는 청개비가 쇠고기나 돼지고기를 가져가면 으레 양이 적다면서 값을 깎고, 고기가 상했다면서 고기를 받지 않고 골탕을 먹이기도 했다.

그해 7월에 청개비는 현령의 생일잔치에 쓸 황소 한 마리를 잡아 현청에 가져갔다. 물론 이광유의 지시에 따른 것이었다.

"지금 바빠서 정신이 없으니 나중에 오너라."

청개비가 납품한 고기값을 받으러 가면 처음 몇 번 이광유가 한 말이었다. 그리고 한 동안은 이광유가 바쁘다면서 아예 만나주지를 않았다. 그리고 몇 달이 지나자

"아니, 그때가 언제인데, 이제 와서 그 고기값을 달라고 떼를 쓰느냐? 그때 바로 주지 않았더냐?"

하며 아예 시치미를 뗐다.

"아니, 나으리! 어찌 이럴 수가 있시우? 황소 한 마리를 공짜로 집어 먹을 심산이시니까?"

울화가 치민 청개비가 목소리를 높이며 대들자, 이광유는

"이 천한 양수척놈이 여기가 어디라고 함부로 고함을 질러?! 내 이놈을 관청을 능멸한 죄로 다스리겠다!"

하고는, 군졸들로 하여금 심한 곤장을 치게 했다. 엉덩이이가 너덜너덜하게 매를 맞은 청개비는 온몸이 펄펄 끓는 고열과 추워서 벌벌 떠는 오한에 번갈아가며 시달리다가, 결국 보름만에 죽고 말았다. 매 맞아 터진 것이 장독(杖毒)이 된 것이다.

분이 치민 진달이가 현령에게 나아가 아비 청개비의 억울함을 고했으나,

"고이헌 놈! 천하디 천한 양수척놈이 여기가 어디라고 함부로 들어와서, 돼먹지 못한 구습을 놀리느냐?"

그 역시 떡이 되게 곤장만 맞고 감옥에 갇히고 말았다. 현령은 이광유가 쇠고기 값을 착복했다는 걸 알았으나, 자기 또한 평소 그를 통해 착복한 것이 막대했으므로, 천한 양수척인 청개비에게 무고죄를 씌웠던 것이다.

진달이는 옥에서 나오자마자 이광유의 집을 찾아갔다.

"우리 아바이가 쇠고기 값을 안 받았다는 건 하늘이 알고, 땅이 알고, 나으리가 알고, 나도 아네! 우리 아바이가 그 때문에 돌아가셨다는 건 나으리도 잘 알 것이라요! 우리가 아무리 천출이라 하나, 우리도 사람이라우요! 우리 아바이도 벌레가 아닌 사람이라우요! 사람이 이렇게 벌레만도 못한 대접을 받을 수는 없시다!"

"이놈, 네놈이 지금 뭐라고 지껄이느냐?"

"우리 아바이 무덤 앞에 가서 사죄 말씀 한마디만 해 주시라요! 그럼 내 그간 억울한 마음을 모두 접겠시오!"

"뭬라?! 이놈이 뭬라 지껄이는 게야? 이놈이 아직도 뜨거운 맛을 덜

봤구나!"

이광유는 하인들을 시켜 다시 진달이를 무지막지하게 몽둥이질을
하여, 내쫓았다.

진달은 억분을 짓씹으며 상처가 낫기만을 기다렸다. 그리고 그는
상처가 낫자마자 이광유가 퇴청해 오는 길목 으슥한 곳에 숨어 있다
가, 이광유의 뱃구레에 깊숙이 칼을 찔러 넣었다. 경악한 얼굴로 그를
바라보는 이광유에게 진달이 부르짖었다.

"이놈, 사람을 죽여 놓고도 아무렇지도 않을 줄 알았더냐?! 아무리
천해두 우리두 사람이다!"

진달은 관(官)의 추적을 피해 곧바로 연안을 떴다.

그는 구월산을 지나면서 좀도둑 패거리를 만나, 그들 패거리가 되
었고, 십수 년이 지나자 그들의 두목이 되었다.

"그 뒤로 나는 온갖 모진 짓을 해 가면서 지금까지 구차한 목숨을
이어왔시다. 세상에서 쫓겨난 놈이 모질지 않고선 살아갈 방도도 없
었구, …우리 같은 천한 놈들의 세상이 아닌, …우리 같은 놈들이 발붙
일 곳이 없게 만들어진 세상에 복수를 하기 위해 더욱 포달을 부리고
악독하게 날뛰었시다! 그러나 ….."

진달이가 말을 멈추고 숨을 돌렸다.

"…그러나 어떻다는 게요?"

진달이가 말이 없자 이광이 물었다.

"…그러나 아무리 포악을 부리고 악독한 짓을 서슴없이 저질러도
내 마음은 통쾌해지지 않았시오. 통쾌해지기는커녕 오히려 갈수록 마
음이 무거워지고, 어두워지고, …무엇엔가 늘 쫓기는 것 같고, …마음
이 타는 듯한 갈증과 허기에 시달렸시다. 그것을 견디기 어려워서 고
주망태가 되도록 술을 마셔 보기도 하구, 밤새도록 계집을 탐해 보기
도 하구, 더욱더 잔악한 일을 저질러 보기도 했으나, …그러나 그럴수

록 나는 더욱더 마음속으로 타는 듯한 갈증에 내몰리게 되었시오. 무엇 때문에 그렇게 마음이 볶이는지 곰곰이 생각해 보기도 했으나 알 수가 없었시오."

진달이 말을 마치고 깊은 한숨을 토해냈다.

"…그것은 진달 두령의 마음속에 미륵이 숨어 있기 때문이오."

말없이 진달의 말을 듣고 있던 계암 스님이 입을 열었다.

"…스님, 미륵이라고 말씀하셨시까?"

진달이 의아한 얼굴로 물었다.

"그렇소이다."

"…미륵이라니, 그게 무슨 말씀이시오까?"

"진달 두령이 괴로운 것은 두령의 마음속에 미륵 부처가 숨어 있기 때문이란 말이외다."

"…미륵 부처님이라면, …멀고 먼 훗날 이 세상을 구하러 오신다는 그 부처님을 말씀하시는 것이외까?"

"그렇소이다!"

"…그 미륵 부처님이 저 같은 놈의 마음속에 숨어 계시다니, 그게 무슨 말씀이라요?"

"…말 그대로 미륵 부처가 진달 두령의 마음속에 숨어 계시다는 뜻이외다."

계암 스님이 진달의 얼굴을 이윽히 응시하며 말했다.

"…지금 저를 놀리시외까? 저 같은 놈이 미륵 부처님과 무슨 인연이 있갔시오? 미륵 부처님의 세상은 사람들이 늙지도 않고, 병들지도 않고, 죽지도 않고, 고통도 슬픔도 노여움도 없고, 배고픔도 싸움도 없을 뿐 아니라, 이 세상에서는 상상도 할 수 없는 온갖 즐거움과 행복이 가득하고, 은금보화가 흙이나 풀처럼 지천으로 흩어져 있어, 아무도 그걸 탐내지 않는 세상이라고 들었시외다. 그러나 그 아름다운 세상은 아무나 갈 수 있는 나라가 아니라 오랜 동안 남에게 착한 일을 하고 부처님께 공덕을 쌓은 사람만이 갈 수 있는 곳이고…. 그러니 세상 사람들이 모두 미륵 부처님과 인연이 있어도 이놈은 인연이 있을 수 없을 것이외다. 그간 이놈이 저지른 일이 있는데, 어찌 미륵 부처님이 저 같은 놈에게 손길을 내밀어 주시갔시요? …저 같은 놈에겐 미륵 부처님의 세상이 있다는 게 구원이 아니라 오히려 더 큰 고통이라우요!"

진달의 얼굴이 괴롭게 일그러졌다.

"그렇게 괴로워하는 것이 바로 두령의 마음 속에 미륵 부처의 씨가 숨어 있다는 증거가 아니고 무엇이겠소?"

"…무슨 말씀이신지 알아들을 수가 없시오."

"본래 부처가 따로 있고 중생이 따로 있는 게 아니라 중생이 보리를 구하면 부처가 되는 법이지요. 다시 말하면 중생이 곧 부처이고, 부처가 중생인 것이오. 그래서 부처와 중생이 하나라는 것이외다. 그간 진달 두령이 괴로워했던 까닭이 어디 있겠소? 바로 부처가 되어야 할 씨앗이 두령의 마음 속에서 싹을 틔우고 무럭무럭 자라야 할 텐데, 그러하지를 못하니까 그 씨앗이 두령을 괴롭혔던 것이외다."

"부처가 바로 중생이라니, 그게 무슨 뜻이며, 또 부처가 되어야 할 씨앗이라는 건 무엇이외까?"

"미륵이 하강해서 중생을 제도하는 것이 아니라 바로 우리가 부처가 되어야 한다는 뜻입니다. 그리고 부처가 되어야 할 씨앗이란 바로 우리의 마음 속에 감추어져 있는 깨끗하고 착한 마음, 아름답게 살고 무언가 가치 있게 살아가고자 하는 마음을 일컫는 것이외다."

"우리 같은 하찮은 것들이 부처가 된다는 게 어디 당키나 한 말씀이외까? 공연한 말씀으로 헛된 희망이나 기대를 갖게 하는 건 결국 저 같은 놈을 조롱하는 것밖에 안 됩지요 되우다!"

"조롱하는 말이 아니외다! 모든 것이 다 마음에서 비롯되는 것이외다. 산봉우리가 있다는 걸 알고, 그곳에 오르기 위해 그 봉우리를 향해서 가면, 그는 언젠가는 그 산봉우리에 도달하거나 봉우리 가까이

가 있을 것이외다. 또한 바다가 있다는 것을 알고 바다를 향해서 가는 사람은 바다에 도달하거나 바다 가까이 가 있을 것이고. 중요한 것은 어떤 뜻을 세우느냐 하는 것이지요. 우리가 미륵이 되고자 하는 간절한 뜻을 세우면 마침내 미륵이 될 수 있고, …나아가 우리 모두가 미륵이 되면 이 세상이 바로 미륵 세상, 용화 세상이 될 것이외다."

"…우리가 미륵이 되고, …이 세상이 미륵 세상이 된다는 말씀입니까?"

계암의 말에 귀를 기울이고 있던 정첨이 놀란 얼굴로 물었다.

"그렇습니다! 우리 모두 미륵이 될 수도 있고, 그와 반대로 마구니도 될 수 있습니다. 그리고 이 세상을 아비규환의 땅으로 만들 수도 있고, 미륵의 용화 세상으로 바꿀 수도 있을 것이오. …그렇다면 마땅히 우리는 미륵이 되어야 하고, 또한 이 세상을 미륵의 용화 세상으로 바꾸어야 합니다. 모든 것이 우리의 마음 하나에 달려 있는 것입니다."

계암이 약간 상기한 얼굴로 힘주어 말했다.

"미륵 세상이라면 지금 이 세상이 아닌 다음 세상을 말하는 것인데, 스님의 말씀은 이해하기 어렵습니다요."

망이가 말했다.

"나무에 뿌리가 있기에 그 위에 줄기와 가지가 자라고, 열매도 맺히는 것이외다. 뿌리와 줄기와 가지는 따로따로가 아니라 한 그루의 나무입니다. 우리의 삶도 마찬가지일 것이오. 지금 세상의 삶을 바탕으로 다음 세상의 삶이 있을진대, 다음 세상이 미륵 정토가 되려면 그에 앞서 이 세상이 미륵 세상이 되어야 하지 않겠습니까?"

"…지금 세상을 더러운 똥땅이라고 해서 예토(穢土)라고 한다던데, 이런 더러운 땅이 어떻게 미륵 정토가 된다는 말씀입니까요?"

망이가 다시 물었다.

"…예토를 미륵의 정토(淨土)로 고쳐야 한다면, 망이 장사는 제일 먼저 무엇부터 고쳐져야 한다고 생각하오?"

계암이 형형한 눈으로 망이를 똑바로 응시하며 물었다.

"…우선 무엇보다 귀한 사람과 천한 사람의 구별이 없어져야 한다고 생각합니다. 귀족과 호족 들은 대대로 일하지 않고도 모든 부귀영화와 권세를 누리며 떵떵거리고 살아갑니다. 이에 비해 일반 백성들과 천민들은 온갖 천대와 고통을 받으면서 뼈가 빠지게 일을 해도 이밥 한 그릇 못 먹는 세상입니다. 조금이라도 생각이 있는 사람이라면 어찌 원망하는 마음을 갖지 않을 수 있겠습니까? 향(鄕), 소(所), 부곡(部曲)에서 사는 백성들이나 노비, 양수척 들의 삶은 마소와 다를 바 없으니, 이를 어찌 사람의 삶이라 하겠습니까?"

"그렇습니다. 이런 세상을 누가 만들었겠소? 하늘이 만들었습니까? 아니지요! 바로 왕족이나 귀족 같은 자들이 그들의 권세와 이익을 위해 만든 세상입니다. 그럼 그런 자들이 천민과 백성들을 위해 이런 세상을 고쳐 주겠소? 아니지요! 이런 세상을 바꿀 사람은 결국 그간 온갖 착취와 천대에 시달려온 우리 같은 사람들밖에 없습니다. 즉 예토를 미륵 정토로 바꿀 사람들은 바로 우리들이란 말씀입니다!"

계암 스님의 얼굴이 갈수록 강개(慷慨)해졌다.

"……."

"……."

놀라움과 의혹이 사람들의 얼굴에 어지럽게 스쳐 지나갔다.

"…스님의 말씀은 참으로 아름답지만, …사람들이 모두 미륵 부처가 되고, 용화 세상을 만드는 일이 그리 쉽게 되겠습니까? 그렇게 쉬운 일이라면 사람들이 진작에 다들 부처가 되고, 이 세상이 벌써 용화 세상이 되었겠지요."

정첨이 당돌하게 말하자

"물론 쉬운 일이 아닐 것입니다. 그러나 달리 생각하면, 쉬운 일이 아니기 때문에 할 만한 가치가 있는 게 아니겠소이까?"

"스님도 아시다시피 지금 이곳에 있는 사람들은 다들 세상에서 쫓겨나, 산 속에 숨어서 목숨을 부지하고 있는 사람들입니다. 이런 사람들에게 스님의 말씀은 너무 꿈같은 이야기 같군요.”

“꿈같은 이야기가 아니오! 지금 여러분은 이미 못 쓰게 되어 버린 말법(末法) 세상에서 쫓겨나, 갈 곳이 없는 사람들입니다. 그간 말법 세상에서 온갖 천대와 핍박에 시달리다가, 마침내 그 세상에서 추방된 사람들입니다. 말법 세상에서 권세와 부귀영화를 누리는 사람들은 지금 이 시간에도 여러분을 잡아들이기 위해 눈이 시뻘개져 있습니다. 왜냐하면 여러분이야말로 말법 세상의 희생자이고, 따라서 말법 세상을 뒤엎고 새로운 대동 세상을 열(開) 미륵이 될 수 있는 사람들이기 때문입니다. 알고 보면 왕족이나 귀족, 호족 들은 그 숫자가 몇 안 되고, 그들에게 얽매인 채 살고 있는 백성들은 그 숫자가 열 배 백 배가 넘습니다. 만약 모든 백성들이 다 함께 일시에 들고 일어난다면 한 줌도 채 안 되는 권세가들을 내쫓고 백성들이 주인이 되는 새로운 세상을 여는 게 무엇이 어렵겠습니까? 여러분은 모두 마음속에 미륵 부처의 씨앗을 품고 있는 존귀한 존재들입니다. 여러분 모두 스스로를 존귀하게 여기고, 존귀한 행동으로 새로운 세상을 여는 미륵이 되어야 합니다.”

사람들은 모두 계암의 말에 크게 놀라고, 깊은 의혹을 느꼈다. 계암이 말하고 있는 미륵 부처는, 세상 사람들이 알고 있는 미륵 부처와는 판이하게 다른 딴 부처가 아닌가! 그가 말하는 미륵은 석가 세존의 제자로서 아득한 후세에 하생하여 중생을 제도할 부처가 아니라 바로 지금 이 자리에 있는 ‘나’이고, ‘너’이고, ‘우리들’이라는 것이었다. 그리고 그가 말하는 미륵세상 또한 멀고 먼 훗날 다음 세상에 펼쳐질 꿈같은 용화 세계가 아니라, 그들이 지금 당장 이 세상에서 새롭게 이뤄내야 할 대동 세상이라는 것이었다.

그날 밤 계암은 새롭게 열려야 할 대동 세상에 대해 많은 얘기를 했고, 사람들은 계암의 말에 깊은 혼란과 감명을 동시에 느꼈다.

귀천이 따로 없는 평등 세상. 한 번 들어본 적도 없고 생각해 본 적도 없는 세상이었다. 그러나 생각하면 생각할수록 아름다운 세상이 그 대동 세상 아닌가. 그들은 계암의 말씀에 깊이 경도되어, 밤이 깊을 때까지 그의 얘기에 귀를 기울였다.

3. 설법

다음날 동굴 한가운데 넓은 곳으로 산채 사람들이 다 모였다. 두령 이광의 부탁으로 계암 스님이 설법을 하기로 한 것이었다.

"제가 땡초 계암이라는 것은 다들 아시지요? 이광 두령의 부탁으로 이 자리에 섰습니다만, 어려운 법문보다는 재미있는 이야기를 하나 하겠습니다."

계암이 편안한 얼굴로 이야기를 시작했다.

지장보살은 인도라는 머나먼 나라 귀족의 딸이었습니다. 그녀의 어머니는 재산을 모으기 위해 돈놀이를 하면서 수많은 사람들을 괴롭혀서, 죽은 뒤에 지옥에 떨어졌습니다. 지장은 어머니를 위해 불공을 드리러 가던 중 너무도 많은 불쌍한 사람들을 만나, 그들이 달라는 대로 모든 것을 다 주고, 마지막에는 입고 있던 옷마저 벗어 주었습니다. 지장은 알몸으로는 길을 갈 수가 없어서 구덩이에 몸을 숨기고 기도했습니다.

"부처님, 지옥에 있는 저의 어머님을 제도(濟度)하여 주시옵소서!"

지장이 간절한 기도를 마치자 부처님의 손 그림자가 지장의 이마를 어루만지며 말하였습니다.

"18세의 지장아! 네가 어머니를 위해 정성으로 기도를 올린 그 순간에 너의 어머니는 지옥에서 벗어나 극락왕생하였다. 그러니 앞으로 불쌍한 사람들을 위해 좋은 일을 많이 하여라!"

지장이 감읍하여 말하기를,

"부처님, 고맙습니다. 부처님의 은혜에 보답하기 위해서 저는 이제 지옥의 중생들을 모두 구제하기 전에는 성불하지 않겠습니다."

그래서 지옥미제서불성불(地獄未濟誓不成佛)이란 말이 생기게 되었습니다.

그 지장보살이 길을 가다가 누렇게 보리가 익어 있는 것을 보고 감탄하여 보리를 만지자 보리 낟알 3개가 손바닥에 떨어졌습니다. 지장보살은 무심히 그 보리 낟알을 먹었습니다. 먹고 나서 생각하니 주인의 허락 없이 남의 보리를 먹었으니, 그 보답을 해야 했습니다. 그녀는 몸에 걸친 옷을 밭가에 벗어놓고서 소로 변신했습니다. 밭주인이 소를 데려가서 일을 시켜보니, 소는 기운이 세고 민첩하여 일을 잘하였습니다. 밭주인은 그 소 덕택에 큰 부자가 되었습니다.

그런데 하루는 소가 심하게 앓아누웠는데, 소가 눈 똥에서 이상한 빛이 났습니다. 똥 속에서 작은 종이 조각이 나왔는데,

"지장이 보리 낟알 3개를 주인 허락 없이 비벼먹고, 그 대가로 3년간 머슴살이를 하고 이제 떠납니다. 달 밝은 보름날 이곳에 500명의 도적떼가 올 것이니, 그들을 후하게 대접하시기 바랍니다."

라고 적혀 있었다.

주인이 소를 돌아보자 소는 이미 온 데 간 데가 없었습니다. 주인은 이를 기이하게 여겨 종이에 적힌 대로 술과 음식을 잘 장만하여 보름날이 오기를 기다렸습니다. 아니나 다를까, 보름달이 휘영청 떠오르자 500명의 도둑떼들이 쳐들어왔습니다. 그런데 주인이 기다리고 있다가 환대를 하는 것이 아닙니까. 수십 년 도둑질로 살아온 도둑들도 처음 겪는 일이었습니다.

"주인장, 어찌 우리를 이리 대접하는 것이우?"

"이는 우리 집 소가 시킨 대로 한 것입니다."

도둑떼들은 주인의 얘기를 듣고 저절로 참회하는 마음이 일었습니다. 보리 낟알 3개를 먹었다고 3년간 그 과보(果報)로 소 노릇을 했는데, 평생 도둑질을 한 우리는 그 과보가 어떠하겠는가? 이에 도둑들은 다 함께 출가하여 불도를 닦고 오백 나한이 되었다 합니다.

이 지장보살 이야기는 우리가 살아가면서 행하는 하나하나의 일이 얼마나 엄중한가를 깨우쳐 주는 법화이거니와,

부처님의 가르침은, 우선 깨달음에 있습니다. 내가 얼마나 존엄한 존재인가, 얼마나 존귀한 존재인가를 깨닫는 것입니다. 여러분 한 분 한 분의 존재는 우주보다 무겁고, 우주보다 중요합니다. 부처님께서 태어나실 때 '천상천하 유아독존(天上天下唯我獨存)'이라 하신 것은 바로 이것을 말씀하신 것입니다. 내가 있기에 세상이 있고, 세상의 모든 사물이 의의가 있습니다. 오늘 지금 이 자리에 있는 내가 그만큼 존귀한 존재임을 깨닫고, 따라서 존귀한 우리는 생각과 행동을 존귀하게 해야 합니다.

그래서 부처님의 가르침은 실천하는 데에 그 뜻이 있습니다. 불교에 '상구보리 하화중생(上求菩提 下化衆生)'이란 말은, 먼저 깨닫고 나중에 중생을 구제한다는 말인데, 하화중생이 바로 깨달음을 실천하는 것입니다.

옛날 중국 당나라의 유명한 시인 백낙천이라는 사람이 도림이라는 선사에게 도를 물었는데, 도림 선사가 '제악막작(諸惡莫作)하고 중선봉행(衆善奉行)'이라 하셨는데, 이는 악을 행하지 말고 착한 일을 행하라는 뜻이었습니다. 백낙천이 하하하 웃으면서 '그건 세 살 먹은 어린애도 다 아는 일 아니오?' 하자 도림 선사 왈 '세 살 먹은 어린애도 다 알지만 여든 살 먹은 노인도 행하기 어려운 일이오.' 라고 대답했다 합

니다. 알아도 행하지 않으면 이는 진실로 아는 것이 아닙니다. 깨달은 것이 행동으로 이어져야만 진실로 깨달은 것입니다.

또한 부처님의 가르침은 자비를 실천하는 것입니다. 부처님은 이 세상의 모든 존재가 지극히 존귀하고 존재의 이유를 가지고 태어났다고 하셨습니다. '자(慈)'란 어머님이 자식을 보듯이 모든 사물을 사랑으로 감싸는 것을 말하며, '비(悲)'란 어머님이 자식의 죽음을 슬퍼하듯이 모든 사물을 안타깝게 바라보라는 뜻입니다. 세상의 모든 큰 사랑은 슬픈 빛을 띠고 있습니다.

부처님의 가르침 중에 중요한 또 하나는 평등입니다. 모든 중생은 차이가 없이 평등하다는 것이 부처님의 말씀입니다. 부처님 시대에도 인도에는 계급에 따른 귀족과 천민 제도가 엄연하였으나, 부처님은 모든 중생이 평등하다는 가르침으로 대동 세상을 희망했습니다. 부처님의 가르침을 받드는 사람이라면 누구나 평등한 세상을 만들기 위해 노력해야 합니다.

머리를 깎고 가사장삼을 걸쳤다고 해서 부처님 제자가 아니라 부처님의 말씀대로 행하는 사람이 부처님의 참다운 제자입니다. 우리 모두가 부처님의 가르침을 깨달아 행한다면, 부처님이 될 것입니다. 나무관세음보살마하살. 나무아미타불마하살.

4. 자명

계암은 어렸을 때부터 강원도 오대산 주덕사의 말사(末寺)인 은비사의 기은암에서 자랐다. 그는 자기의 부모가 누구인지, 왜 부모를 떠나 언제 어떻게 해서 암자에서 살게 되었는지, 아무 것도 모른 채 기은암의 공양주 보살을 할머니로 알고 어린 시절을 보냈다.

초파일 같은 날 젊고 고운 어머니의 손을 다정하게 잡고 은비사를 찾아온 아이들을 볼 때마다 그는 자기도 모르게 눈시울이 뜨거워졌다. 그럴 때면 그는 할머니에게 달려가 그의 부모에 대해 묻곤 했는데, 그때마다 공양주 할머니는

"네 아비 어미는 너를 낳자마자 몹쓸 돌림병으로 함께 죽었다. 핏덩이인 너를 내가 암죽을 끓여 먹이거나 밥을 씹어서 먹여 키웠다. 이제 다시는 네 부모 얘긴 꺼내지도 말고, 생각하지도 말아라."

하고 말하곤 했다.

그러나 그는 부모가 그리울 때마다 할머니에게 그의 아버지와 어머니가 어디서 어떻게 살았는지, 그 모습이 어떻게 생겼는지, 어떻게 죽었는지, 어디에 무덤이 있는지, 꼬치꼬치 물었고,

"다신 네 아비 어미 얘긴 묻지도 말고 생각하지도 말라고 하지 않았더냐? 사람마다 제 분복이 있는 법이니, 너는 큰스님을 아버지처럼 모시고 나를 어미로 생각하면 된다."

하고, 엄한 얼굴로 타일렀다.

그는 공양주 할머니의 꾸중을 듣고선 절 뒤의 산과 골짜기를 돌아다니거나, 여염으로 내려가 제 또래의 어린 아이들이 부모와 함께 사는 모습을 부럽게 보면서 눈물을 짓곤 했다.

계암이 열두 살 때 공양주 보살이 앓아누웠는데, 여느 때와 달리 여러 날 일어나지를 못했다. 그러던 어느 날 그녀가 그의 손을 잡고서 한참 그를 찬찬히 바라보더니,

"계암 스님, 내 말을 잘 들으시오."

하고 말했다.

"할머니, 왜 그래?"

할머니가 높임말을 쓰다니!

"스님에게 높임말을 쓰는 것은 당연한 것이오."

"할머니, 지금 장난하는 거야?"

"장난이 아니니, 내 말을 잘 들으시오. …이제 이 늙은이가 이승 인연이 다 된 모양이오. 시절 인연이 끝나가니 가야 하겠지만 스님이 고승대덕이 되는 것을 보지 못하고 가는 것이 안타깝소. 그러나 스님은 총명하기가 옛날 여래의 수제자인 아난 나한과 같고, 심지(心志) 굳기가 금강석과 같으니, 열심히 공부하면 꼭 성불할 것이오. 스님이 성불하여 많은 사람들에게 큰 은덕을 베푼다면 이 늙은이는 여한이 없겠소."

"할머니, 그런 말 말고 빨리 일어나! 어디 먼 데를 간다고 그래?"

"……."

할머니는 잠깐 말없이 그를 바라보았는데, 그녀의 짓무른 눈에 글썽 눈물이 차올랐다.

"…마지막 가는 마당에 스님에게 거짓말을 할 수는 없소. 스님은 내 친 손자가 아니오."

"……?"

계암은 공양주 할머니의 말에 크게 놀랐다.

"…그러나 스님은 나한테 친손자보다 친아들보다 더 소중한 사람이오. 평생 쓸쓸하고 외롭게 살아온 나에게 스님은 날마다 큰 기쁨과 보람을 안겨 주었소. 나는 부처님이 스님을 나에게 점지해 준 것으로 알고 스님을 키웠소."

"…그럼 내 부모는 누구야?"

"큰스님이 갓 태어난 핏덩이인 스님을 안고 왔소. 그밖의 일은 나도 모르오. 다른 이야기는 들은 것이 없소. 이미 세속 인연이 끊어진 지 오래 되었으니, 부모님에게 집착하지 말고 정진하여 성불하십시오."

공양주 할머니는 계암의 손을 잡고 눈을 감았다. 그러나 계암은 너무나 뜻밖의 사실에 공양주 할머니가 돌아가신 뒤에도 한동안 제 정신이 아니었다.

그는 큰스님을 찾아갔다.

"큰스님, 제 부모가 누군지 알고 싶습니다."

"…공양주 할머니가 공연한 말을 했구나."

"제 부모님이 누굽니까?"

"일주문 밖에서 강보에 싸인 너를 발견했다. 그밖에는 나도 아는 게 없다. 모든 것이 부처님과의 인연 아니겠느냐?"

큰스님은 자비가 넘치는 얼굴로 말했다.

그러나 그는 그 생각에서 벗어나기가 어려웠다. 밤낮으로 자기가 누구인지, 어떤 사연으로 태어나자마자 절에 버려졌는지, 부모가 누구인지 궁금해서 미칠 것 같았다. 그러나 별 방법이 없었다.

계암이 열여섯 살 때였다.

법당에서 경전을 읽다가 졸음이 와서 부처님 등 뒤의 비좁은 공간으로 들어가서 잠이 들었다. 부처님이 좌정해 계신 뒤쪽에는 그가 몸을 눕힐 만한 비좁은 공간이 있었는데, 그는 졸릴 때마다 장난삼아 그곳에 몸을 숨기고서 낮잠을 자곤 했다. 커다란 부처님의 동체 때문에 앞쪽에서는 그곳에 누워 있는 사람의 모습이 보이지 않아, 사람들의 눈에 띌 염려가 없었다.

법당 문이 열리고 사람이 들어오는 인기척에 계암은 졸음에서 깨어났다.

"소승, 인사드리겠습니다. 큰스님, 그간 평강하십니까?"

"덕택에 잘 지내고 있소. 인효 주지 스님도 잘 계시겠지요?"

"예, 별고 없이 편히 계십니다."

우렁우렁하고 굵은 음성은 큰스님의 목소리이고, 곱고 아름다운 여자 음성은 자명 스님의 것이었다. 자명 스님이 오셨구나! 계암의 가슴 속에 기쁨과 반가움이 물살처럼 번졌다.

"자명 스님, 이렇게 오시면 어떻게 합니까? 사리를 아실 만한 분이…"

"…큰스님, 송구합니다. 아이가 잘 지내고 있는지 궁금하고, …먼발치에서 얼굴이라도 보려고…."

"계암은 잘 지내고 있습니다."

"…큰스님의 가사 장삼과 계암의 옷을 한 벌 마련해 왔습니다. …송구할 따름입니다."

"자명 스님의 마음을 내 어찌 모르겠습니까만…."

"…어리석은 정에 옷을 지었으니 너그러운 마음으로 받아 주십시오."

"…나무관세음보살."

큰스님의 목소리에 이어 법당 문이 열렸다가 닫히는 소리가 났다.

계암은 두 사람의 이야기에 잠깐 우두망찰했다. 도대체 자명 스님이 나와 무슨 관계가 있어서 내 옷을 지어 오셨으며, 나를 그처럼 보고 싶어 하신단 말인가? 그는 갑자기 높아지는 가슴의 동계를 억누르며 살그머니 몸을 일으켰다. 그리고 머리를 조금 내밀고 법당 안을 엿보았다. 자명 스님은 오체투지로 이마와 손발을 마루바닥에 대고 절을 하고 있었다. 계암은 스님의 눈에 띄지 않도록 조심하면서 스님의 절하는 모습을 지켜보았는데, 자명 스님은 두어 식경이 지나도록 쉬지 않고 계속 절을 올렸다.

기은암에서 두어 마장쯤 떨어진 곳에 비구니들의 암자인 수인암이 있었는데, 자명 스님은 그곳에 거처하고 있는 여승이었다. 자명 스님은 서너 달에 한 번쯤 기은암에 오곤 했는데, 계암은 그녀를 볼 때마다 관세음보살을 대하는 것처럼 가슴이 환하게 밝아졌다. 자명 스님은 얼굴이 배꽃같이 희고 아름다웠는데, 계암을 바라보는 시선이 말할 수 없이 애틋하고 따뜻했다. 자명 스님은 계암을 바라보다가 눈에 갈쌍하게 눈물이 맺힌 적도 한두 번이 아니었다. 그가 까닭을 몰라

"스님, 왜 우세요?"

하고 물으면,

"동자 스님이 너무 예뻐서 눈물이 나나 봅니다."

하고 눈물어린 눈으로 웃었는데, 눈물에 젖어 깊은 그림자를 드리

운 스님의 눈동자는 너무 안타까워 바라보고 있을 수가 없을 지경이었다.

"자명 스님! 스님이 제 어머니입니까?"

그는 부처님 등 뒤에서 나와, 스님에게 말했다.

자명 스님이 그를 보고 벼락을 맞은 듯 털썩 자리에 주저앉았다.

"이야기를 다 들었습니다. 바른 대로 말씀해 주십시오!"

"……!"

"…제가 속세에 있을 때 계암 스님 같은 아들이 있어서…."

자명 스님은 제 정신이 아닌 듯한 창백한 얼굴로 서둘러 법당을 나갔다.

계암은 충격을 이기지 못하고 한동안 우두커니 앉아 있다가, 밖으로 달려 나갔다. 그는 쏜살같이 달려서 기은암에서 활 한 바탕 쯤 떨어진 산길에서 자명 스님을 따라잡았다.

"스님! 스님이 제 어머니시지요?"

"…계암 스님!"

자명 스님이 눈물을 훔치며 목이 메어 그의 이름을 불렀다.

"…어머니!"

계암은 자기도 모르게 자명 스님을 부둥켜안았다.

"계암아!"

두 사람은 한참 동안 부둥켜안은 채 떨어질 줄을 몰랐다. 두 사람의 눈에서 뜨거운 눈물이 줄줄이 흘러내렸다.

"어머니, 제 아버님은 누구십니까? 우리 모자가 왜 헤어져 살게 되었습니까?"

한참 후 계암이 물었다.

"…지나간 세속 인연을 알아서 무엇하겠습니까? 스님은 공부를 열심히 해서 성불하십시오."

"스님이 제 어머니인 것을 알았는데, 어찌 다른 일이 궁금하지 않겠습니까?"

"…차츰 알게 될 것이오."

자명 스님은 전처럼 그 후에도 가끔 기은암에 들렀고, 계암은 그때마다 그의 아버지가 누구인지 물었다.

"자식 된 사람이 아버지가 누구인지는 알아야 하지 않겠습니까? 어머니, 숨김없이 말씀해 주십시오."

계암의 어조는 너무 간절해서 자명 스님도 더 이상 말을 하지 않을 수 없었다.

자명 스님의 속명은 곱단이였다. 그녀는 도성 개경의 태안문(泰安門) 밖 안터골이라는 마을에서 농사를 짓고 사는 백성의 딸로 태어났는데, 태어날 때부터 이목구비가 반듯하고 살결이 유난히 희어서, 그녀의 부모가 이름을 곱단이라 했다.

곱단이는 열댓 살이 되자 얼굴이 눈부시게 화사해지고 온몸이 몰라보게 풍비해져, 그녀가 도성 안으로 나들이를 가면 그녀를 본 사람들은 그냥 발걸음을 옮기지 못하고 몇 번씩이나 그녀를 되돌아보곤 했다.

열일곱 살이 되던 해 이월 보름날 곱단이는 마을의 처녀들과 함께 도성 안에 있는 보제사(普濟寺)로 연등회 구경을 갔다. 연등회(燃燈會)는 팔관회(八關會)와 더불어 나라의 가장 큰 행사로서, 팔관회나 연등회가 열리면 도성 사람들은 물론이고 도성 밖에서 살고 있는 백성들까지 모두 구경을 가곤 했다. 불교에서는 부처님께 등불을 밝혀 올리는 등공양(燈供養)과 향불을 피워 올리는 향공양(香供養)을 가장 중요하게 여겼는데, 연등회는 무명세계를 밝히는 광명을 상징하는 등불을 켜서 부처님의 공덕을 예찬하고, 나아가 부처님께 귀의한다는 의미를 지니고 있었다. 연등회가 열리면 궁궐은 물론이고 크고 작은 사찰들과 거리에까지 수만 개의 등불을 매달았는데, 가지각색의 등불이 매우 화려하여 장관이었을 뿐 아니라, 거리를 가득 채운 사람의 물결 또한 큰 구경거리였다.

저녁이 되어 보제사의 등에 일제히 불이 켜지고, 사람들이 나무아미타불과 관세음보살을 염송하며 등불 구경을 하고 있을 때였다.

"위! 물렀거라! 풍양공 마마 납신다!"

"위! 물렀거라! 폐하의 아우님이신 풍양공 전하 납신다!"

하는 벽제 소리에 이어 여러 관원들과 구종별배들의 호위를 받으며 귀인 한 사람이 산문 안으로 들어섰다.

"위! 뒤로 물렀거라! 폐하의 아우님이신 풍양공 전하 납신다!"

사람들은 벽제 소리에 황급하게 몸을 비키며 뒤로 물러나 고개를 숙였다. 곱단이도 사람들을 따라 연등 뒤로 물러나 고개를 숙였다. 사람들 사이로 트인 길을 따라 풍양공과 그를 호위한 무리들이 지나갔다. 곱단이는 눈앞에 사람들이 지나가는 것을 보며 폐하의 아우가 어떻게 생겼는지 궁금해서 살짝 고개를 들었다. 그런데 그 순간 풍양공과 눈이 딱 마주쳤다. 풍양공은 왕자답게 준수한 얼굴에 위엄이 넘치는 화려한 비단옷을 입고 있었는데, 나이는 채 스물이 안 되어 보였다. 그녀는 재빨리 다시 고개를 숙였다.

"처자는 다시 고개를 들어 보아라."

풍양공이 부드러운 목소리로 말했다. 그러나 그녀는 그냥 고개를 숙이고 있었다. 그 말이 자기에게 한 말이라고는 믿어지지 않았다.

"고개를 들라는 말씀이 아니 들리느냐?"

그녀가 고개를 들지 않자 구종별배가 꾸짖듯이 말했다.

곱단이는 어쩔 수 없이 고개를 들었다. 풍양공이 그녀를 이윽히 바라보더니, 물었다.

"드물게 보는 미색이구나. 어디 사는 누구냐?"

"안터골에 사는 곱단이라고 하옵니다."

곱단이는 너무 놀라서 자기가 무슨 말을 하고 있는지 하나도 정신이 없었다.

"안터골이라는 마을은 어디 있느냐?"

"태안문 밖에 있사옵니다."

"태안문 밖 안터골이라?"

"예."

"아비는 무엇을 하는 사람이냐?"

"농사를 짓는 백성이옵니다."

"그래? ……."

풍양공은 그녀를 그윽한 눈으로 바라보다가 고개를 두어 번 끄덕이고는 발걸음을 옮겨 대웅전으로 향했다. 곱단이는 풍양공이 대웅전 안으로 들어갈 때까지 넋을 놓고 그의 뒷모습을 바라보았다. 하늘처럼 존귀한 풍양공이 자기한테 말을 걸었다는 것이 믿어지지 않았다.

그런데 이튿날 관복을 입은 관리 두 명과 군졸 여러 명이 화려한 가마를 가지고 곱단이네 집을 찾아왔다.

"우리는 풍양공 전하를 모시고 있는 사람이오. 전하께서 이 집 따님 곱단이를 모셔 오라는 지엄한 분부이십니다."

"…그렇게 귀하신 분이 …우리 딸 같은 미천한 아이한테 무슨 볼 일이 있어서 …부르신단 말이오?"

곱단이의 아비가 영문을 몰라 불안하게 물었다.

"나쁜 일은 아니니 안심하시오. 어제 연등회에서 전하께서 우연히 따님을 봤는데, 따님이 전하의 눈에 든 모양이외다."

"하오나…."

"전하의 지엄한 명은 거역할 수 없으니, 빨리 입궁할 준비를 시키시오."

곱단이는 가마를 타고 궁궐로 갔다. 궁에 도착한 그녀는 생전 처음 보는 으리으리한 전각과 궁궐을 경비하는 삼엄한 군졸들, 울긋불긋한 화려한 관복을 입고 오가는 벼슬아치들과 종종걸음 치는 궁녀들의 모습에 정신을 차릴 수가 없었다. 몇 개인지도 모를 무수히 많은 문을 지나서 그녀는 풍양공 앞에 섰다.

"잘 왔다. 이름이 곱단이라고 했지?"

"…그렇사옵니다."

"내 어제 너를 보고서 밤새 잠을 제대로 이루지 못했다. 내 이제까지 너같이 아리땁게 생긴 아이는 처음 보았다."

풍양공은 얼굴 가득 환한 웃음을 띠고 그녀를 맞이했다.

"……"

그녀는 풍양공의 말에 얼굴이 바알갛게 달아올랐다. 임금의 아우이신 지극히 높으신 분께서, 더구나 옥으로 깎아 만든 듯 준수한 얼굴과 풍채를 지니신 분께서 나를 그렇게 아리땁게 보아 주시다니! 그녀는 마음속에 웅크리고 있던 불안과 초조가 이슬처럼 스러지고, 막연한 기대가 뭉게구름처럼 부풀어 올라, 가슴이 한없이 두근거렸다.

"…나는 너와 함께 지내고 싶은데, 네 생각은 어떠냐?"

"……!"

"하하하! 싫지는 않은 모양이구나. 나도 너 같은 아이를 만나게 되어서 기쁘기 한량없구나!"

그날 밤, 궁녀들은 곱단이를 정성들여 목욕시킨 다음 곱게 분단장을 시켜서 풍양공의 침소로 데려갔고, 그녀는 풍양공의 여자가 되었다. 풍양공은 그녀를 애지중지했고, 그녀의 집에 진귀한 선물을 여러 수레 보냈을 뿐 아니라 많은 전답과 산, 그리고 크고 좋은 집을 하사했다. 그녀는 꿈에도 생각지 못했던 단꿈에 젖어 몇 달을 지냈다.

그러던 어느 날 낯선 궁녀 몇 명이 그녀를 찾아왔다. 그들은 서슬 푸른 얼굴로

"태후마마께서 불러 오라 하시니, 당장 따라나서시오."

하고, 그녀를 태후궁으로 데려갔다.

"네가 곱단이라는 아이냐?"

태후는 차가운 눈으로 훑듯이 그녀의 얼굴과 몸을 샅샅이 뜯어보며 물었다.

"…그러하옵니다."

그녀는 불안과 두려움에 목소리가 제대로 나오지 않았다.

"듣던 대로 제법 미색이구나. 미천한 계집이 색기(色氣) 넘치는 얼굴을 밑천삼아 풍양공의 마음을 홀리다니, 요망하구나. 내 당장 네년의 목줄을 끊어 놓고 싶지만, 한때나마 풍양공이 마음을 준 계집이라는 점을 감안해서 목숨만은 살려 주겠다. 그러나 황자를 모시던 몸으로 다시 다른 사내의 계집이 될 수는 없는 법이니, 석문(釋門)에 몸을 의탁해서 남은 여생을 네 죄업을 닦으며 살도록 해라."

"…태후마마, 소녀는…."

곱단이는 태후에게 변명을 하려 했다. 그러나 태후 옆에 시립해 있던 늙은 궁녀가

"여기가 어느 안전이라고 어쭙잖은 변명을 늘어놓으려 하시오? 구차한 목숨이라도 유지하려거든 아뭇소리 말고 마마의 명을 따르시오!"

하고 목소리를 높였다.

"저년을 끌어내라!"

태후의 말이 떨어지기 무섭게 범강장달 같은 위졸들이 달려들어 곱단이를 끌어냈다. 곱단이는 태후의 삼엄한 기세에 아무 말도 못하고 그 자리에서 끌려 나갔다. 태후전의 마당에는 초라한 가마 한 채가 등대해 있었다.

"저 가마에 타라!"

위졸들의 우두머리인 듯한 자가 으름장을 놓으며 그녀를 가마에 밀어넣었다. 가마는 득달같이 궁궐을 빠져나갔다.

그녀는 꼬박 이틀간을 가마에 실려 어디로 가는지도 모른 채 멀미가 나도록 심하게 흔들리며 길을 갔다. 그리고 마침내 비구니들만 살고 있는 은비사의 수인암에 도착했다.

"지금부터 내가 하는 말은 태후마마의 말씀이니 뼈에 새겨 추호도 어김이 없도록 해라. 너는 이곳에서 한 걸음도 벗어나서는 안 된다. 네가 풍양공 전하와의 인연을 잊지 못하고 섣부른 짓을 했다가는 그 날이 네 제삿날이라는 걸 명심해라! 네가 만약 이곳을 떠난 게 밝혀지면 그 즉시 위졸들이 네 뒤를 추적하여 포살하려니와, 나아가 네 부모와 가족들 또한 몰살당한다는 것을 잊지 마라. 그리고 풍양공 전하에 대한 미련은 버리도록 해라. 전하 주위에는 지체가 하늘 같은 궁주들을 비롯해서 꽃 같은 여자들이 헤아릴 수도 없이 많다. 너는 전하께 잠깐 동안의 위안거리는 될지언정 그 이상의 인연이 계속될 수 없다는 것을 알아라. 네가 이리 오게 된 것 또한 풍양공 전하가 이미 허락하셨다는 걸 명심하고서, 다른 생각 말고 부처님께 귀의하여 내세의 복락을 구하도록 해라."

"풍양공 전하가 이 일을 알고 허락하셨단 말씀입니까?"

"물론이다! 풍양공 전하께서 너로 인해 태후마마께 불려가서 눈물이 쑥 빠지도록 큰 꾸지람을 듣고 너를 내치는 것을 허락하셨다. 태후마마의 친정 조카딸이 풍양공 전하와 성례를 올린 지 채 1년이 안 되는데, 다른 여자를 본다는 게 말이 되느냐? 하잘 것 없는 너로 인해 그 누(累)가 전하께까지 미쳤으니, 너는 목숨 구한 걸 천행으로 여기고 더 이상 다른 풍파를 일으키지 말라."

곱단이는 풍양공이 자기를 내쫓는 걸 허락했다는 말에 심한 허탈감과 현기증에 휘둘리며 땅바닥에 주저앉았다. 몸을 가눌 수가 없었다. 그녀는 비구니들에 의해 승방으로 옮겨졌고, 여러 날 몸을 추스르지 못한 채 앓아누웠다. 이십여 일을 자리보전을 하고 있다가 일어난 곱단이는 머리를 깎고 비구니가 되었으며, 자명(慈暝)이라는 법명을 받았다.

그런데 자명 스님은 채 두 달이 못 되어 음식을 대할 때마다 심한 구역질을 했고, 몸이 이상하다는 것을 알게 되었다. 음식 냄새에 헛구

역질을 하고 경도가 끊어지면 회임을 한 것이라고 하지 않던가. 그러고 보니 두 달째 몸엣것이 보이지 않았다. 그녀는 자기가 풍양공의 자식을 가졌다는 것을 깨달았다.

그녀와 한 방을 쓰고 있던 비구니가 주지 스님에게 그 사실을 알리자 주지 스님이 와서 말했다.

"태후마마가 이 사실을 알면 아니 되오. 아직 풍양공 전하의 부인께 아이가 없는데, 자명 스님이 먼저 아이를 가졌다는 걸 알면 그냥 있을 태후마마가 아니니, 누구에게도 이 사실을 발설하지 않는 게 좋겠소."

주지 스님은 자명 스님이 사람들의 눈에 띄지 않도록 그녀를 암자의 외딴 방에 거처하도록 해 주었고, 그녀가 아이를 낳자마자 다른 사람의 눈에 띌세라 즉시 아이를 기은암으로 보냈다. 주지 스님은 자명이 아이를 낳기 전에 미리 그 아이를 어떻게 할 것인가 기은암의 큰스님과 의논을 해 두었었다.

"아이가 너무 보고 싶습니다."

출산 며칠 후에 자명이 주지 스님에게 말했다.

"아이는 부처님 품에서 잘 자라고 있으니, 아이 생각은 말고 불도에 정진하시지요."

주지 스님은 엄하게 말했다. 자명은 주지 스님의 말씀을 옳게 여겨, 매일 몸을 움직이기가 어려워질 때까지 부처님께 절을 하며 아이를 잊기 위해 애를 썼다. 그러나 날이 갈수록 아이가 잊혀지기는커녕 더욱더 새록새록 아이 생각이 나고, 궁금증과 걱정이 더해갔다. 그러다가 마침내 병이 났다. 그녀는 잠을 자지도 못하고 음식을 먹거나 물을 마시지도 못한 채 나날이 야위어 갔다.

그녀가 거의 빈사지경을 헤매게 되었을 때 주지 스님이 물었다.

"그렇게도 잊지 못하겠소?"

"…죄송합니다. 아무리 생각을 하지 않으려 해도 저도 모르게 아이 생각에 빠져들게 되고, 한번 아이 생각에 사로잡히면 다른 일을 전혀

할 수 없게 됩니다. 먹고 싶은 생각도, 마시고 싶은 생각도 없고, 잠을 잘 수도 없고 ….”

“…어쩔 수 없군요. …아이는 기은암 큰스님 밑에서 잘 자라고 있습니다. 그러니 아이를 위해서도 자중하십시오.”

그러나 그녀는 며칠을 견디지 못하고 기어이 기은암으로 아이를 보러 가고 말았다. 아무리 가지 않으려 애를 써도 참고 견딜 수가 없었다.

그녀는 계암을 보고 돌아온 후 다시는 기은암에 가지 않으리라 다짐했다. 아이 앞에 나서서 제 신분을 밝히지도 못하고, 아이를 안아 볼 수도, 말을 걸 수도 없이 먼발치에서 무심한 듯 아이를 지켜보거나, 우연히 지나치다가 만난 아이에게 잠깐 눈길을 주듯 태연한 모습을 보여야 한다는 것이 너무 고통스러웠다. 그러나 그녀는 몇 달 후 다시 계암을 보러 갔고, 또다시 몇 달 후 기은암엘 갔다. 다시는 아이를 보러 가지 않으리라 아무리 다짐을 하고 또 다짐을 해도 그녀는 계암을 보지 않은 시간이 길어지면 길어질수록 아이를 보고 싶은 마음을 자제하지 못하고 기은암으로 향하곤 했다.

“…모든 것이 시절인연에 의해 일어나고 시절인연이 다하면 스러진다고 하지만, 스님에겐 평생 어미 노릇을 못한 죄인입니다.”

자명 스님이 이야기를 마치고, 계암의 손을 꼬옥 쥐었다. 이야기를 하는 동안 그녀의 눈에서는 계속 눈물이 흘러내렸다. 계암도 계속 눈물을 흘렸다. 어머니가 그 동안 겪어 왔을 고통이 생생하게 전해져 왔다.

“그 후로 풍양공 전하는 뵙지 못했습니까?”

“뵙지 못했습니다. 처음엔 풍양공 전하를 찾아가 뵐까 하는 생각도 했지만, 그 분의 처지만 난처하게 할 것 같아서 그만두었고, 전하가 혹 나를 찾아 주시지 않을까 하고 기다리는 마음도 없지 않았지만, 모

210

두 부질없는 생각이었지요."

자명의 얼굴에 쓸쓸한 체념의 빛이 스쳐 지나갔다.

"제가 스님에게 너무 많은 번뇌를 드린 것 같아 마음이 무겁습니다만, 이 또한 세세토록 이어졌던 인연에 의한 것이 아닌가 생각됩니다. 계암 스님은 태어나면서부터 부처님께 귀의하셨으니, 공부에 힘을 써서 부디 성불하도록 하십시오."

아버지가 풍양공이란 것을 안 계암은 줄곧 자명 스님과 풍양공의 생각에 사로잡혀서 다른 생각을 하기가 어려웠다. 풍양공이 어머니를 어떻게 생각했는지, 자식이 태어난 것을 알고나 있는지, 그를 자식으로 인정해 줄는지, …꼬리에 꼬리를 물고 일어나는 궁금증 때문에 밤잠도 제대로 자지 못했다.

계암은 두어 달 후 큰스님도 모르게 개경으로 길을 떠났다. 풍양공을 만나 보기 위함이었다.

궁궐 문에 이르러 수직을 서는 위졸에게 풍양공 전하를 뵈러 왔다고 하자, 위졸은 풍양공의 궁전은 따로 있다며,

"동부 회련방에 가서 알아 보시오."

하고 말했다. 그는 즉시 회련방으로 갔다.

풍양공의 궁전은 임금의 궁궐에 버금가는 웅장한 저택이었다. 성벽같이 높다란 담장 안에 여러 채의 크고 화려한 전각들이 위풍당당하게 서 있었다.

"풍양공 전하를 뵈려고 왔습니다."

계암이 문을 지키는 문지기에게 말하자, 문지기 두 명이 그의 위아래를 쓱 훑어보고 나서

"무슨 일로 전하를 뵈러 왔단 말이오?"

하고 불퉁스럽게 물었다. 문지기는 두 명 모두 덩치가 제법 당당해서 힘깨나 씀직해 보였다.

"…전하를 뵙고 말씀드리겠습니다."

"전하는 지금 병환이 중하셔서 외인을 만나실 수가 없소."

"병환이 중하시다니, 어떻게 편찮으십니까?"

"보아하니 아직 나이 어린 스님인데, 뭘 꼬치꼬치 묻소이까? 전하는 외인을 만나지 않은 지 한참 되었으니, 그냥 돌아가시오."

"전하를 뵙기 위해 먼 길을 왔습니다. 꼭 뵈어야 할 일이 있소이다."

"글쎄, 그 일이 무슨 일이냔 말이오?"

"그건 말씀 드릴 수 없습니다."

"무슨 용무로 온 사람인지도 알지 못하면서 생전 처음 보는 사람을 궁 안에 들일 수는 없소이다. 그만 물러가시오."

계암은 여러 번 간곡하게 말했으나 문지기는 완강했다. 그는 어쩔 수 없이 자명 스님과 풍양공과의 관계를 얘기하고, 자기의 신분을 밝혔다.

"그럼 스님이 풍양공 전하의 아드님이란 말씀이오?"

문지기는 그의 말을 듣고 뜨악한 눈으로 다시 한번 그를 훑어보았다.

"그렇습니다."

"잠깐 기다리시오. 내 들어가서 윗전에 아뢰고 분부를 받잡아 올 테니."

문지기 한 명이 그렇게 말하고 안으로 들어갔다가 한참만에 나오 더니,

"들어오랍시는 분부요."

하고 앞장을 섰다.

문지기는 여러 채의 전각을 지나 그를 으슥한 건물의 뒤란으로 데려갔는데, 그곳에는 풍양공의 부인과 하녀 10여 명이 그를 기다리고 있었다. 부인은 의자에 앉아 있고, 하녀들은 그녀의 양쪽 옆에 도열해 있었는데, 기세가 자못 삼엄했다.

계암은 부인에게 깊이 허리를 숙여 읍한 다음

"소승 계암이 인사 올립니다."

하고 말했다.

부인은 싸늘한 표정으로 그의 얼굴과 몸을 샅샅이 훑어보더니 이윽고 입을 열었다.

"…네가 하고 싶은 말이 무엇이냐? 기탄없이 말해 보아라."

"고맙습니다."

계암은 차근차근 자초지종을 얘기했다.

그런데 그의 말을 듣고 난 부인이 벌컥 성을 내서, 밖에 있는 호위병을 불렀다.

"여봐라! 이놈이 도망치지 못하게 붙잡아라!"

풍양공 부인의 말이 떨어지기가 무섭게 호위병들이 계암을 옴쭉달싹 못하게 붙잡았다.

"마마, 왜 이러십니까?"

계암이 놀라서 묻자

"네 이놈, 엉큼한 야심을 품고 터무니없는 수작으로 사람을 우롱하려 하다니, 그러고도 네놈이 살기를 바라느냐?"

"그게 무슨 말씀이십니까?"

"내 네놈의 시커먼 뱃속을 환히 들여다보고 있으니, 어쭙잖은 구설로 나를 속일 생각은 마라! 대낮에 낮도깨비 같은 몽구리가 뛰어들어서 풍양공의 아들을 사칭하다니! 네놈이 풍양공 전하가 병환으로 정신이 혼미해지셨다는 걸 알고서 음흉한 계교를 꾸민 게 분명하다!"

"…무, 무슨 그런 말씀을?!"

"이놈을 멍석말이를 시키고, 사정 두지 말고 매우 쳐라!"

풍양공 부인의 말이 떨어지기가 무섭게 호위병들이 멍석을 꺼내 오고, 계암을 멍석에 말아서 밧줄로 꽁꽁 묶었다.

"마마, 왜 이리 하십니까? 소승의 말씀에는 추호도 거짓이 없습니다."

계암은 멍석 속에서 다급하게 외쳤다.

"거짓이 없다?! 이놈이 보통 흉악한 놈이 아니다! 사정 두지 말고 매우 쳐라!"

하인들은 몽둥이로 멍석을 마구 내리쳤다. 둔탁한 타격이 계암의 등과 허리, 머리를 가리지 않고 어지럽게 쏟아졌다. 계암은 숨이 턱턱 막히는 통증에 헐떡이며 소리를 질렀다.

"마마, 풍양공 전하를 뵙게 해 주십시오. 전하를 뵈면 제 말씀이 거짓이 아니라는 것을 알게 되실 것입니다."

"무어라?! 이놈이 아직도 입이 살았구나! 인정사정 두지 말고 더욱 쳐라!"

어지러운 몽둥이가 소나기같이 떨어졌다. 그는 극심한 고통에 몸부림치며 풍양공을 뵙게 해 달라고 계속 애원했으나 부인은 그의 말은 들은 체도 하지 않고

"이놈이 계속 요망한 소리를 나불댄다! 이놈이 혀를 놀리지 못하도록 더욱더 세게 쳐라!"

하고 호위병들을 홀닦아세웠다. 호위병들은 계암이 축 늘어질 때까지 무지막지한 몽둥이질을 계속했다. 계암은 만신창이가 되어 정신을 잃어가면서 풍양공의 부인이 자기를 죽여서 입을 봉하려 한다는 것을 깨달았다. 계암은 아뜩 의식의 줄을 놓치고 깜깜한 나락으로 곤두박질쳤다. 계암이 혼절하여 의식을 잃은 뒤에도 하인들은 무지막지한 매질을 계속했다.

"이제 됐다! 이놈이 다시는 그 따위 요망한 말을 하지 못할 것이다. 이놈을 멀리 성문 밖에 갖다 버려라!"

호위병들은 멍석 속에서 정신을 잃고 거의 다 죽은 계암을 달구지에 싣고서 시구문을 빠져 나갔다. 그들은 시구문 밖에서 멀리 떨어진 더러운 공터에 계암이 들어 있는 멍석을 아무렇게나 내팽개치고 돌아갔다.

제5장

사바세계(娑婆世界)

1. 옹점골

계암이 눈을 뜨자 웬 낯선 처자가 그를 들여다보고 있다가 놀란 얼굴로 뒤로 물러나 앉았다. 어두컴컴한 움막이었다.

"…누구요?"

계암이 놀라 몸을 일으키려다가 고통을 참지 못하고 다시 누워 버렸다. 입에서 고통스러운 신음이 저절로 비어져 나왔다.

"아부지, 일루 와 봐! 이 사람 정신이 났다!"

처자가 밖을 향해 큰 소리로 외치자 중년 사내 한 명이 움막 안으로 들어왔다. 봉두난발에 수염투성이인 데다가 더럽고 험상궂은 얼굴이었다. 입성도 옷이라고 하기도 어려울 만큼 다 떨어진 누더기였다.

"여기가 어디요?"

"여기는 장패문 밖에서 십 리 가량 떨어져 있는 옹점골 걸개패들의 움막이우."

"제가 어떻게 여기에 …?"

"멍석에 말려서 외딴 곳에 버려져 있는 것을 옮겨왔수다. 저쪽 골짜기에 문둥이들이 사는데, 그 사람들한테 갖다줄 생각이었수. 어차피 죽을 사람인데, 문둥이들이 사람 생간을 꺼내먹으면 병이 낫는다니, 그보다 더 큰 적선이 어디 있겠수? 스님도 죽어서 썩을 몸을 문둥이들한테 주어서 그들의 병이 낫는다면 반대하진 않겠지요?"

"…문둥이들이 산 사람의 생간을 빼먹는단 말이오?"

계암이 너무 놀라 묻자

"걱정 마시우. 산 사람을 해치진 않을 테니까. 스님을 문둥이들한테 갖다 주려는데, 내 딸 복점이가 스님을 보더니, 아직 안 죽었다고, 살지도 모르니 좀 지켜보자고, 정말 죽어갈 때 문둥이들한테 갖다 주어도 늦지 않다고 해서, 혹시나 하고 기다려 본 것이우. 아랫목에 눕혀둔 지 벌써 나흘이 지났는데, 그 동안 몸이 펄펄 끓었수."

"고맙습니다. 이 은혜는 잊지 않겠습니다."

"고맙단 말은 내 딸 복점이한테 하시우. 저것이 나흘 동안 온갖 정성을 다해서 구완을 했수."

"고맙습니다."

계암은 복점이라는 처자를 향해 인사를 했다.

"몸이나 빨리 나으세요. 무슨 일을 당했는지 모르나 몸이 엉망으로 망가졌어요."

복점이가 걱정스러운 얼굴로 말했다.

복점이는 그 후로도 계암을 정성껏 간병했다. 그러나 계암은 쉽게 일어나지 못했다. 여기저기 터지고 찢어진데다가 온몸이 성한 데 없이 멍들어서, 장독이 심했다. 그는 몸을 태우는 듯한 고열 때문에 까무룩 까무룩 정신을 잃었고, 복점이는 종일 그의 방을 드나들며 물수건으로 열을 내리기 위해 안간힘을 다했다. 그녀는 그녀의 아버지 솔개미와 그들 무리의 우두머리인 꼭지딴에게 부탁하여 도성으로 들어가 장독에 좋다는 약초를 구해다가 달여서 먹이기도 하고, 상처에 좋다는 약초를 직접 캐다가 짓찧어서 상처에 붙여주기도 했다. 오래 곰삭은 똥물이 매 맞은 데 좋다는 말을 듣고 똥물을 걸러서 먹이기도 했다. 그러나 계암의 병세는 좀처럼 호전되지 않다가 달포가 지나서야 열이 떨어졌고, 두어 달이 지난 뒤에야 조금씩 바깥출입을 하게 되었다.

어느 날, 뜰에서 해바라기를 하고 있는데, 솔개미가 말했다.

"내 딸이 어떻수?"

"그게 무슨 말씀입니까?"

"내 딸을 어떻게 생각하느냔 말이우?"

"…고맙게 생각하고 있습니다."

"내 딸이 비록 이런 움막에서 살고 있지만 꾸며 놓으면 얼굴이며 몸매며 대갓집 아가씨에 못지않소. 그리고 이곳 골짜기에 늑대 같은 사내놈들이 득시글거리지만 아직 복점이의 털끝 하나 건드린 놈이 없소. 내가 복점이를 어떻게 아끼는지 다들 알기 때문이오. 그런 놈이 있으면 진작에 내가 모가지를 돌려놓았을 것이오."

"…왜 저한테 그런 말씀을 하십니까?"

"복점이와 성례를 올리면 어떻소?"

"그게 무슨 말씀이십니까? 저는 부처님의 제자인 중입니다. 중은 세속 여자와 인연을 맺으면 안 됩니다."

"그깟 중노릇을 그만두면 될 게 아니오? 스님이 다 죽었다가 살아난 것은 내 딸 덕택이니, 이제 스님은 내 딸의 것이라 해도 지나친 말이 아닐 것이오. 보아하니 저것이 스님을 처음 본 순간부터 단단히 마음을 빼앗긴 모양이니, 이제 몽구리 노릇은 그만두고 복점이의 서방 노릇을 하면 어떻겠소? 이리 된 것도 다 인연 아니겠소?"

"…부처님 앞에 서원을 한 몸으로 어떻게 혼인을 한단 말입니까?"

"부처님도 젊어서는 혼인을 하고 자식도 두었다는 얘기를 들은 적이 있소. 목숨을 구해 준 은혜는 꼭 갚겠다고 했으니, 내 딸을 거두어 주시오. 저것이 저래 보여도 마음씨가 무던한데, 스님을 간병하면서 마음을 모두 준 것 같소. 자비심으로 중생을 구한다는 스님이 설마 저것의 간절한 소망을 모른 체하진 못할 것이오. 만약 스님이 복점이를 거두어 주지 않으면 상사병으로 죽거나, 아니면 물 속에라도 뛰어들게 틀림없으니, 이번에는 스님이 내 딸을 구해 주어야 하겠소."

계암은 솔개미의 말에 대꾸할 말을 잃었다. 솔개미가 그냥 지나가는 말로 하는 말이 아니라는 걸 알고 있었고, 또 그의 말을 듣기 전부터 계암은 복점이가 자기를 예사롭지 않게 생각하고 있다는 것을 느끼고 있었다.

처음 계암이 복점이를 보았을 때 그녀는 용모에도 별 신경을 쓰지 않았고, 누추하고 더러운 옷을 입고 있었다. 그러던 그녀가 언제부턴가 옷을 깨끗하게 빨아 입고, 온몸을 깨끗하게 씻고서 공들여 단장을 했다. 그리고 그를 대할 때마다 얼굴을 붉히며 심하게 부끄러움을 탔다. 그의 앞에서는 품위 있는 말을 쓰려고 애를 썼고, 솔개미가 그녀를 위해 성내에서 맛있는 잔치 음식이라도 구해 오면 그 음식을 모두 계암에게 가져다주었다. 그가 함께 먹자고 하면

"저는 배가 불러서요. 스님이 다 드세요."

하며 물러나 앉았다.

그가 음식을 먹다가 그녀의 시선을 느끼고 얼굴을 돌리면 복점이가 넋을 잃고 그를 바라보고 있었다.

"이리 와서 함께 드세요."

계암이 말하면 그녀는

"아니예요. 저는 스님 드시는 걸 보는 게 더 좋아요."

하며, 끝내 사양했다.

음식을 먹을 때만이 아니었다. 복점이는 계암이 잠에 빠져 있을 때 그의 옆에서 넋을 잃은 채 한없이 그의 얼굴을 바라보며 앉아 있었고, 때로는 조심스럽게 그의 손이나 얼굴을 만져 보기도 했다. 계암이 뭔가 심상찮은 기미에 잠에서 깨어나면, 어쩔 줄 모르는 얼굴로

"잠든 모습이 너무 보기 좋아서, …그냥 지켜보고 있었어요."

하고 말했다.

계암이 움막 밖으로 나가서 바람을 쐬거나 산책을 할 때도 복점이는 자주 그를 지켜보곤 했는데, 계암이 누군가의 시선을 느끼고 얼굴을 돌리다가 그녀와 시선이 마주치면 복점이는 얼굴이 홍당무가 되면서 재빨리 시선을 다른 데로 돌리곤 했다. 그런 복점이를 보고서 꼭지딴이 계암에게

"계암 스님, 스님이 이곳에 오고 난 뒤부터 복점이가 부쩍 예뻐지

고 처자다워졌는데, 아무래도 스님이 책임을 져야 할 것 같소이다!
허허허!"

하고 말했다. 농담으로 하는 말이었으나 계암은 농담으로만 들을
수가 없었다. 꼭지딴의 말이 아니더라도 자기를 향한 복점이의 마음
을 알 것 같았다.

계암은 몸이 어느 정도 낫자 움막 밖으로 나돌아 다니기 시작했다.
솔개미의 움막 주변에는 여기저기 비바람을 피하기도 어려울 것 같은
게딱지 같은 움막들이 많이 엎드려 있었고, 그 옆 골짜기에도 그러한
움막들이 사람들 눈에 잘 띄지 않는 바위 밑이나 덤불숲 속에 숨어 있
었는데, 그 움막마다 사람들이 살고 있었다. 솔개미가 살고 있는 골짜
기엔 사지가 멀쩡한 사람들이 살고 있었으나, 그 너머에 있는 골짜기
엔 눈썹이 다 빠지고 손마디가 문드러진 문둥병자들, 앉은뱅이, 귀머
거리, 소경 등 불구자들, 그밖에 이름도 알지 못할 병에 걸려 거의 다
죽어가는 사람들이 살고 있었다. 그들의 입성은 한결같이 더럽고 구
저분했고, 상처를 받고 죽어가는 야생동물처럼 사납고 살벌했다.

"몽구리 중놈이 여긴 뭣하러 왔어? 어느 귀신이 잡아먹을지 모르니
빨리 꺼지라구!"

"저놈이 정신이 홰까닥 돈 놈이지! 멀쩡한 중놈이 왜 여길 왔겠나?"

"저놈 옷이나 빼앗아 입을까?"

그들은 금방 계암에게 덤벼들듯 붉게 충혈된 눈을 번뜩이며 낯선
사람에게 강한 적대감과 경계심을 드러내 보였는데, 계암은 그런 그
들의 모습에 깊은 충격과 경악을 느꼈다. 무릇 백성들이 스님을 대할
때엔 스님이 아무리 어리더라도 합장하여 경례하고, 얼굴 표정과 말
을 공손히 하여 존경의 뜻을 나타냈는데, 그곳 사람들은 존경은커녕
금방이라도 그를 잡아먹을 기세였다.

계암이 그곳에서 본 것은 바로 불교에서 말하는 나락(奈落)이었다.

죄 많은 자가 죽어서 간다는 나락이 바로 그가 발 딛고 있는 거기에 있었다.

어느 날, 꼭지딴이 솔개미의 움막으로 마실을 왔다가 계암에게 불쑥 물었다.

"계암 스님, 요즈음 여기저기 바람을 쐬러 다니던데, 저쪽 문둥이들과 불구자들이 사는 골짜기엔 가 봤수?"

하고 물었다.

"…아비지옥과 규환지옥이 따로 없었습니다."

"스님들이 늘 사바세계를 구하고 중생을 구한다는 말을 입에 달고 사는데, 중생을 구하려면 제일 먼저 저 사람들부터 구해야 할 것이 아니오?"

"무슨 말씀이신지 …?"

"목마른 자 여럿이서 물을 달라고 하면 누구부터 주어야 하겠수? 목이 많이 마른 자부터 물을 주어야 할 게 아니우? 부처님이 진실로 자비가 넘치고 그의 제자인 스님들이 자비를 구하고 자비를 실천하는 사람들이라면 지금 세상에 가장 먼저 자비를 베풀어야 할 사람들은 왕족이나 귀족들이 아니라 바로 저 움막에서 빈대나 이처럼 구차한 목숨을 이어가는 사람들 아니겠소? 계암 스님이 진실로 부처님의 뜻을 따르는 제자라면 왕이나 권세가들에게 많은 재물을 받고 그들의 복을 비는 재(齋)나 올리지 말고, 저 움막 속 사람들의 피고름을 닦아주고, 그들의 피눈물 나는 고통을 어루만져 주어야 할 것 아니냔 말이우!"

계암은 꼭지딴의 말을 듣고 얼굴에 찬물을 맞은 듯 번쩍 정신이 났다. 이 사람이 누구이기에 이런 말을 하는가?

"…시주(施主)께선 누구시기에 …그런 기이한 말씀을 하십니까?"

계암이 놀란 눈을 크게 뜨고 물었다.

"하하하! 내 말이 기이하게 들렸소이까? 내가 관(官)에 쫓겨 도망다

닐 때 가짜 땡추 노릇을 한 적이 있었는데, 그때 그런 말을 들었수. 머리를 깎고 승복을 걸치고 다니면 관(官)의 기찰을 피하기 쉽고, 여염집에서 밥 얻어먹고 잠자리 구하기도 쉬울 뿐더러 절에 가서 쉬어갈 수도 있어서, 여간 편리하지 않았소.”

“…누구한테 그런 말씀을 들었습니까?”

“내가 한때 황해도 불타산에서 숨어 지내면서 화적질을 하다가 관병의 창에 찔려서 크게 다친 적이 있었수. 그때 의초라는 스님의 암자에 숨어서 몇 달 신세를 진 적이 있었수. 그 의초 스님이 고태골로 갈 나를 살려 주셨는데, 그 스님한테 들은 얘기외다.”

“의초 스님이라 하셨습니까?”

“그렇소. 의초 스님은 보통 스님과는 전혀 다른 분이우.”

“어떻게 다르단 말씀입니까?”

“그 분은 머리도 깎지 않고, 가사도 입지 않고, 탁발도 다니지 않수. 염불을 하고 스스로 중이라고 하니까 스님인가 보다 하지, 그렇지 않으면 스님이라고 하기도 어려운 분이우. 그분은 몸소 거친 땅을 개간하여 곡식을 가꾸어 먹고 살 뿐 아니라, 여러 가지 약초를 재배하여 약 한 첩 쓰지 못하는 비참한 병자들에게 거저 나눠 주곤 합니다. 의초 스님은 권세부귀를 누리는 사람들보다 문둥이와 앉은뱅이, 장님 같은 사람들에게 부처님의 손길이 먼저 가야 한다고 말하고, 또 그것을 실천하는 분이었수. 그 스님은 그런 비참한 사람들을 자기 부모나 형제처럼 생각하고, 저들의 고통을 제 혈육의 고통으로 여기는 괴짜 스님이었수. 내가 닥치는 대로 화적질을 하고, 사람 목숨을 파리 목숨만큼도 여기지 않는 마구니 노릇을 하다가, 조금이나마 사람다운 생각을 하게 된 것이 모두 그 스님 때문이외다.”

계암은 꼭지딴의 말을 듣고 둔중한 망치로 머리를 얻어맞은 듯한 충격을 받았다. 의초 스님! 의초 거사! 그런 스님이 계시다니! 계암은 의초라는 스님에게 강렬한 호기심과 궁금증을 느꼈다. 그리고 꼭지딴

또한 단순한 걸개패의 우두머리가 아니라 어딘지 예사롭지 않은 사람이라는 느낌을 받았다. 그는 지금까지 이곳 사람들을 구걸이나 좀도둑질로 구차하게 연명하는 걸인이나 좀도둑패로 생각했었다. 그러나 그날 꼭지딴의 말을 듣고는 생각이 달라졌다.

어느 날 새벽 계암은 잠결에 사람들이 두런거리는 듯한 소리를 듣고 움막 밖으로 나갔다. 저만치 떨어져 있는 공터에 여남은 명의 그림자가 우중우중 서 있는 모습이 어렴풋이 눈에 들어왔다. 그는 나무 그림자를 따라 사람들의 눈에 띄지 않게 그들에게 접근했다.

"곡식은 고루 나누어 주고, 그밖의 재물은 우선 숲 속의 동굴에 넣어 두었다가 조금 조용해지면 도성으로 들어가서 필요한 물건과 바꾸어 옵시다. 그리고 소는 지금 곧바로 잡도록 하시오."

꼭지딴의 말이 떨어지자 사람들은 서너 명씩 무리를 지어 흩어졌다. 계암은 움막 사람들이 어딘가에서 재물을 도둑질해 왔다는 것을 눈치채고, 곡식 가마니를 지고 가는 사람들을 뒤따라갔다. 그들은 문둥이와 앉은뱅이, 장님 등 병자와 불구자들이 모여 살고 있는 옆골짜기로 갔다가 빈 지게를 지고 나왔다. 계암은 그들이 굶주리고 있는 움막 사람들에게 곡식을 나누어 주었다는 것을 알았다. 빈 지게를 진 사람들은 곧 골짜기 으슥한 곳으로 내려갔는데, 그곳에선 사람들이 소를 잡고 있었다.

계암이 나무 그늘에서 그들의 모습을 훔쳐보고 있는데, 누군가가 등 뒤에서 그의 어깨를 움켜쥐었다. 깜짝 놀라서 바라보니, 꼭지딴이었다.

"우리가 하는 일을 다 보았구료."

"…예. 어쩌다가…."

"우리가 도둑질을 해 왔수다."

"……."

"생명이란 세상의 어떤 것보다 귀중한 것이고, 또한 모진 것이우. 그 때문에 모든 생명은 살려고 악착같이 발버둥을 치는 것 아니겠수? 이 골짜기에는 일을 할 수도 없고 부잣집의 노비로 들어갈 수도 없는 문둥이와 장님, 앉은뱅이 들이 구걸로 모진 목숨을 이어가고 있수다. 그러나 그들이 이 보릿고개에 어디 가서 구걸을 할 수 있겠수? 굶주려서 죽음만 기다리는 사람들이 한둘이 아니외다. 그러나 세상에는 창고에 수백 수천 석의 쌀을 쌓아두고 썩히면서도 굶주린 사람들에게 쌀 한 줌 베풀지 않는 무리들이 또한 적지 않소이다. 우리는 그들에게서 약간의 곡식과 재물을 뺏어다가 우리들의 목숨과 이웃 사람들의 목숨을 연명하고 있수다. 구차한 변명이외다."

"아닙니다. 이제야 저쪽 골짜기 사람들이 어떻게 목숨을 유지할 수 있었는지 알겠습니다. 구걸로 살아가기 어려운 사람들도 꽤 많아 보여서, 그게 궁금했는데…. 쉽지 않은 일을 하고 계십니다."

계암은 크게 감동해서 말했다.

"너무 그렇게 생각할 건 없수다. 누구나 죽어가는 사람들을 보고 그냥 모른 체할 수만은 없는 것 아니겠수?"

"그래도 위험을 무릅쓰고 그런 일을 하기는 쉽지 않을 것입니다. 시주의 성명이 어떻게 되십니까?"

계암은 꼭지딴이 우러러 보여서, 그의 이름을 물었다. 그러나 꼭지딴은

"천한 사람이 이름이 있겠수?"

하고, 이름을 말하지 않았다.

계암이 장패문 밖 결개패들의 움막에 온 지 넉 달이 지나자 그의 몸은 거의 완쾌되었다. 어느 날 복점이가

"…계암 스님, 이제 몸이 다 나았으니, …떠나겠지요?"

하고 말했다.

"…그래야겠지요. 처자의 은공은 결코 잊지 않겠습니다."

"은공은 무슨…. 안 가면 아니 되나요?"

"…어머님도 기다리시고, 큰스님과 절 식구들이 모두 목이 빠지게 기다리고 계실 것입니다."

"……!"

복점이의 얼굴이 참혹하게 일그러지더니, 후두둑 눈물을 떨어뜨리며 말없이 자리를 떴다. 계암은 마음이 한없이 무거웠다.

그날 밤 잠을 자던 계암은 뭔가 예사롭지 않은 느낌에 눈을 떴다. 그런데 누군가가 그의 옆자리에 누워 있는 게 아닌가.

"누구요?"

그는 깜짝 놀라 윗몸을 일으키며 물었다.

"저, 복점이예요."

복점이가 그의 품을 파고들었는데, 놀랍게도 맨몸이었다.

"처자, 왜 이러십니까?"

계암이 놀라 다급하게 묻자

"스님을 그냥 떠나보낼 수는 없어요!"

복점이가 계암의 가슴을 파고 들었다. 뜨거우면서도 알싸하고 향긋한 복점이의 입술과 나긋나긋 부드러운 그녀의 몸에 계암은 정신을 차릴 수가 없었다. 그는 그녀의 몸을 힘껏 끌어안고 그녀와 한 몸이 되었다.

그날 밤 계암은 걸신들린 사람처럼 몇 번이나 복점이의 몸을 탐했다. 그리고 이튿날 새벽 곤한 잠에 떨어져 있는 복점이를 놓아두고 움막을 빠져나와, 도망치듯 옹점골을 떠났다.

계암은 기은암으로 돌아갔다. 그러나 마음을 잡고 불도에 정진할 수가 없었다. 불경에 쓰여 있는 부처님의 말씀이 공허하게만 생각되고, 선정(禪定)에 들어도 잡념만 뭉게구름처럼 피어올랐다. 풍양공의 부인에게 매를 맞고 죽을 뻔했던 일과 장패문 밖 움막에서 생활했던 일이 머릿속에서 떠나질 않았다. 그리고 무엇보다 복점이한테 죄를 지었다는 생각을 떨쳐버릴 수 없었고, 그녀의 뜨거웠던 입술과 나긋나긋하던 몸을 잊을 수 없었다.

"네가 바깥 세상의 모진 바람에 한번 휘둘리더니, 아직도 그 마구니한테 사로잡혀 있구나. 이놈, 정신 차려라!"

그가 넋을 놓고 딴 생각에 잠겨 있을 때마다 큰스님은 죽비로 그의 등을 내려치며 호통을 놓았으나, 그는 아무리 마음을 다잡으려 해도 어찌할 수가 없었다.

그는 몇 달 후 다시 기은암을 나와 운수 행각에 나섰다. 그리고 발길이 자기도 모르게 개경으로 향해졌다. 계암은 장패문 밖 옹점골 걸개 패들의 움막을 찾아갔고, 복점이는 눈물로 그를 맞아 주었다. 솔개미와 꼭지딴 등 옹점골 사람들도 모두 그를 환영했다. 그는 그날부터 옹점골 걸개패의 한 명이 되었으며, 혼례도 올리지 않고 복점이와 함께 살게 되었다.

계암은 날마다 바랑을 짊어지고 도성 안으로 들어가 권문세가를 찾아다니며 시주를 받았다. 그리고 밤에는 무엇에 들린(憑) 듯 게걸스럽게 복점이의 몸을 파고들어 몸부림을 쳤다. 예닐곱 달쯤 지나서 복점이는 그의 아이를 임신하게 되었다.

계암이 옹점골 걸개패가 된 지 일 년쯤 지난 어느 날 꼭지딴이 걸개패들을 불러 놓고 말했다.

"오늘 옆골짜기 장님 걸봉이가 앉은뱅이 보갑이를 지게에 지고 성 안으로 동냥을 나갔다가, 큰 봉변을 당했수다. 두 사람이 동부 보산방에 있는 박수준이라는 벼슬아치의 집에 가서 동냥을 하는데, 그 집 하인놈이 동냥을 주기는커녕 '재수 없게 병신들이 대문 앞에 와서 육갑을 떤다'고, 지게작대기로 걸봉이를 내리쳤다는 게유. 걸봉이가 허리를 맞고 넘어지면서 보갑이를 내동댕이치는 바람에 두 사람이 모두 크게 다쳤수. 걸봉이와 보갑이가 박수준이네 집 앞에서 울고불고 억울함을 하소연하자, 박수준이의 아들놈이 대문 밖으로 나와서 '개, 돼지만도 못한 것들이 악머구리처럼 시끄럽구나! 저놈들이 아직 매가 모자란 모양이구나!' 하며, 또다시 지게작대기로 복날 개 패듯 두 사람을 두들겼다고 하우다. 걸봉이와 보갑이는 중상을 입고 움직이지도 못한 채 쓰레기처럼 버려져 있다가, 함께 동냥을 나갔던 이웃 움막 줌치 내외의 도움을 받아 가까스로 돌아왔수. 그렇지 않아도 그 박수준이라는 놈의 집안이 대대로 벼슬살이를 하는 갑족이라고 위세를 떨며, 우리 같은 걸개들을 짐승만도 못하게 여겨, 동냥은 주지 않고 쪽박을 깨기로 소문이 났는데, 이번에 걸봉이와 보갑이가 또 행패를 당한 것이우. 이런 놈을 그냥 두어서는 안 될 것 같은데, 여러분의 생각은 어떻수?"

"그런 놈을 그냥 둘 수는 없지요. 이번에 단단히 그놈 버릇을 고칩시다!"

"그렇소! 당장 쳐들어가서 아주 요절을 냅시다!"

"뜨거운 맛을 톡톡히 보여야지요! 그놈 집을 거덜내 버립시다!"

걸개패들은 분노해서 이구동성으로 말했다.

"계암 스님의 생각은 어떻소?"

꼭지딴이 계암에게 물었다. 계암은 몇 달 전 그들과 함께 도성에 들어가서 재물을 턴 적이 있었다.

"…우선 흥분을 가라앉혀야 한다고 생각합니다. 지금 옆골 사람들이 다쳐서 모두 분노해 있는데, 서두르다간 큰 낭패를 당할 수가 있습니다. 침착하게 사전 준비를 한 다음에 감쪽같이 혼을 내 주고 재물만 털어야지, 절대로 사람의 목숨을 해쳐서는 안 될 것입니다."

"내 생각도 스님 생각과 같소. 빈틈없이 준비를 갖춘 다음 크게 혼쭐을 내고 재물만 텁시다! 그러나 사람의 목숨을 다치는 일은 절대 안 됩니다! 만약 목숨을 해치게 되면 관이 우리를 악착스럽게 뒤쫓아 잡으려 할 것인데, 그리 되면 뒷일을 장담할 수 없을 것이오."

걸개패들은 십여 일에 걸쳐 박수준의 집과 그 주변을 샅샅이 정탐하고 빈틈없는 계획을 세웠다. 그리고 달이 없는 그믐날 밤 군관과 군졸 복색을 하고서 장패문에서 조금 떨어진 곳에 있는 빗물구멍을 통해서 성 안으로 들어갔다. 빗물구멍은 덩치 큰 어른이 무릎 걸음으로 드나들 만한 크기로서, 비가 오지 않을 때는 사람들이 드나드는 데 별 어려움이 없었다. 본래는 성 안쪽에 굵은 쇠로 만들어진 철창이 있었으나, 걸개패들이 줄칼로 끊어서 눈가림으로 걸쳐 놓고 성 안을 드나들었다. 도성의 문을 지키는 위졸들이 거지나 문둥이, 앉은뱅이나 장님 들의 도성 출입을 엄하게 막았기 때문이었다.

그들은 순검을 도는 위졸들이 잘 다니지 않는 사잇길만을 골라잡아 보산방 박수준의 집으로 갔다. 이미 길에는 인적이 끊어지고, 박수준의 집은 어둠에 묻힌 채 고요했다. 그들은 주변을 다시 한번 꼼꼼하게 살핀 다음 후미진 곳에 사다리를 대고 담을 넘었다. 걸개패들은 소리를 죽이고 집 안으로 들어가, 다짜고짜 문지기의 뒤통수를 후려치고, 손발을 꼼짝 못하게 묶은 다음 소리를 치지 못하게 아갈잡이를 시켰다. 그리고 득달같이 행랑채로 돌입해서 잠에 빠져 있는 노비들을 모조리 결박했다.

"이놈들, 꿈쩍 말고 머리를 처박고 있어라! 박수준이 역적모의를 해서 잡으러 왔으니, 쓸데없이 움직이는 놈이 있으면 단칼에 베어 죽일 것이다!"

꼭지딴은 하인들을 집 뒤뜰에 있는 곳집에 가두고, 사랑채와 안채로 들어가서 박수준의 가족들을 모두 포박했다.

"폐하께서 역적질을 한 박수준과 그 식구들을 모조리 붙잡아 오라는 엄명을 내리셨다! 조금이라도 반항하면 단칼에 베어 버릴 것이니, 시키는 대로 해라!"

꼭지딴은 시퍼렇게 으름장을 놓고 그들을 모두 곳집에 몰아넣은 다

228

음 밖에서 빗장을 질렀다.

"만약 조금이라도 수상쩍은 움직임을 보이면 곧바로 곳집에 불을 질러서 모조리 태워 죽일 테니, 죽은 듯이 엎드려 있어라!"

걸개패 중 한 명이 곳집 문 밖에서 감시를 하면서 엄포를 놓고, 나머지 패거리들은 집 안을 샅샅이 뒤져서 금은보화와 패물, 엽전, 비단과 모시 등 값진 재물들을 모조리 털어냈다. 누대(累代)에 걸쳐 모은 진귀한 재물이 엄청났다.

"이렇게 많은 재물을 쌓아 둔 놈이 굶어 죽어가는 거지들한테 쉬어 터진 밥 한 그릇 안 주고 행패를 부리다니! 이런 놈의 집엔 불을 확 싸 질러 버려야 해!"

"아서라! 불을 지르면 곧바로 순검군이 쫓아올 텐데, 그것만은 참자구!"

걸개패들은 생전 처음 보는 엄청난 재물에 흥분을 감추지 못하고 눈이 휘둥그레져서 떠들어댔다.

"모두들 조용히 하고, 빨리 값진 재물만 골라서 짐을 꾸리시오! 꾸 무럭거릴 시간이 없수! 빨리빨리 서두르시오!"

흥분 때문에 제 정신이 아닌 걸개패들을 꼭지딴이 엄중하게 독려했다.

그들은 서둘러 짊어질 수 있을 만큼 힘껏 재물을 짊어지고 박수준의 집을 떠나, 사람들이 잘 다니지 않는 으슥한 길을 통해 귀로에 올랐고, 바람처럼 도성을 빠져나왔다.

그들은 축시(丑時) 중간에 옹점골에 도착해서, 이웃 골짜기에 살고 있는 사람들에게 재물을 나누어주고, 일부는 그들의 동굴에 보관한 다음 잠자리에 들었다.

2. 초열지옥(焦熱地獄)

옹점골 사람들이 곤한 잠에 빠져 있던 새벽이었다.

귀잠을 자던 계암은 잠자리에서 일어나 움막에서 좀 떨어진 뒷간으로 갔다. 어렸을 때부터 절에서 잔뼈가 굵어진 그는 꼭두새벽에 일어나 뒷간에 가서 일을 보는 게 습관이 되어 있었다. 절에서는 모든 사람이 신새벽에 일어나 세수를 하고, 쇠북을 울리고, 청소를 하고 나서, 새벽 예불을 하는 것이 상례였다. 계암은 뒷간으로 가다가 문득 뭔가 심상찮은 인기척에 소름이 쫙 끼쳤다. 그는 자기도 모르게 걸음을 멈추고 몸을 낮추어 길가 도토리나무 옆에 바짝 몸을 붙였다. 아직 날이 밝기 전의 희끄무레한 어둠 속에서 시커먼 그림자들이 조심스럽게 움직이고 있었다. 그는 눈을 크게 뜨고 사방을 살펴보았다. 더그레를 쓰고 쾌자를 걸친 20여 명의 군졸들이 발소리를 죽이고 여기저기 움막들을 에워싸는 모습이 어렴풋이 눈에 들어왔다.

아뿔사! 관군이구나!

계암은 너무 놀라서 잠깐 어찌해야 할지 판단이 서지 않았다. 그는 자기도 모르게 나무 그늘에 몸을 감춘 채 살금살금 기어서 산등성이로 도망을 쳤다. 그가 숲에 몸을 채 감추기도 전에 등 뒤에서 횃불이 오르며 여기저기에서 함성이 터졌다.

"한 놈도 놓치지 말고 모조리 붙잡아라! 조금이라도 반항하면 가차 없이 베어라!"

뒤늦게 곤한 잠에 빠져 있던 걸개패들은 제대로 정신도 차리지 못한 채 움막 밖으로 뛰쳐나오다가 군졸들의 칼을 맞거나 창에 찔려서 땅바닥에 나뒹굴었다. 군졸들에게 달려들었다가 죽은 사람도 적지 않았다. 군졸들은 걸개패들을 공터에 모아놓은 다음, 움막 안으로 들어가서 재물을 뒤져냈다. 그러나 움막에서는 이렇다 할 재물이 나오지 않았다.

“이놈들, 네놈들이 그간 장패문 옆 빗물구멍을 통해 도성을 드나들며 도둑질과 강도질을 한 것을 다 알고 있다! 이놈들, 그간 훔쳐 온 재물을 모두 어디에 감추었느냐? 바른 대로 대지 않으면 즉참하겠다!”

지휘 군관은 걸개패 중의 한 명인 삼줄이의 목에 칼을 들이대고 물었다.

“보시다시피 소인은 걸음도 성치 못한 병신이온데, 소인이 어떻게 그런 짓을 하겠습니까? 소인은 모르는 일이옵니다.”

삼줄이가 애원하듯 말했다. 그 순간 군관이 삼줄이의 목에 대고 있던 칼을 불쑥 밀었고, 칼은 삼줄이의 목을 깊숙이 뚫고 들어갔다. 으윽! 으으윽! 삼줄이가 비명을 토하며 털썩 땅바닥에 넘어졌다. 군관이 다시 복점이의 목에 칼을 겨누고 말했다.

“사지가 멀쩡한 놈이 병신처럼 흉물을 떤다고 넘어갈 내가 아니다! 바른 말을 하지 않으면 어느 놈이든 이놈처럼 즉시 베어 버리겠다! 누가 네놈들의 우두머리냐? 안 나오면 이번엔 이년을 베겠다!”

“나요! 내가 이곳 꼭지딴이요! 그 칼은 치우시우!”

꼭지딴이 앞으로 나서며 말했다.

“그간 약탈한 재물은 어디에 숨겨 두었느냐?”

“저쪽 산 속에 굴이 있는데, 그 속에 넣어 두었수!”

“그곳으로 가자! 앞장서라!”

꼭지딴은 어쩔 수 없이 앞장을 섰다. 군관과 군졸 몇 명이 꼭지딴을 따라가고, 나머지 군졸들은 뒤에 남아서 걸개패들을 감시했다. 동굴에 쌓여 있는 재물을 보고 난 군관이 다시 말했다.

“이것밖에 없을 리가 없다! 네놈들이 아주 흉악한 화적패인데, 그간 모아 둔 재물이 이것밖에 없다는 게 말이 되느냐? 바른 대로 대지 않으면 모두 죽이겠다!”

“우리가 이번에 성내에 들어가 재물을 턴 것은 사실이나, 그것은 그 나으리댁이 우리 동냥아치에게 동냥을 주기는커녕 오히려 몽둥이찜질로 사람을 다치게 했기 때문이오. 지렁이도 밟으면 꿈틀한다는데, 사람이 어찌 분이 나지 않겠소? 이밖에 다른 재물은 없수."

"이놈이 아직도 바른 말을 않다니! 이제 마지막 기회다! 재물을 또 어디에 감추었느냐?"

군관이 다시 검을 꼭지딴의 목에 대고 물었다.

"정말 다른 재물은 없수다!"

꼭지딴의 말이 다 끝나기도 전에 군관의 검이 그의 목을 깊숙이 파고 들었다.

"가서 다른 놈들을 족쳐 보자! 또 어디엔가 재물을 숨겨 두었을 게다! 그간 도성 안의 갑족들 중에 재물을 털린 집이 한둘이 아니다. 이 놈들이 한 짓이 분명한데, 숨겨 둔 재물만 찾아내면 우리 모두 크게 횡재를 하게 될 것이다!"

그들은 다시 걸개패들이 있는 공터로 가서 재물을 감춰 둔 곳을 대라고 걸개패 두 명에게 칼질을 했다. 그러나 재물이 더 나오지는 않았다.

"모두 저 움막으로 들어가라! 만약 밖으로 나오는 놈이 있으면 모두 단칼에 베어 죽이겠다!"

더 이상의 재물이 없다는 것을 확인한 군관이 걸개패들을 한 움막 속으로 몰아넣었다. 걸개패들은 두려움에 떨면서 움막 안으로 들어 갔다.

"저 연놈들이 밖으로 나오지 못하도록 움막 문을 봉하고, 움막 주변에 빙 둘러 나뭇단을 쌓아라!"

군관의 말에 군졸들이 놀란 얼굴로 머뭇거리자 군관이 다시

"이놈들, 귓구멍이 막혔느냐? 내 명령을 안 들으면 너희들도 즉결 처분하겠다!"

하고 으르렁거렸다.

군졸들은 하는 수 없이 마당 한쪽에 쌓여 있던 나뭇단을 가져다가

움막 주위에 쌓았다. 순식간에 움막을 삥 둘러서 바싹 마른 나뭇짐이 한 길이 넘게 쌓았다.

"나으리, 제발 우리를 살려 줍시오. 다시는 그런 짓을 하지 않겠으니, 한번만 용서해 줍시오!"

"한번만 용서해 주시면 머리털로 신이라도 삼아서 바치겠으니, 제발 용서해 줍시오!"

"나으리, 나으리 댁에 가서 죽을 때까지 종노릇을 하겠습니다! 목숨만 살려 줍시오!"

움막 안에 갇힌 걸개패들이 사태를 짐작하고 짐승처럼 울부짖으며 목숨을 구걸했다. 그러나 군관은 들은 체도 하지 않고, 횃불을 나뭇단에 던지면서 말했다.

"나뭇단과 움막에 불을 붙여라! 그리고 밖으로 나오는 놈은 모조리 베어 죽여라! 이놈들은 그간 도성 안에서 일어난 갖가지 살인과 강간, 강도와 화재의 범인들이니, 인정사정 볼 것 없다!"

군관의 명령이 떨어지자마자 움막을 빙 둘러 화염이 치솟았다. 화염은 탐욕스런 혀를 날름거리며 맹렬하게 타올라 순식간에 움막을 집어삼켰다. 검붉은 불빛이 어두운 하늘을 찌르고, 검은 연기가 무수히 많은 불티와 함께 돌개바람을 일으키며 공중으로 솟구쳐 올랐다. 움막 안에서는 걸개패들이 단말마의 비명을 지르며 초열지옥도를 연출하였으나, 거센 불길은 얼마 지나지 않아 그 모든 것을 삼켜 버렸다.

"아까 죽은 놈들의 시체도 모두 불 속에 던져 넣어라! 이놈들은 중죄를 짓고 도망친 범죄자들로서 민적(民籍)도 없는 나라의 우환거리들이니, 죽여 없앤들 누가 뭐라 하겠느냐? 이놈들의 재물은 우리끼리 나누어 갖는다!"

군졸들은 칼을 맞거나 창에 찔려 죽은 걸개패들의 시신을 모두 불속에 던져 넣고, 황황히 옹점골을 떴다.

계암은 움막들이 내려다보이는 산등성이에 엎드려서 눈을 찢어지게 뜨고 그 모든 것을 지켜봤다. 칼을 맞고 거꾸러지는 사람, 창에 꿰뚫려 쓰러지는 사람, 불이 붙은 채 움막 밖으로 뛰쳐나오다가 넘어지는 사람, 불 속에서 미친 듯이 날뛰다가 죽어가는 사람, 그리고 여남은 채의 움막이 함께 타오르며 뿜어내는 뜨거운 기운과 하늘로 치솟는 거대한 화광…. 그는 화석이라도 된 듯 꼼짝달싹도 못하고 눈앞에서 펼쳐지는 무시무시한 정경을 두 눈으로 목격했다. 그 모습은 너무나 끔찍하고 선명해서 결코 지워지지 않을 흔적으로 그의 머릿속 깊이 각인되었다. 그러나 그는 제 눈으로 본 것을 믿을 수가 없었다. 수십 명의 사람을, 그것도 어린애와 여자, 노인까지 모조리 불에 태워 죽이고, 마을 하나를 흔적도 없이 불태워 없애 버리다니! 그는 너무나 무서워서 움직이지도 못하고, 생각을 할 수도 없었다. 제 눈으로 그 처참한 광경을 보고 있으면서도 그걸 현실로 믿을 수가 없었다. 그의 아내인 복점이와 뱃속에서 자라고 있는 아이까지 한 순간에 모두 잿더미 속에 묻혀 버리다니! 복점아! 복점아! …그는 너무 큰 충격에 눈물도 울음도 나오지 않았다. 초열지옥! 초열지옥이 바로 그의 눈앞에 있었다. 계암은 차마 볼 수 없는 광경을 모두 보면서 다짐하고, 또 다짐했다. 내 아무리 지옥에 떨어지더라도 네놈들을 죽이고 말리라!

계암은 관군들이 옹점골을 떠나자 눈에 보이지 않는 무엇에 끌려가듯 자기도 모르게 그들의 뒤를 따라갔다.

그날 새벽 옹점골을 습격한 군인들은 감문위(監門衛)에 소속되어 있는 경군으로서, 장패문과 그 주변을 경비하는 제8지대의 교위 최헌증과 그의 부하들이었다.

그날 밤 옹점골 걸개패를 처음 발견한 사람은 이군돌이와 차중보였다. 그들은 장패문에서 반 마장쯤 떨어진 성벽 보루에서 보초를 서다가 자시(子時) 말에 교대를 한 다음 부대로 돌아오다가 저만치 오솔길에 10여 명의 군인들이 지나가는 것을 보게 되었다. 성벽 보루를 지키는 초병이려니 하고 생각하다가, 퍼뜩 뭔가 이상하다는 느낌이 들었다. 군졸들이 모두 커다란 등짐을 지고 있었기 때문이었다. 그러고 보니 여남은 명이나 되는 숫자도 이상하게 생각되었다. 초병의 근무는 두 명이 한 조를 이루게 되어 있었기 때문이었다.

"저놈들, 뭔가 이상하지 않나?"

"그러게! 이 밤중에 등짐은 또 뭔가?"

두 사람은 살금살금 수상쩍은 군인들의 뒤를 밟았는데, 그들이 놀랍게도 성벽의 빗물구멍을 통해 성 밖으로 빠져나가는 게 아닌가! 이군돌이와 차중보는 옳다구나 하고 그들에게 들키지 않도록 충분한 거리를 두고서 발맘발맘 그들을 뒤따랐고, 그들이 옹점골 움막으로 들어가는 것을 확인한 다음, 쾌재를 부르며 급히 되돌아갔다.

"그게 정말이냐? 그놈들이 그간 도성에서 강도짓을 한 화적패들이 분명하다! 즉시 출동할 테니, 자고 있는 놈들을 빨리 깨워라!"

이군돌이와 차중보의 보고를 받은 최헌증은 술에 취해 곯아떨어져 있다가 벌떡 몸을 일으켰다. 그날 저녁에 부하 한 명이 집 나온 개 한 마리를 읽어왔는데, 최헌증과 고참 부하 몇 명은 그 개를 삶아 놓고 술을 마시다가 곤드레가 되어 나가떨어져 있었다. 최헌증은 술이 만취한 상태로 부하들을 데리고 옹점골로 달려갔고, 걸개패들의 재물이 탐나서 무자비한 살육을 자행하게 되었다.

"문 열어라! 나는 제8지대의 최헌증 교위다!"

장패문에 도착한 최헌증이 큰 소리로 호기롭게 말하자 곧 성문이 열렸다. 계암은 나무 그늘에 숨어서 최헌증의 이름과 관등, 소속을 똑똑하게 들었다.

계암은 성문 밖에서 날이 밝기를 기다려, 도성으로 들어갔다. 그는 감문위 제8지대의 주변을 맴돌며 최헌증에 대해 염탐을 한 다음 그의 집을 찾아갔다. 그가 최헌증의 집 대문 앞에 이르자, 컹!컹!컹! 사

납게 생긴 큰 개가 달려나왔다. 그는 엇 뜨거라! 하고 재빨리 자리를
피했다.

　계암은 궁리 끝에 구운 돼지고기에 날카로운 낚시를 여러 개 숨기
고서 사람들의 왕래가 뜸한 밤에 최헌증의 집으로 갔다. 역시 개가 으
르렁거리면서 달려나왔다. 돼지고기를 던져 주자 개가 덥석 물었다.
그가 낚싯줄을 나꿔채자 낚시에 걸린 개가 꼼짝 못하고 끌려 왔다.

　"이놈이 사람을 함부로 물어서 처분해 버리려 하는데, 끌고 가서 삶
아먹겠소?"

　길 가는 사내에게 말했더니, 사내는 이게 웬 횡재냐는 듯

　"그게 참말이우? 우리 아이들이 먹지를 못해서 소증이 나 누워 있는
데, 이런 고마울 데가 있나? 부처님이 따로 없수!"

　하고, 얼른 개를 끌어갔다.

　옹점골 사람들이 변을 당한 지 여드레째 되던 날, 계암은 최헌증의
집 옆 빈터의 나무 밑에 몸을 감추고 밤이 깊기를 기다렸다가, 담을
넘어 최헌증의 집 안으로 들어갔다. 최헌증은 그날 밤근무가 없었기
때문에 일찍 퇴근했는데, 어디에선가 술을 마시고 밤이 깊어서야 비
틀거리며 집으로 들어갔다. 계암은 최헌증이 집으로 들어간 것을 확
인하고, 그가 잠들기를 기다렸다가 담을 넘었다.

　계암은 몸을 낮추고 발소리를 죽여서 최헌증이 거처하는 사랑채로
갔다. 그는 마루로 올라가, 귀를 문에 바짝 대고서 방 안의 기미를 살
폈다. 드르렁거리며 코를 고는 소리가 창호지를 울리는 것으로 보아
최헌증이 술에 취해 나가떨어진 것이 분명했다. 그는 문고리를 잡고
살짝 문을 잡아당겼다. 문은 소리 나지 않고 쉽게 열렸다. 그는 재빨
리 방 안으로 들어가 다시 문을 닫았다. 그리고 잠깐 방 안을 살핀 다
음 아랫목에 누워 있는 최헌증에게 다가갔다. 최헌증은 아무 것도 모
른 채 코를 골며 자고 있었다.

"이놈, 최헌증! 사람을 그리 많이 해치고도 태연하게 잠이 오느냐?"

계암은 최헌증을 흔들어 깨웠다.

"…누, 누구요?"

"이놈 얼마 전 옹점골 사건이 기억나느냐?"

"…당신은 누구요?"

"나는 네놈을 잡으러 온 저승사자다!"

계암은 품에서 칼을 꺼내어 최헌증의 가슴을 힘껏 찔렀다. 으윽! 최헌증이 화들짝 놀라 일어나려는 것을 그는 이불로 그의 얼굴을 덮고 힘껏 내리눌렀다. 최헌증은 비명도 지르지 못하고 사지를 허우적거리다가 잠시 후 잠잠해졌다. 그는 부시를 쳐서 최헌증의 이불에 불을 붙인 다음 그 방을 빠져 나왔다.

3. 통영사

최헌증을 살해한 계암은 우선 개경을 벗어났다. 그는 두어 해를 여항을 떠돌면서도 복점이와 복점이의 뱃속에 있었던 아이의 생각에서 벗어나지 못했다. 애별리고(哀別離苦)란 이런 것인가. 그는 복점이와 아이를 잊지 못해 뼈가 저렸다.

동가식서가숙으로 이 절 저 절 찾아다니면서 만행을 계속하던 계암이 경상도 영산의 통영사 경내에 이르렀다. 아직 절이 수십 리나 남았는데, 길가에 돌비석이 서 있었다.

《通靈寺乃孫川國長生一坐段寺所報尙書戶部乙丑五月日牒前判兒如改立令是於爲了等以立太安元年乙丑十二月日記 (통영사 내손천 국장생 일좌

237

는 절에서 문의한 바 상서호부에서 을축년 5월에 통첩에 있는 이전의 판결과 같이 다시 세우게 함으로서 태안 을축 12월 일 기록한다)》

　나라에서 통영사 토지의 경계를 이전과 같이 인정한다는 표치(標幟)였다.

　과연 통영사는 널리 소문이 난 대로 어머어마한 사찰이었다. 입구에서 소나무가 울창한 길을 걸어 한 마장쯤을 걸어서야 일주문, 천왕문이 나오고, 이어 절의 하단부에 영산전, 극락전, 약사전, 만세루, 영영각 등이 있고, 중단부에 관음전, 용화전, 광명전, 장경각, 황휘각, 화엄전 등이, 상단부에 금강단, 대웅전, 지장전, 명부전 등 무수한 건물이 웅장하게 서 있었다. 또한 통영사는 인근에 극락암, 비로암, 자장암, 서운암, 백운암, 정토암, 수심암, 금련암 등 많은 암자를 거느리고 있었다.

　통영사는 신라 선덕여왕 16년(647년)에 자장 율사가 창건한 사찰로서, 신라 율종의 근본 도량이고, 신라 승단의 중심지였다. 통영사는 낙동강과 동해를 끼고 있는 영축산 남쪽 기슭에 자리하고 있는데, 영축산은 석가모니가 법화경을 설법하던 인도의 영축산과 산세가 비슷하다 하여 붙여진 이름이라 한다. 자장 율사는 당(唐)나라에서 모셔온 석가모니의 진신사리와 가사, 대장경을 금강단에 봉안해서, 금강단이 대웅전보다 더 유명하였다.

　대웅전 옆에 구룡지라 하는 연못이 있는데, 한때 그곳에 9마리의 용이 있어서, 비를 못 내리게 하거나 폭우가 쏟아지게 하는 등 백성들을 못 살게 굴었다 한다. 자장 율사가 이들을 불법(佛法)으로 항복시키고, 그 중 한 마리로 하여금 절을 수호케 하였다 한다.

　통영사에는 수백 명의 승려들이 기거하고 있었고, 하루 이틀 머물다 가는 객승들도 그 수를 헤아릴 수가 없었다. 계암도 방부를 청하여 얼마간 통영사에 머무르게 되었다. 그는 통영사에 머무르면서 여러 가지로 많은 충격을 받았다. 무엇보다 그는 통영사가 지닌 엄청난 토지에 크게 놀랐다. 전에 그가 자랐던 은비사나 기은암과는 달리 통영사의 토지는 수만 결(結)에 달하여, 영산만이 아니라 멀리 울산, 김해에까지 장원이 있었으며, 그 장원에서 일하는 외거노비와 소작인이 수천 명이었다. 통영사는 심지어 차를 생산하는 다소(茶所), 술을 주조하는 주소(酒所), 모시와 삼베를 생산하는 저소(苧所), 소금을 생산하는 염소(鹽所) 마을까지 거느리고 있었는데, 계암에게 이해되지 않은 것은 통영사 승려들이 이들 소에서 생산되는 차나 술, 저포, 소금 등으로 본격적으로 장사를 하는 것이었다. 세속의 재물을 멀리해야 할 절에서 장사를 하기 위한 所(소)를 운영하고 있다는 게 말이 되는가. 사찰에서는 농사를 짓는 노비들과 소작인들에게 6, 7할에 해당하는 가혹한 조(租)를 거두어들이고, 가뭄이나 홍수로 흉작이 되어도 조를 감해주거나 이듬해로 유예시켜 주는 법이 없었다. 소(所)에도 나라에서 관할하는 것보다 더 많은 공물을 요구하고, 이를 지키지 못하는 소(所)민들은 가차없이 잡아다가 가혹한 체형을 가하곤 했다. 통영사는 하나의 작은 국가처럼 절대적인 권력을 휘둘렀고, 이 때문에 절에 속한 마을 사람들은 통영사에 대한 원한이 깊을 대로 깊었다.

어느 날, 계암은 절 아래에 있는 마을의 주막집엘 들렀다. 점심때를 놓쳐 요기라도 할까 해서였다. 멍석에 앉아 국밥이 나오길 기다리고 있는데, 젊은 몽구리 5명이 불쑥 주막집으로 들어오더니,

"주모, 우리 왔소!"

하고는, 주막 한쪽에 있는 방으로 서슴없이 들어갔다. 자주 다니는 단골인 듯 거침이 없고 자연스러웠다.

계암이 국밥을 먹고 있는데, 주모와 심부름하는 계집애가 술병과 돼지고기가 수북하게 놓인 술상을 방으로 들여갔다.

"시주님, 저 스님들이 술과 고기를 드시오?"

방에서 나오는 주모에게 계암이 묻자, 주모가

"요즘 스님 중에 술, 고기 안 묵는 사람이 어디 있노? 젊은 스님두 괴기 생각이 나나?"

하고 말했다.

"아니, 되었습니다."

계암이 식사를 마치고 일어서려는데,

"여기 술과 안주 좀 더 가져오소!"

방 안에서 몽구리 한 명이 큰 소리로 외쳤다.

계암은 차를 한 잔 할까 하고 주막집 이웃에 있는 〈酒茶菓(주다과)〉라는 푯말이 붙은 가게로 들어갔다. 개경도 아니고 이런 시골에서 술과 차를 파는 가겟집이 있다는 게 의아스러웠다. 계암이 궁금한 것을 주모에게 물었다.

"이런 곳에서 누가 차를 마시고, 어디서 차를 가져다가 파는 겁니까?"

"여는 다 통영사 사람들 덕에 산다 아입니까! 우리는 통영사에서 차를 사가, 다시 통영사 스님들에게 팔고, 술집에서도 통영사 술을 사가 통영사 스님들에게 안 팝니까?! 색싯집도 통영사 스님들 아이면 장사가 안 됩니더! 이런 촌에서 누가 돈이 있어 색싯집을 다니겠능교?"

"스님들이 색싯집을 다 다닙니까?"

"색싯집만 다이는 게 아이라, 아주 계집을 얻어 살림을 차린 스님들도 한둘이 아입니더!"

알고 보니 마을마다 술집, 밥집, 찻집, 색싯집이 여럿 있었고, 다들 통영사 스님들이나 통영사를 찾아오는 사람들을 상대로 장사를 하고 있었다.

계암이 그날 저녁 한 방을 쓰는 늙은 객승에게 그런 얘기를 했더니, 객승이 말했다.

"스님이 아직 나이가 어려 절 사정을 잘 모르시구먼! 통영사만 그런 게 아니라, 우리나라의 유명한 큰 절들이 거의 다 그 모양입니다. 부처님 집에서 마구니들이 판을 치고 있는 셈이니, 말세는 말세지요! 대웅전이란 부처님의 집이란 뜻인데, 만약 지금 부처님이 절에 오셔서, 저들의 행태를 보고 한마디라도 하시면 당장 몽둥이찜질을 당하고 쫓겨나고 말 게요! 참중은 이런 곳에서 오래 머무를 것이 못 되지요. … 한때 아름다웠던 가르침이나 꼭 필요했던 제도, 관습 같은 것도 시간이 지나면 그 좋은 알맹이는 다 사라지고 겉 형해(形骸)만 남아, 오히려 사람들을 구속하고 억압하는 틀로 작용하기 십상이지요."

"스님이 뉘신데, 그런 말씀을…?"

"나야 이름 없는 땡중이오만, …일찍이 신라는 고구려, 백제보다 세가 약한 나라였지만, 원광 법사의 세속 5계로 나라의 기풍(氣風)을 일신하여, 마침내 삼한일통(三韓一統)을 이룩하였소. 불교와 세속오계가 삼국 통일의 정신적 기반이 된 것이지요. 그러나 그 후 불교는 엄청나게 세력이 커져, 중들이 절에 넘쳐나고, 중생을 제도해야 할 불교가 중생 위에 군림하고, 마침내는 중생을 착취하는 권력으로 변해버린 것이지요. 부처님의 원래 가르침은 아름다운 것이었으나 그 가르침으로 교단을 영위하는 사람은 그리 이상적인 존재가 못 된 것이지요. 지금 이 나라는 임금의 나라라 하지만 한편으로는 중들의 나라라고 해도 과언이 아니오. 얼마 전에도 임금이 전국의 큰 절 중 3만여 명에게 밥을 먹였다 하오."

"…3만여 명이오?"

3만이라니! 그 엄청난 숫자에 놀라 계암이 되물었다.

"그런 일이 한두 번이 아니오!"

계암은 객승의 말을 깊이 생각했다. 그리고 다음날 통영사를 떠났다.

4. 의초 스님

통영사를 떠난 계암은 그 후에도 여러 곳을 떠돌았다. 민초들의 삶은 어디나 마찬가지로 옹색하고 비참했다. 하루하루 끼니 걱정을 하지 않는 집이 없었다. 찬바람이 휑하게 부는 다 쓰러져가는 초가집에서 못 먹어서 부황이 든 아이들을 보면 차마 목탁을 두드리며 탁발을 할 수가 없었다.

그러던 어느 날 그는 문득 옹점골의 꼭지딴이 얘기했던 의초 스님을 떠올렸다. 왜 진작 그 생각을 못하고 있었던가! 그는 황해도 불타산으로 의초 스님을 찾아갔다.

의초 스님을 찾기는 쉽지 않았다. 황해도 불타산은 멸악산맥의 지맥에 있는 200여 척 높이의 그리 높지 않은 산이었는데, 불타사와 미륵사라는 2개의 절과 그에 따른 암자 몇 개가 있었다. 그러나 그곳에 의초라는 스님은 없었다. 불타산맥에 속하는 산으로, 수리봉, 흑룡산, 국사봉, 태산봉, 봉화산 등의 산들이 있었으나, 그곳에서도 의초 스님을 찾을 수는 없었다. 그는 불타산맥의 주변에 있는 마을들을 톺아 나갔다. 고현리, 대경동, 도장골, 석교리, 삼우동, 평촌리, 용연 …. 계암은 드디어 덕동 마을에서 의초 스님의 소식을 들었다. 그곳에서 20리쯤 떨어진 갈밭골이라는 바닷가 마을에 의초라는, 스님도 아니고 속인도 아닌 사람이 살고 있다는 얘기였다.

갈밭골은 서해 바다 가까운 곳에 있는 작은 마을이었는데, 의초 스님의 거처는 절이 아닌 작은 초가집이었다. 그의 집은 갈밭 마을에서 활 한바탕 거리의 산기슭에 있었고, 사찰처럼 커다란 전각이 아니라 여느 백성들이 사는 평범한 초가삼간이었다. 마당 한 편에 곳집 같은 곁딸림채가 한 칸 있었다. 〈與民庵(여민암)〉이란 작은 푯말이 사립문 기둥에 붙어 있지 않았다면 그곳이 절이란 것도 알 도리가 없었을 것이었다.

마침 의초 스님은 곁딸림채에서 환자를 돌보고 있었다. 계암은 정중하게 합장을 하고 의초에게 인사를 드렸다.

"계암이 의초 스님을 뵙습니다."

"나를 아시나?"

"선성(先聲)을 듣고 찾아뵈었습니다."

"나는 그런 사람이 못 되는데…."

"스님을 뵙기 위해 먼 길을 왔습니다."

"그래?! 먼 길을 왔다니, 며칠 쉬어 가시게."

그날로 계암은 여민암의 곁딸림채 한 칸을 차지하고 의초 스님과 함께 살게 되었다. 의초 스님은 계암보다 서른 살은 더 먹은 아버지뻘 되는 사람으로, 키가 껑충하게 크고, 뼈대는 굵었으나 살집이 거의 없어, 한 마리 학(鶴) 같은 느낌을 주는 사람이었다. 그는 머리도 깎지 않았고, 가사도 걸치지 않았다. 그리고 그의 집엔 법당도 없었다. 다만 그가 거처하는 안방 고콜에 한 자 정도 되는 작은 불상이 안치되어 있었다.

다음날이었다. 아침 일찍 일어난 의초 스님은 괭이와 호미, 낫을 챙겨 계암을 마을 뒷동산으로 데려갔다. 뒷동산에는 약초밭과 곡식 가꾸는 밭이 제법 넓었다. 의초 스님이 손수 개간하여 가꾸는 밭이었다. 약초밭에는 도라지, 오가피, 하수오, 결명자, 고삼, 구기자, 구절초, 딱지꽃, 만삼, 맥문동, 당귀, 민들레, 비비추, 삼지구엽초 등 각종 담방 약초가 이랑 별로 심어져 있고, 밭에는 조, 기장, 콩 등이 자라고 있었다. 의초 스님은 약초밭에 들어가 점심때가 되도록 쉬지 않고 김매기를 했다. 계암도 어쩔 수 없이 의초를 따라 김매기를 했다. 그런데 한 곁쯤 김을 매고 있자니 허리가 끊어지는 듯 아팠다. 계암은 허리를 펴고 일어나, 의초 스님을 지켜보았다. 그런데 의초 스님은 끄떡도 하지 않고 계속 일을 해 나갔다. 의초 스님보다 훨씬 젊은 그가 엄살을 떨 수는 없었다. 그는 고통을 참고 다시 억지로 김을 맸다. 일을 하면서 그는 노동이 그렇게 어렵고 힘들다는 것을 처음으로 알았다. 그리고 보니 평생 일을 한 적이 없었다. 계암은 백성들이 어떤 고통을 견디면서 평생을 살아가는지 처음 깨달았다. 의초 스님이 김매기를 마치고 밭을 나오면서 말했다.

"이제 오늘 점심 값은 했다."

"점심값이라니요?"

"하루 일해야 하루 먹는다."

"…다른 스님들은 일하지 않고도 먹지 않습니까?"

"그놈들이 다 도둑놈들이다."

의초 스님의 말씀은 단호했다.

그날 점심을 마치자 의초 스님은 괭이와 도끼, 톱 낫 등을 바지게에 짊어지고 집을 나섰다. 계암은 의초 스님이 무얼 하러 가시는지 궁금했으나, 묻지 않고 뒤따랐다. 의초는 마을 밖 화살 두 거리쯤에 있는 낮은 구릉으로 올라갔다. 그곳에 서해 바다까지 넓은 황무지가 펼쳐져 있었는데, 한쪽은 이미 개간이 되어 곡식이 심어져 있고, 다른 한쪽은 이제 막 개간이 되어 붉은 흙이 거칠게 드러나 있었다. 구릉은 수천 평이 넘어 보였으나, 쇠뜨기풀, 칡덩굴, 으름덩굴, 억새, 싸리, 산철쭉 등이 촘촘하게 뿌리를 내리고, 소나무, 참나무, 노간주나무, 박달나무, 개암나무, 피나무, 떡갈나무 등이 무성하게 숲을 이루고 있었다. 뿐만 아니라 바닥에는 여기 저기 크고 작은 돌들이 박혀 있었다.

"백성들에겐 먹을 것이 하늘이다."

의초 스님은 개간이 끝난 곳에 지게를 받치고, 톱을 들고 일을 시작하면서 말했다. 그는 톱으로 굵은 교목과 관목을 서너 평 넘게 베어내고, 낫으로 억새와 쇠뜨기 등을 말끔하게 쳐낸 다음, 괭이로 나무 그루터기를 파고, 곡괭이와 도끼로 나무뿌리를 찍어냈다. 계암도 의초를 따라 일을 했으나, 나무뿌리 하나 캐내는 데, 땀이 등허리를 적시고, 숨이 턱에 찼다. 허리는 끊어지는 듯 아팠다. 오전에 한 김매기에 비할 바가 아니었다.

한참 일을 하고 있는데, 마을 쪽에서 여남은 명의 일꾼들이 올라왔다. 나이 든 노인도 있고, 아직 열두어 살밖에 안 되는 아이도 있었다.

"스님, 일찍 오셨네다."

"애 쓰십니다요."

그들은 의초 스님에게 합장하고 인사를 한 뒤 바로 일을 시작했다. 쓱싹쓱싹 톱질을 하고, 으쌰으쌰 힘을 합쳐 나무와 바위를 들어내고, 어영차어영차 도끼질을 하고…. 사람이 여럿이다 보니 일이 눈에 보이게 진척되었다.

> 어헝 어허헝 어허헝 영차! 어헝 어허헝 어허헝 영차!
> 낭구 뿌랭이 찍어 내고! 바우 덩어리 뽑아 내어!
> 어헝 어허헝 어허헝 영차! 어헝 어허헝 어허헝 영차!
> 밭 만들고 논 만들어! 오곡백과 가꾸어서!
> 어헝 어허헝 어허헝 여엉차! 어헝 어허헝 어허헝 여엉차!
> 오곡백과 거두어서! 부모 봉양 자식 부양!
> 어헝 어허헝 어허헝 여엉차! 어헝 어허헝 어허헝 여엉차!

사람들은 함께 노래를 부르면서 부지런히 일을 했다. 의초 스님도 그들과 함께 노래를 부르면서 해가 질 때까지 계속 일을 했다. 의초 스님은 이 갈밭골에 처음 와서부터 마을 사람들을 설득하여, 함께 개간을 하고, 마을 사람들이 일한 만큼 공평하게 개간한 땅을 나누어, 경작을 하게 했다. 갈밭골 주민 대부분이 지주인 토호의 전답을 소작하여 입에 풀칠을 할 뿐, 자기 소유의 전답이 없었다. 자기 전답이 없는 그들에게 가난은 숙명이었다. 그들은 해마다 농사를 지어, 그 생산의 대부분을 지주에게 바치고, 매일 매일 끼니를 걱정할 만큼 가난한 삶을 계속하고 있었다. 의초 스님은 그러한 주민들에게 자기 전토를 갖게 하기 위해 개간을 하도록 했던 것이고, 개간한 땅에서 곡식을 거

두게 된 주민들은 농한기를 기해 해마다 꾸준하게 개간 일을 계속해
왔다.

　일을 마치고 오면서 의초 스님이 계암에게 물었다.

　"절에서 중노릇 하는 것과 오늘 일 중 어느 것이 어려우냐?"

　"오늘 일이 힘듭니다."

　"오늘 큰 공부했다."

　그날 저녁 의초는 곁딸림채 앞에 놓여 있는 커다란 약탕기에 우엉
잎과 뿌리, 대추, 감초, 패랭이꽃, 엄나무 줄기 등 몇 가지 약초를 넣고
탕약을 만들어, 이웃마을의 칠패 노인을 찾아갔다. 벌써 여러 달째 기
동을 못하고 와병 중인 노인이었다.

　"어르신, 이 약을 마셔 보십시오."

　의초는 직접 약사발을 들어 권하고는,

　"마음을 편히 가지시면 그곳이 극락입니다."

　하고, 손으로 노인의 등과 팔을 쓸어 주었다.

　골목으로 나와서 계암이

　"저 노인은 어디가 편찮으십니까?"

　하고 묻자,

　"위에 암종(癌腫)이 만져진다."

　하고 말했다.

　의초 스님의 일과(日課) 중에 중요한 것 중 하나는 환자를 보고, 약
제를 지어 주는 일이었다. 그는 밭에 여러 종류의 약초를 직접 재배하
고, 이를 말리거나 환약으로 만들어 두었다가, 아픈 사람이 찾아오면,
그 증세를 보고, 약을 지어 주었다. 의초는 이러한 의원 노릇을 하면
서도 돈을 받지 않았다. 환자나 그 가족이 약값이라고 곡식 말(斗)이라
도 가져오면,

　"이 집엔 먹을 것이 충분하오. 마을의 어려운 집에 가져다주시오."

　하고, 사양했다.

의초의 이러한 보살행은 차츰 인근에 널리 알려졌고, 이젠 먼 데 있는 마을에서까지 의초를 찾아오는 사람이 많아졌다. 그러나 의초는 이를 조금도 귀찮게 여기지 않고 한결같은 정성으로 그들을 대했다.

찾아온 환자들이 너무 많아, 밤늦게까지 환자를 보는 날도 많았다. 그런 어느 날 계암이

"스승님은 지치지도 않으십니까?"

하고 물었더니, 의초가 대답했다.

"중생이 바로 부처님이다."

계암은 이러한 의초 스님을 따라 10여 년을 고된 일을 하며 살았고, 의초에게 의술(醫術)을 전수받았다. 의초는 거의 스님답지 않았는데, 그를 스님이라 부를 수 있는 것은 밤중에 그가 독경을 하거나, 달이 밝으면 마당에 나와 참선을 했기 때문이었다.

"왜 스님은 설법을 하지 않으십니까?"

어느 날 밤 달을 보고 있다가 계암이 묻자,

"매일 부처의 법을 설하고 있지 않느냐?"

"······?"

"말은 공허한 것이다. 행(行)함이 따라야지."

계암은 의초의 말이 무슨 뜻인지 문득 깨달았다.

계암이 의초의 집에서 지낸 지 10여 년이 지난 후였다. 눈이 며칠간 계속 내려 천지가 하얗게 덮이고, 그 위에 월광보살이 둥두렷이 솟아 올라, 조요(照耀)한 밤이었다. 계암이 달빛이 너무 좋아 마당에 나와 참선을 하고 있는데, 의초 스님도 따라 나와 그의 옆에 앉아 합장을 하였다.

"이제 마음이 어떠하냐?"

한참 후에 의초 스님이 물었다.

"저 눈 덮인 들과 같습니다."

"그간 수행이 헛되지 않았구나!"

계암은 자기의 마음이 어느새 눈 덮인 들처럼 한없이 가라앉아 흔들리지 않음을 알았다. 어머니 자명 스님에 대한 그리움도, 아버지 풍양공에 대한 원망도, 자기를 죽이려 한 풍양공 부인에 대한 원한도, 복점이와 아이에 대한 그리움과 안타까움도 모두 눈처럼 차분하게 가라앉고, 자기 마음 가득 월광보살의 조요한 달빛 같은 자비심이 넘치고 있음을 깨달았다.

"이젠 다시 너의 갈 길을 가도 되겠다."

의초 스님이 너그러운 얼굴로 말했다. 의초는 계암이 처음 그를 찾아왔을 때부터 계암이 사바세계의 여러 인연에 얽매여 견디기 어려운 고통에 시달리고 있음을 알아보았다.

"스님, 저는 아직 멀었습니다. 스님 곁에 더 있겠습니다."

"이제 이곳을 떠날 때가 되었는데….”

의초는 말끝을 흐렸다.

몇 달 뒤였다. 황해도 전역에 역질(疫疾)이 창궐하여 순식간에 고을과 고을을 휩쓸었다. 마을마다 환자들이 나날이 늘어나 환자는 수천명을 넘어섰고, 조정이나 관청에서도 어떻게 해볼 수가 없었다. 역질에 걸린 사람들은 높은 열에 여러 날 시달렸고, 온몸에 뾰루지 같은 반점이나 물집이 생겼다. 심한 두통에 이어 손발도 움직일 수 없는 무력감에 시달리다가, 열흘이나 보름을 못 넘기고 세상을 떴다. 주민들은 어찌할 줄을 모르고, 집의 사립문이나 담장 위에 솔잎을 꽂은 왼새끼줄을 치고, 그 밑에 붉은 황토흙을 일렬로 무덕무덕 놓거나, 무당을 찾아가 굿을 하곤 했다. 그러나 역질은 갈수록 기승을 부릴 뿐 숙어질 줄을 몰랐다.

의초 스님과 계암은 마을마다 돌아다니면서 우선 환자를 외딴 집에 격리시키고, 물과 모든 음식물들을 끓여 먹도록 했다. 특히 마을에서 함께 쓰는 우물물을 먹지 않도록 당부했다. 집 안팎을 깨끗이 소제하여, 쥐나 파리, 이, 벼룩 등을 없애도록 하고, 타인과의 접촉을 될 수 있는 한 피하도록 했다. 그리고 산과 들에서 채취할 수 있는 달개비, 자운영, 둥굴레, 황기, 도라지 등을 삶아, 그 물을 마시도록 했다.

의초 스님과 계암은 새벽부터 밤까지 직접 해열, 진통하는 약제를 가마솥에 끓여 마을 마을을 돌아다니며 환자들에게 먹이고, 사람들이 접근하기 두려워하는 환자들을 직접 찾아가 간병하고, 죽은 사람들을 화장도 했다. 역질이 기세를 부리던 100여 일 동안 두 사람은 하루도 쉬지 않고 마을과 마을을 누볐다.

그런데 역질이 거의 끝나가던 어느 날 의초 스님이 아침에 일어나지 않았다.

"의초 스님! 의초 스님!"

계암이 그의 방 앞으로 가서 의초를 불렀으나, 대답이 없었다. 의초 스님이 역질에 걸려 쓰러진 것이다. 계암은 온갖 정성을 다하여 의초 스님을 돌보았다. 그러나 의초 스님은 일어나지 못했다. 촛불이 꺼질 때 마지막으로 확 불꽃이 커져 환하게 주위를 밝히듯 의초는 마지막으로 의식이 명료해져서,

"내가 밝힌 촛불은 한 마을, 한 고을도 채 비추지 못했다. 너는 온 세상을 비출 큰 횃불이 되어라!"

하고 말했다.

계암은 스승의 다비를 하면서 줄곧 스승이 말한 화두를 생각했다.

온 세상을 밝힐 횃불!

다비를 마친 계암은 바로 여민암을 떠나, 만행에 올랐다. 그는 만행을 하면서도 계속 의초 스님이 말한 화두를 생각했다. 매일 매일 마소와 다를 바 없는 백성들의 고단하고 비참한 삶을 보면서 화두를 생각했다.

그리고 마침내 스승이 말한 큰 횃불이 무엇인지 깨달았다. 활연대

오(豁然大悟). 그것은 질곡에 빠져 신음하는 백성들을 구하고, 미륵이 말한 용화 세상, 대동 세상을 이룩하는 것이었다. 그리고 그러한 대동 세상은 지금의 말법 세상에서 가장 천대받고 억압받는 사람들의 대동 단결에 의해 이루어져야 한다는 생각에 도달했다.

5. 곤욕(困辱)

망이와 정첨은 이광의 산채에서 며칠을 더 머문 후 계암 스님과 함께 산채를 내려왔다. 함께 지낸 것은 며칠 되지 않았으나 망이와 정첨은 계암이 오래 가르침을 받은 스승처럼 생각되었다. 계암도 왠지 모르게 망이에게 마음이 갔다. 이 젊은이가 누구이기에 이다지도 마음이 가나? 이런 적이 없었는데! 내가 전생(前生)에 이 젊은이와 깊은 인연이 있었나? 계암 스스로도 잘 알 수 없는 일이었다.

개경 성내(城內)로 들어가는 숭인문 앞에 이르러, 망이가 말했다.

"저희는 이제 귀대하려 합니다. 앞으로 스님을 뵈려면 어디로 가야 합니까?"

"잠깐 용수산 지장암에 들렀다가 불타산 여민암으로 가 있으려 합니다. 내가 땡중이라 여기저기 돌아다니나 일이 없을 때는 해주 불타산 여민암에 머물 것이외다."

"불타산 여민암이요?"

"그곳이 내가 사는 곳이오."

"그간 큰 가르침을 받았습니다. 앞으로 자주 뵈었으면 합니다."

"인연이 있으면 또 만나겠지요."

망이와 정첨은 계암 스님과 헤어지는 게 몹시 섭섭하였다. 그와 함께 지냈던 날은 10여 일에 지나지 않았으나, 망이와 정첨은 계암 스님으로 인해 새로운 대동 세상에 대해 눈을 떴다. 그리고 그러한 세상은 위로부터가 아니라 자기들 같은 천민과 백성 들에 의해 이루어져야 한다는 말씀에 두 사람은 크게 깨우친 바 있었다.

"계암 스님, 다시 뵐 동안 강녕하십시오."

"또 만날 것이오."

두 사람은 계암 스님과 헤어져 개경으로 들어왔다.

응양군 군영으로 돌아온 망이와 정첨은 크게 놀랐다. 천지개벽이라더니, 바로 그 천지개벽이 일어나 있었다. 우선 응양군 군영 안에 있던 중방(重房)이 조정의 모든 권력을 독점한 권부(權府)가 되어 있었다. 원래 중방은 상장군과 대장군 16인의 회의 기구로서, 응양군 상장군이 반주(班主)를 맡아 도성과 궁궐의 수비와 치안, 2군 6위의 군대 업무를 의논하는 곳이었다. 그러나 지금은 중방이 조정의 모든 권력을 독점하고, 거사 후 참지정사가 된 정중부와, 일개 산원에서 대장군전중감집주가 된 이의방, 대장군위위경이 된 이고 등 3인이 조정의 모든 일을 좌우하고 있었다. 수백 명의 문신들이 죽거나 쫓겨나고, 그 자리를 무반들이 차지했으니, 하루아침에 다락같이 높은 지위로 승차(陞差)한 군인이 수백에 달했고, 귀족과 문신들의 저택과 전답, 재산을 빼앗아 거부(巨富)가 된 자들 또한 헤아릴 수 없이 많았다.

망이와 정첨은 왕방산 이광의 산채에 있을 때, 무반들이 거사를 일으켜 문신들을 죽이고 권력을 잡았다는 말은 들었지만, 세상이 이렇게까지 달라질 줄은 몰랐다.

그러나 무반이 세상의 주인이 되었어도 백성들의 세상은 조금도 나아지지 않았다. 정변은 끝났어도 사방에서 살상과 약탈이 계속되고, 세상은 문신들이 조정을 장악하고 있을 때보다 더 살벌하고 흉흉했다. 계암 스님의 말씀처럼 권력의 맛을 본 무반들이 서로 더 큰 권력을 쥐기 위해 아비규환의 권력투쟁을 계속하고, 그 때문에 백성들의 삶은 오히려 더 도탄에 빠졌다. 망이와 정첨은 세상이 바뀐다면, 전보다는 조금이라도 더 나은 세상이 되기를 바랐다. 그러나 그것은 완전히 헛된 꿈이었다. 구관이 명관이란 말이 있다더니, 문신들보다 무반들은 더욱 거칠고 무자비한 상전이 되었을 뿐이었다.

그러던 어느 날, 위위경(衛尉卿) 이고(李高)가 급사중(給事中) 정진수의 저택과 아름다운 처(妻)를 빼앗았다는 소문이 은밀하게 돌았다. 이고는 하루아침에 권력의 최고봉에 올라, 이의방과 권력을 양분한 실세 중의 실세였다. 그는 정중부, 이의방과 더불어 벽상공신(壁上功臣)이 되어 공신각에 그의 초상이 걸렸거니와, 거사 주동자 3인 중에 가장 과격하고 충동적인 인물이었다. 그는 보현원에서 거사를 할 때부터 가장 무자비한 살육을 자행한 자로서, 개경 궁궐에 들어와서도 대소 신료 50여 명을 베어 죽였다. 그는 나머지 문신들도 모조리 죽이자고 주장했으나, 정중부의 만류로 중지하였다. 그는 김돈중 같은 최고의 권신들을 사정없이 죽이고, 그들의 막대한 재산과 노비들을 자기 소유로 하였거니와, 임금 의종의 별저(別邸)인 곽정동댁을 빼앗아, 제 거처로 삼기도 했다.

이고는 어렸을 때부터 성격이 거칠고 모질어서 닥치는 대로 사람을 폭행하고 인륜에 어긋난 짓을 일삼아, 그의 부친은 부자지간의 의(義)를 끊고, 그 후 이고를 아들로 여기지도 않고 상종도 하지 않았다. 그런 그가 응양군에 들어가서 견룡행수가 되자 눈에 보이는 것이 없었고, 거사가 성공하자 그의 기세는 하늘 높은 줄 몰랐다.

망이는 정준수라는 이름을 듣는 순간 퍼뜩 머릿속에 난명이 떠올랐다. 정준수라면 유성의 호족 출신으로 난명의 남편이 아닌가! 망이는 정준수가 과거에 급제하여 난명과 혼인하고, 난명을 개경으로 데려갔다는 말을 들은 적이 있었다. 그렇지 않아도 망이는 난명이 개경으로 왔다는 말을 듣고 난명을 찾아가 볼까 하는 생각을 여러 번 했었다. 너무나 그녀가 보고 싶었다. 그러나 이미 혼인까지 한 사람을 찾아간다는 게 난명에게 폐가 될 게 자명하여 그는 그런 마음을 싹뚝 잘라 버렸다. 그런데 그 난명이 이고에게 변을 당하다니!

이고는 정준수가 사는 남부(南部) 덕풍방(德豊坊)에 살고 있었다. 그의 집은 정준수의 집에서 수백 보(步) 거리밖에 안 되었다. 그는 진즉부터 정준수의 부인이 빼어난 미인이란 말을 여러 번 들었었다. 그러나 그는 그런 말을 한쪽 귀로 듣고 한쪽 귀로 흘려버렸다. 남의 부인이 아름다우면 무엇하고, 추하면 또 무엇 할 것인가. 그러던 어느 날 그는 우연히 길에서 난명을 보게 되었다. 그는 난명을 보는 순간 숨이 탁 막혔다.

저런 여자가 다 있었던가!

아름다운 여자를 가리켜 화용월태(花容月態), 월중항아(月中姮娥), 침어낙안(沈魚落雁), 폐월수화(閉月羞花)라 한다지만, 정말 그런 미인이 있으리라곤 생각지 않았다. 견룡군에 있으면서 이고는 황실의 태후부터 궁주, 저 밑의 말단 궁녀에 이르기까지 많은 여자들을 보아왔지만 정준수의 부인 같은 미인은 본 적이 없었다. 꿈 같은 한 순간 정준수의 부인은 바람처럼 그의 곁을 스쳐갔다. 그러나 화중가인(畵中佳人)이라고, 미천한 군교로서는 쳐다보기도 어려운 중서문하성 높은 벼슬아치의 부인이 아닌가.

이고는 그간 정준수의 부인에 대한 생각은 까맣게 잊고 있었다. 그녀는 그에게 너무 꿈같은 존재였던 것이다. 그런데 이제 세상이 바뀌어 무서울 것이 없게 된 이고였다. 그는 무심히 정준수의 저택 옆길을 지나가다가, 난명을 생각해냈다.

다음날 저녁 무렵 한 무리의 군졸들이 정준수의 저택에 들이닥쳤다. 그들은 다짜고짜 행랑아범과 하인들을 몽둥이 다듬이질을 하여 놓고, 사랑채에서 정준수를 끌어내어, 무지막지한 매질을 가하였다.

"이놈들, 이게 무슨 짓이냐? 내가 문하성의 급사중 정준수다!"

"이놈이, 어디 굴뚝에 들어갔다가 나왔나? 급사중?! 이놈아, 우리 대감한테 임금이 쫓겨났다."

군졸들은 낄낄거리며 더욱더 무자비한 매질을 해댔다.

"이놈 그간 높은 자리에 앉아 떵떵거리면서 우리 무반을 발살에 때만큼도 여기지 않았겠다?! 어디 뜨거운 맛 좀 보아라!"

정준수는 소나기 같은 몽둥이를 맞고 인사불성이 되어 대문 밖으로 내쳐졌다.

"이놈, 오늘 죽을 놈을 목숨이나마 붙여 준 것도 우리 대감의 은덕이다! 이 집은 오늘부터 우리 대감의 것이다. 네 부인도 오늘로 우리 대감의 노비가 되었으니, 그리 알라. 앞으로 이 집 근처를 얼씬거렸다가는, 그날로 고태골로 갈 줄 알아라!"

빈사상태가 된 정준수는 하인들의 등에 엎혀, 이진초의 집으로 갔다.

난명에게는 청천하늘에 날벼락도 그런 날벼락이 없었다. 범강장달 같은 군졸들이 그녀를 방에 감금하고선, 남편 정준수와 하인들을 반주검을 만들어 쫓아내고, 집 안팎을 군졸들이 점령하였던 것이다. 이제 그녀 곁에는 그녀의 몸종 어금이만 남았다.

그날 밤이었다.

장군 복장으로 위의를 갖춘 한 사내가 방 안으로 불쑥 들어와 말했다.

"나는 대장군 위위경 집주 이고라고 하오."

"......"

"오늘부터 나는 이 집과 부인의 주인이오."

"......"

"부인도 뜻밖의 일을 당해 지금 제 정신이 아닐 것이오. 사실 나는 전에 부인의 얼굴을 한번 본 적이 있소. 그때 부인은 꿈같이 내 곁을 스쳐갔소. 그러나 지금은 꿈이 아닌 현실로 부인이 내 앞에 있소이다.

세상이 바뀌었소이다. 나는 당장이라도 부인을 품을 수 있으나, 부인을 존중할 생각이오. 부인이 원하지 않는다면 털끝 하나 건드리지 않을 것이오. 그러나 오래 기다리게 하진 마시오. 나는 성질이 아주 급한 사람이외다."

이고는 그렇게 말하고 집을 나갔다.

다음날도 이고는 난명을 보러 왔으나, 그녀는 그에게 한마디 말도 하지 않았다.

"부인이 말을 할 때까지 기다리겠소."

그 후 이고는 날마다, 혹은 이틀마다 난명을 찾아왔다. 그러나 난명은 그가 올 때마다 말없이 자리에서 일어섰다가, 그가 갈 때까지 그림자처럼 움직이지 않았다.

　　장수 장수 황아장수 걸머진 것이 무엇인가.
　　장두 칼날에 우동비녀, 팔도 기생 머리댕기
　　머리 좋고 빛난 처자 걸음걸이도 향내가 나네.
　　제가 무슨 향내가 나노. 발바닥에서 땀내가 나네.

예쁘장하게 생긴 젊은 황아장수가 정준수의 집 골목으로 들어가며 노래를 불렀다. 정준수네 대문에는 군졸 두 명이 수직을 서고 있었다.

"저리 가거라."

군졸 중 한 명이 앞으로 나서며 황아장수를 쫓았으나,

"오매, 뭣 땜시 잘생긴 오라범이 사천왕처럼 인상을 쓰며 장사도 못하게 그런다요? 하루 죙일 서 있으면 다리도 아플 것인디."

여자가 방실방실 웃으며,

"이따가 수직 끝나면 둘이 탁배기라도 한 잔씩 허시씨요잉!"

하며 엽전 몇 닢을 건넸다.

"지금 뭐 하자는 것이야?"

“아, 이런 집에다 황아를 안 팔먼 어디 가서 황아럴 팔겠수? 인정 많
은 오라범들이 쪼께 눈 좀 깜아 주시더라고잉?”

여자는 코맹녕이 소리로 홍홍거리며 아양을 떨었다.

“어이, 괜찮을까?”

여자의 교태에 물렁물렁해진 군졸이 제 동료에게 물었다.

“뭐, 별 일이야 있겠어? 기껏 황아 좀 팔아 보겠다는 건데….”

군졸이 문을 열어주자 황아장수가 냉큼 대문 안으로 들어갔다. 집
안에는 담장을 빙 둘러 여섯 명의 군졸들이 수직을 서고 있다가, 그녀
가 들어가자 모두 달려와 그녀를 둘러쌌다.

“어따, 오라범네들, 황아장수도 못 봤어라?”

그녀는 우두머리로 보이는 군졸에게 다시 엽전 몇 닢을 건넸다.

“대문에서 수직 서는 오라범한테 허가 받았어라! 잠깐 황아 좀 팔고
나올랑께 눈 좀 감아 주시어라!”

“정말 황아장수여?”

“물건을 보여드리까잉?”

황아장수는 머리에 이고 있는 광주리를 내려놓을 기세였다.

“그럴 것까진 없고, …금방 나와야 해!”

“걱정 붙들어 매시랑께요! 바로 나올 것잉께라.”

황아장수는 내당 마루 앞에 가서 소리쳤다.

“황아가 왔슈! 황아가 왔슈! 큰 바늘 작은 바늘, 청홍흑백 수놓는 수
실에, 머리 빗는 참빗 얼레빗, 아가씨 머리 오색댕기에, 마님 저고리에
호박노리개…. 황아가 왔슈. 황아! 황아장수가 왔슈. 매일 오는 황아장
수가 아니구, 칠월칠석날 한 번 오는 직녀 아씨처럼 오랜만에 반가운
황아장수가 찾아왔어라!”

잠시 후에 내당 문이 열리며 하녀 어금이가 마루로 나왔다.

“무슨 황아장수가 내당까지…. 우리는 황아 안 사유.”

“그게 아니고, 이 집 마님이 유성 사람이지요?”

황아장수가 어금이에게 가까이 가더니, 목소리를 낮춰 소곤거리듯
물었다.

"…아니, 그걸 어떻게?"

어금이의 눈이 놀람으로 화등잔처럼 커졌다.

"이 집 마님이 난명 아씨가 맞지요?"

"…누구신데, 우리 아씨를 찾으시우?"

어금이가 잔뜩 의심어린 얼굴로 물었다.

"먼 길 떠날 짐이나 미리 챙겨 놓으시오. 망이 장사가 오늘 밤 아씨
를 구출하러 올 거요!"

"…댁이 뉘시길래…."

"망이 장사의 부탁으로 온 사람이오."

황아장수는 황급히 돌아 나갔다.

망이는 난명이 대장군 이고의 손에 떨어졌다는 소문을 듣고, 바로
정첨을 찾아갔다.

"…내 오늘은 정 처자에게 할 이야기가 있어, 이렇게 왔소."

망이가 전에 없이 심각한 얼굴로 입을 열었다. 그러나 망이는 쉬이
얘기를 꺼내지 못했다.

"무슨 어려운 이야기를 하려고 평소 망이 장사답지 않게 그리 뜸을
드리오? 호호호! 나한테 사랑한다는 고백이라도 하려고 하오?"

"…어떤 처자에 대한 얘길 하려 하오."

"망설이지 말고 말해 보시오! 내 이래 봬도 통 큰 여자요!"

정첨이 굳어진 망이의 얼굴을 보고 농으로 말했다.

"사실 내가 명학소를 떠나게 된 건 유성 읍내 어떤 호족 아가씨와
정분이 났기 때문이었소."

망이는 수릿날 씨름대회에서 난명을 만난 일과, 짱똘이와 얽히고설
킨 사연, 그를 해치러 온 짱똘이 패거리들 중 방개를 죽이게 된 일을

모두 털어 놓았다.

"그 일 때문에 결국 관가에 쫓기는 몸이 되어 명학소를 떠나지 않을 수 없게 되었소. 그런데 그 아가씨가 후에 혼인을 하여, 이곳 개경에 와 있다가 최근에 큰 봉변을 당했다 하오."

"…그럼 그 분이 혹시 대장군 이고에게 봉변을 당했다는 정준수 대감의 부인 아니오?"

정첨이 물었다.

"…그렇소!"

정첨은 느닷없이 벼락이라도 맞은 듯 정신이 얼떨떨했다. 망이의 말을 듣는 순간 자기도 생각지 못했던 치열한 질투심이 솟구쳐올랐다. 그녀는 한동안 정신을 진정하려 애썼다. 그간 망이와 함께 지내면서도 한 번도 듣지 못했던 얘기였다. 무언가 사연이 있어서 고향을 떠났으리라 생각은 했었지만….

"……!"

"……."

"망이 장사 얘기는, 그러니까 그 난명 아씨를 구해야겠다는 것이네요?"

"그렇습니다."

"……! 그렇게 은애한 처자가 있었다니, 질투와 시샘이 나오!"

"…이런 말을 할 염치는 없으나, 나를 도와주겠소?"

"내가 거절하지 못할 걸 미리 알고 이런 말을 한 게 아니오?"

"미안하오!"

"마음을 먹었으면 가능한 한 빨리 구해내야지요! 당장 움직입시다!"

정첨은 차현에서 망이를 따라나섰을 때부터 망이를 마음 속에 두었었다. 한눈에 망이에게 반해 차현 녹림당 두령 자리를 내팽개치고 그를 따라나섰고, 그간 3년 동안 망이와 함께 지내면서 그를 향한 그녀의 마음은 깊을 대로 깊어져 갔다. 그런데도 그녀가 지금까지 자기의 마음을 입 밖에 내지 못한 것은 만신창이가 되었던 자기의 과거 때문이었다. 정첨은 망이에게 자기의 진심을 내보이려면 그녀의 과거도 모두 털어 놓아야 한다고 생각했다. 그러나 그녀는 너무 참혹했던 스스로의 과거를 차마 털어 놓을 자신이 없었고, 그 때문에 지금까지 망이의 손도 한 번 잡아본 적이 없었다.

그런데 지금 망이가 난명과의 인연을 이야기하며, 이고에게서 난명을 구하려 한다며 그녀에게 도움을 청하고 있지 않은가. 그녀는 자기 자신도 생각지 못했던 엄청난 질투에 몸을 떨었다. 그것은 전혀 예상치 못한 일이었다. 정첨은 자기 스스로를, 세상 일을 겪을 만큼 겪고, 세상을 알 만큼 안다고 생각했었다. 그런데 그처럼 생경하고 걷잡을 수 없는 질투에 휘둘리다니! 알 수 없는 일이었다.

그러나 정첨은 그런 자기의 속내를 망이에게 조금도 내비치지 않았다.

"우선, 그 부인이 난명 아씨가 분명한지를 알아보고, 또 이고의 군졸이 몇 명이나 배치되어 있는지 살펴봐야지요!"

"그런데 이고의 부하들이 그 집을 지키고 있을 텐데, 자칫 잘못하다가는 우리 신분이 드러날 수도 있지 않겠소?"

망이의 말에 정첨이 대답했다.

"어차피 이제 군대를 그만둘 때도 되지 않았나 싶소. 이까짓 복마전 같은 군대에 무슨 미련이 더 있겠어요? 언제 우리의 신분이 탄로 나서 곤욕을 치를지도 모르는데!"

"고맙소! 정 처자가 도와준다면 주저할 것 없지요!"

"그럼 제가 그 집을 정탐해 보지요."

정첨은 곧바로 황아장수로 분(粉)하고 난명의 집을 찾아갔다.

그날 밤, 이슥해진 시간이었다. 집집마다 불이 꺼지고 거리에도 사람들이 다니지 않게 되었을 때 남부 덕풍방 정진수의 저택 근처에 망이와 정첨이 나타났다. 두 사람은 정진수의 저택 가까이 가서, 주변의 기미를 살피더니, 대문에서 수직을 서고 있는 군졸 두 명에게 다가갔다.

"누구요?"

군졸이 묻자,

"이고 대장군 심부름을 왔다!"

하는 말에 이어, 군졸들은 뒷머리에 세찬 주먹을 맞고 통나무처럼 쓰러졌다.

망이와 정첨은 집 안으로 들어가 순식간에 여섯 명의 군졸들을 제압했다. 군졸들은 장교 복장을 한 망이와 정첨을 경계하지 않고 있다가, 날벼락을 맞았다.

"내가 여길 지키고 있을 테니 빨리 들어가 보시오!"

정첨이 말했다.

"고맙소!"

망이는 내당 마루 앞으로 다가가서 난명을 불렀다.

"난명 아씨! 난명 아씨!"

방문이 열리고 어금이가 나왔다.

"…망이 장사님!"

"…어금이 하님, 오랜만이우!"

"난명 아씨는 방에 계십니다유!"

망이는 방으로 들어갔다. 망이와 난명은 잠깐 서로의 얼굴을 쳐다보았다. 둘 다 말을 할 수가 없었다.

"……!"

"……!"

잠시 후에 망이가 입을 열었다.

"아씨, 빨리 피해야 합니다!"

"……!"

망이와 정첨, 난명, 어금이가 집을 빠져나올 때였다.

의식을 돌이킨 군졸 한 명이

"저놈이 응양군 교위 최명학이다! 저놈 잡아라!"

하고 외쳤다. 망이가 다시 그의 얼굴을 사정없이 후려치자 그는 단 주먹에 폭삭 앞으로 고꾸라졌다.

네 사람은 정준수의 집을 빠져나와, 어두운 거리를 달려, 남부 덕산 방에 있는 덕수원(德水院)에 도착했다. 원(院)이란 여행하는 관리나 사람들이 묵어가는 곳으로, 주로 사찰에서 운영하는 곳이 많았다. 단순히 숙식만 하는 것이 아니라 말과 길라잡이를 함께 빌려주는 세마업(貰馬業)과 가마와 가마꾼을 함께 빌려주는 세교업(貰轎業)도 하고 있었다. 망이와 정첨은 아까 덕수원에 들러 미리 가마와 가마꾼들을 계약해 두었었다. 가마는 4명이 메는 사인교였다.

"이렇게 늦은 시간에 밤길을 간다면 세교비(貰轎費)를 더 받아야 하오!"

가마꾼의 우두머리가 텃세를 했다.

"알았소! 가마비는 두 배를 줄 테니 어서 출발합시다."

정첨이 말했다.

난명을 가마에 태운 망이와 정첨은 바람처럼 나성의 회빈문에 다달았다.

문을 지키는 수졸들이 가마와 망이 일행을 막아섰다. 우두머리가 대정이었다.

망이가 응양군 교위의 부신(符信)을 내보이며 말했다.

"대장군 위위경의 마님이시오."

"위위경의 마님이 이 밤에 무슨 일로…?"

"친가에 일이 있어 급히 떠나오."

정첨이 엽전 몇 닢을 건네주며 말했다.

"밤 날씨가 찬데 수고들이 많소! 탁배기라도 한 잔씩 하시오."

엽전을 본 수졸들의 얼굴에 금방 화색이 돌았다.

"고맙소."

가마는 회빈문을 빠져나와 바람처럼 남쪽을 향해 달려, 20여 리 떨어진 장단현 어구에 도달했다. 어린산이 저만치 보이는 곳이었다. 망이가 가마를 멈추게 하고 말했다.

"난명 아씨, 이제 혼자 가셔야 합니다."

난명이 가마 밖으로 나왔다.

"난명 아씨!"

"…망이 장사!"

두 사람은 차마 말을 잇지 못했다. 난명의 눈에서 왈칵 눈물이 솟아올랐다. 어금이도 눈물을 닦았다.

"아까 목적지가 유성이라고 말했지요! 밤새 쉬지 말고 달리시오!"

정첨이 가마꾼들에게 은병 3개를 주며 말했다.

가마가 떠나자 망이가 한참을 무연하게 한길을 바라보며 서 있었다. 넋이 나간 사람 같았다.

"이제 우리도 가야지요."

정첨의 말에

"가야지요. 그런데 이제 어디로 가야지요?"

"글쎄요 …어디로 가야 하나?"

개경으로 돌아 갈 수는 없었다. 아까 정준수의 집에서 망이를 알아본 군졸이 있었기 때문이었다. 지금쯤 이고가 눈이 뒤집혀 망이와 정첨을 찾고 있을 것이 분명했다. 그 일이 아니더라도 두 사람은 이제 개경을 떠날 때가 되었다는 걸 느끼고 있었다.

그러나 막상 개경을 나오고 보니 갈 곳이 막막했다. 두 사람은 한참을 망연히 어둠 속에 서 있었다.

어린산에서부터 불어오는 바람이 두 사람의 얼굴을 사정없이 후려
치며 지나갔다.

『망이와 망소이』 제4권 〈정변(政變)〉 끝

(5권에서 계속)

망이와 망소이 제4권 — 정변

심규식 지음

발 행 처 · 도서출판 청어
발 행 인 · 이영철
영   업 · 이동호
홍   보 · 천성래
기   획 · 남기환
편   집 · 방세화
디 자 인 · 이수빈 | 김영은
제작이사 · 공병한
인   쇄 · 두리터

등   록 · 1999년 5월 3일
(제321-3210000251001999000063호)

1판 1쇄 발행 · 2020년 11월 20일

주   소 · 서울특별시 서초구 남부순환로 364길 8-15 동일빌딩 2층
대표전화 · 02-586-0477
팩시밀리 · 0303-0942-0478

홈페이지 · www.chungeobook.com
E-mail · ppi20@hanmail.net
I S B N · 979-11-5860-901-6(04810)
        979-11-5860-897-2(세트)

이 도서의 국립중앙도서관 출판시도서목록(CIP)은 서지정보유통지원시스템 홈페이지
(http://seoji.nl.go.kr)와 국가자료공동목록시스템(http://www.nl.go.kr/kolisnet)에서 이용
하실 수 있습니다.(CIP제어번호: CIP2020042674)